公元787年，唐封疆大吏马总集诸子精华，编著成《意林》一书6卷，流传至今
意林：始于公元787年，距今1200余年

轻小说 青春最美，梦想出发
中国式优质轻小说第一品牌

致淡玫瑰色的你
ZHI DANMEIGUISE DE NI

吉林摄影出版社

·长春·

意林轻小说 出品

图书在版编目（CIP）数据

致淡玫瑰色的你 /《意林·轻小说》编辑部编. -- 长春：吉林摄影出版社，2012.12
（意林轻文库. 恋之水晶系列）
ISBN 978-7-5498-1512-8

Ⅰ. ①致… Ⅱ. ①意… Ⅲ. ①中篇小说 - 小说集 - 中国 - 当代②短篇小说 - 小说集 - 中国 - 当代 Ⅳ. ①I247.7

中国版本图书馆CIP数据核字(2012)第302060号

致淡玫瑰色的你
Zhi Danmeiguise de Ni

出 版 人	孙洪军
总 策 划	安 雅　张 星
责任编辑	施 岚　胡晓路
图书统筹	非 非
绘 　图	Tendy
书籍装帧	胡静梅
美术编辑	王彩虹
开 　本	920mm×635mm　1/16
字 　数	200千字
印 　张	14
版 　次	2012年12月第1版
印 　次	2016年10月第2次印刷

出 　版	吉林摄影出版社
发 　行	吉林摄影出版社
地 　址	长春市泰来街1825号
	邮编：130062
电 　话	总编办：0431-86012616
	发行科：0431-86012602
网 　址	www.jlsycbs.net
经 　销	全国各地新华书店
印 　刷	北京嘉业印刷厂

书 　号	ISBN 978-7-5498-1512-8	定价：	22.80元

版权所有　侵权必究

如发现印装质量问题，请与印务部联系退换，电话：010-51908584

目录

001　玛利亚条约…………………………昙　夜

035　温柔时光……………………………花舞陌轩

051　小田工作室…………………………岛田春司

067　落单的拥抱…………………………提诺拉

081　微光流萤……………………………Miss·苏逸夏

103　相机里的蒙娜丽莎…………………梦魇殿下

116　网游小白的恋爱日记…………………禾　早

143　南方有星辰，绝世而独立……………花　凉

157　给清君的情书…………………………涉谷遥

173　有你的森林……………………………剪风声

187　小子，别乱动…………………………萧玉蓝

198　世上没有Ctrl+Z………………………紫华枫月

209　梦想歌剧院……………………………千　若

玛利亚条约

文◎昙 夜

你能想象到最神奇的周末

"唉,我整个人都快崩溃了。"

小虹一只手搭在课桌上,另一只手则使劲儿地挠着头发,把本来蓬松的短发弄得像小鸟窝一样。"我们家可爱的小虹同学怎么了?尖子生居然也有烦恼?"

身为小虹关系最铁的姐妹,前桌的林奕早就感觉到了背后的那股怨气。这不,她利用课间时间立刻询问起小虹来。

"唉,这个周末过得太惊心动魄了。"

"啧啧,我们家本本分分,甚至一年四季只穿校服,连发型都是从来不换的小虹同学,我并不认为你会经历什么惊心动魄的大事。"

换做以往,姐妹俩斗嘴是不可避免的。但此刻小虹只是像泄了气的气球,不断叹着气。这副样子彻底激发起林奕的好奇心,她刨根问底起来。

"到底怎么了嘛!"

"唔,不说了。"

"我有张根硕的写真集哦!出道的时候很萌哦!"

"我要!"

小虹猛地抬起头来,双眼发出炙热的光芒。而林奕看着上钩的猎物不由得贼笑起来。"如果想得到宝物，那么你必须从实招来。吊人胃口那种行为可是要不得哦！"

"唔，那我便说了，不过，听了你可不要惊讶过度。"

"直入主题！直入主题啦！"

就在那个时候，小虹毅然决然地从巷口跑了进去。根本来不及思考，她便撞上了那个小混混。在周围人因为惊愕而没有作出任何反应的刹那，她便拉起了学长的手飞奔了起来。

"打住！哪跟哪啊！"

林奕猛地一掌拍在课桌之上，巨大的声音让近乎全班的同学都向她投来了紧张的目光，而小虹就像小怪兽看到奥特曼一样全身蜷缩了起来。

"不是你让我直入主题的吗！"

"其实我是想让你给我说得明白一点儿好不好，而不是这种港台警匪剧一般地突然展开！"林奕攥着拳头慢慢靠近，甚至旁人都能看到那股即将喷出的炙热火焰。小虹见状自觉不妙，慌忙继续讲了起来。

没错，那是在周日下午，本来早在周六便已经将所有的作业都完成了，所以下午便一点儿事都没有了。想到借阅的书即将到期，她便决定去图书馆。

走出院门之后，便能看到外面悠长而古旧的小巷。小巷不断迂回直到通向新修的大道。而小巷的地面用大小不一的砖石铺就，石头的表面被行人摩擦，泛着闪亮的光芒。

每次走这条路，小虹总是不由得注视着地面，看着完全不同的石头从眼前掠过令她有一种异样的感觉，所以，常常会出现下面要讲述的事情。

"咣！""哎呀！"

在感到自己的脑袋撞到一堵肉墙之后，巨大的反作用力让小虹倒在地上。

"走路不长眼吗！"声音带着怒火传入了她的耳中，她慌忙道歉。

"对不起！对不起！"

待到说完之后她抬起头来，眼前是一群穿着很奇特的少年，而她撞到的似乎就是其中长相最凶暴的一个。她不断地点着头打着哈哈，在心里大骂自己不小心的同时，还偷偷用眼睛瞄着眼前男孩们的动向。

"喂，不要跟小女生一般见识，别忘了我们的正事！"

"是啊，马上就可以吃到久违的西餐了，去必胜客哦！"

"喂，今天请客的叫什么名字来着？是叫陈文治吗？那就叫你三明治好了！"

"三明治万岁！比萨万岁！"

嘈杂的声音不断传入小虹的耳中，她低着头直到那帮家伙似乎渐渐远去才松了口气。

"城里已经有西餐厅了吗？三明治什么的自己还没有吃过呢，哎……咦！陈文治？"她猛然想到刚刚听到的那个名字，脑海中瞬间出现一张简历一般的长长表格。

陈文治，比她高一年级，学习拔尖，是每次看成绩榜的时候只需要扫一眼第一行就可以找到的那种。长相斯文，头发短短的，还戴着厚厚的眼镜。

顺带一提，小虹对他蛮有好感的。在她看来，作为一名一心上进的学生，当然喜欢跟校园里拔尖的学长一起学习，交个朋友也好。不过喜欢的程度嘛，好比在张根硕与陈文治之间选择一个依然会很犹豫的那种程度。

但陈文治为什么会跟他们在一起呢？

一群人慢慢走出了这条小巷，小虹便小心翼翼地跟了上去。

在她的观察之下，陈文治似乎是被他们威胁了。其中一个人死死抓住陈文治的手臂，其他人则围绕在他前后。

"怎么办？"不知为何，她突然鼓起勇气想要去拯救学长。小虹看了看那帮人即将走出的小巷尽头，外面是宽敞的大道，更重要的是外面是商业区。

"赌一把了！"小虹不断地跟进，然后就在一帮人刚刚走出小巷的时候猛地冲了上去，一口气撞倒了那个猝不及防的小混混，被抓着的陈文治瞬间解放。

"快跑！学长！"小虹尖声叫嚷着，拉起了陈文治的手向街道的对面飞奔了起来。其他人仿佛被这一幕震惊得愣了愣神，等到反应过来便大嚷了起来。"追啊！"

焦躁的声音从他俩背后传来，小虹拉着陈文治的手冲进了一家店面，然后死死地关上店门。

"大哥哥，我们被坏孩子骚扰了！"

"算他们倒霉，他们居然遇到我们。乔丹中国可不是那么好惹的。"几个身材魁梧的雇员说着便潇洒地走出店面，几句话之后刚刚追逐他们的那帮家伙立刻服软了。

"看你的校服，你是市立二中的学生吧。以后在学校走路小心点哦！小心从天上掉下点儿什么东西哦！"那帮人之中带头的家伙留下这句话，接着发着牢骚离开了。而过了半晌，小虹才知道对方指的那个人便是自己。

完蛋了。

"呃，好可怕！"

小虹还想说这句话的时候，她身后的陈文治已经说了出来。小虹回过身来，看到他俩到现在还拉着手，惊讶之下便猛地松了开来，向后跳了一步。

"你没事吧？"为了缓解尴尬的气氛，小虹试探着问。

"嗯，没事，谢谢你。"他就像是从虎口中被拯救的羊羔一样，不断地点头。这一幕让小虹不由得飘飘然，心里就像是塞了一块棉花糖一般，软软的，甜甜的，而刚刚的恐惧仿佛烟消云散一般。

"没……没什么啦，呵呵……"她摸着后脑勺傻笑着，周围的雇员仿佛看出了什么，便偷偷笑着散了开去，只留下他们两个人。而此刻他们两个人正站在这家店的门口，虽然是秋日，但从门玻璃射来的光伴着陈文治感激的目光，让她仿佛整个人都浸入了温泉之中。

"那个，我想说……"此刻简直天时地利人和，超完美。想到这里小虹内心做出了一个决定，一步踏上前来，张嘴说道："我……"

"天哪！你居然向学长表白了！"林奕高兴地大声说着，打断了小虹的回忆。

"表白？我不过是想让他帮我补习功课啊！"看到林奕的表情，小虹露出了全然不知是何物的神色。而看到这副表情之后，林奕露出了无奈的神色。"好吧，你先说接下来如何了！那可是你常常提起的学长啊！"

"其实，接下来……"

"如何了？"

"我逃走了。我总觉得太紧张了，让一个不认识的男孩帮自己补习功课什么的。"

看着林奕满是期待的表情瞬间落空，小虹别过了头："天哪！你连见义勇为都没有紧张，居然在这个节骨眼紧张了！哪里有人会因为叫男孩去补习功课而紧张啊！"

林奕捂住了额头发出一声沉重的叹息。

"啊！林奕，你怎么了？"

"抱歉，我有些贫血，快被你气晕了。"

"不过，这其实并不算是这个周末最爆炸性的新闻。"说到这里，小虹再次露出了沮丧的气息，而那股气息似乎传递到了林奕的身上，连带她也沮丧了起来。

"好吧，我觉得现在你说什么我都可以承受了。"

"林奕啊，你觉得女孩子可以遇到的最可怕的事情是什么？"小虹捏着林奕的校服，低声说着。课间时间已近过半，学生们依然在教室悠然地谈天说地。这个时候，林奕的目光瞬间转向了教室门口，一个帅帅的男孩在教室门口左右观望着。

那个男孩个子高高的，穿着黑色的夹克，内穿白灰条纹的衬衣。蓝色的牛仔裤衬托出他修长的双腿。他有着黑色的卷发，细长的眼睛带着一丝高傲，鼻子与嘴巴是只要放在一起就会很好看的那种，而且此刻一脸不羁的样子更是加分到爆。

"不知道啦，你直接说吧。"林奕转回自己的座位，一边用胳膊撑着下巴敷衍着，一边看着那个男孩。

"说出来怕你难以承受。"

"没事，我已经练就了钢铁一般的心脏。"林奕继续敷衍着，而男孩居然已经走进了教室。更没想到的是，那个男孩居然朝着她走了过来。

"那种事情如果不直面一次，是感觉不到那种震惊的……"

"喂喂喂！你看那个帅哥！"林奕使劲推着自顾自说着的小虹，而此刻那个男孩已经走到了她俩的面前。

男孩与小虹对视，然后说出了惊天地、泣鬼神的一句话。那句话震撼了他们班长达半个月之久，而离他最近的目击者林奕更是花了一个月的时间才将心情平复。

没错，那个男孩当时微笑着半鞠了一躬，然后毕恭毕敬地说出了这样一句话。

"你好，妈。"

❤ 要做同级生的母亲？！

凉风吹拂，寒意充斥全身。

小虹用全部力量扭动着脖颈，环视着周围。全班呆滞的面孔宛若定格的镜头，大家没有任何表情，仿佛还在酝酿中。

离她最近的牺牲者林奕，早已失去了意识，只是手指僵直地指向前面不远的虚空。先前所提的钢铁般的心脏似乎早已经彻底风化，但是小虹却没有心思嘲讽她一番了。

"我一心向学，日行一善，为何要遭到这样的报应啊！"小虹仰起头，迎着帅气男孩的目光。虽然表情完全不示弱，但是内心早已哭成泪海。一失足成千古恨，在周日的那次悲剧之后，她便知道之后自己平凡而温馨的校园生活将被打破，但是她没有想到的是，居然打破得如此彻底。

"早上好！妈。"罪魁祸首带着天使一般的微笑站在她的面前，再次扔出了重磅炸弹。就像是美国当年对广岛投放原子弹一般，在他第二次喊出"妈"这样的敬称之后，教室之中的安静开始变得有攻击性，所有人的表情开始改变。男孩变得惊讶，女孩则变得愤怒。

这还是第一次见到眼前这个男孩，或者说，不是第一次。

男孩有着挺拔而纤细的身材，完美的脸形曲线跟白皙的皮肤。明眸闪耀着光芒，黑色的短发带着时兴的造型，薄薄的嘴唇带着一抹浅浅的笑容。他穿着白色的夹克，浅蓝色的牛仔裤。而且，他的周身散发着一股自信。

没记错的话，她不是第一次见到这个男孩。在上次校草非官方选举大赛之中，似乎他得了冠军。在台上，这个可怕的男孩只说了一句话，就全票通过。

"我是被朋友拉来的，我退出了。"

就在他走下讲台之时，台下一片欢呼，包括她身旁的好友林奕。

就在当时小虹便下定决心，将他列为绝不可交友之典范。没想到，现在居然跟他扯上了如此莫大的关系。不过试想一下，既然有那样的母亲（即将登场），这个儿子变成这副德行也没什么奇怪。

整个教室鸦雀无声，仿佛都在等待着她说出第一句话。小虹抿了抿嘴唇，然后努力地从喉咙中挤出一句话："嗯。"

其实，就是一个字而已。但是这个字却像是打开了奇迹之门的钥匙一般，让整个教室沸腾了起来。小虹看着全班女生宛若猛虎出笼的架势，二话不说，拉起男孩的手一个箭步冲出教室。与此同时，全班女生倾巢而出，宛若群狼追赶着两只迷途的麋鹿一般。

"喂！你要干什么？"男孩想要挣脱她的手掌，却被她抓得死死的。

"笨蛋！真是大笨蛋！"小虹仰着头大声吼着，拉着不知所措的男孩，沿着走廊一路狂奔，心中则咒骂着自己。

"如果当时没有犹豫就好啦！"

而那个"当时"，正是那个被诅咒的周日。

话说那个周日，小虹早已经经历了无数悲壮抑或幸福的事件。本觉得到了晚上七点该告一段落，但现实就像是所有电影劲爆的高潮一般，在最后时段才开始上演。

"您说什么？"周日晚上七点零五分，小虹还在家回忆着与陈文治相遇的点点滴滴，门铃不解风情地响了起来。而在打开房门之后，看到的却是一名稀客——玛丽姐。

"我说的是，我的儿子交给你了。"看着站在房门前惊讶得瞪大眼睛的小虹，自称玛丽姐的女人吐了一个烟圈，悠哉地说出了这样一句话。小虹顿了顿，上下观察着身为邻居却常年见不到踪影的玛丽姐。只见她穿着华贵的貂皮大衣，周身散发着浓烈的香水味。

虽然她一直要求大家叫她玛丽姐，但是实际上她已经达到了大妈的级别。而且她已经有了一个跟小虹年纪相仿的儿子，不过小虹倒是没见过。说到儿子……

"你为什么把儿子托付给我啊？"小虹鼓足力气大喊道，但是后者无动于衷地掏出了一些卡片，还有一摞钱，塞到了她的手中。

"玛丽姐就要走了，去浪漫的巴黎度过一整年的时光，这就是青春啊！"说着玛丽姐又吐了一个烟圈，轻悠的烟味让小虹不由得退了一步。利用这个空隙，玛丽姐转身走向了自己开来的豪车。

"把一个大男孩推给我算是什么关系啊!"

"你可以像妈妈一样对待他哦,或者说让他叫你妈妈都可以哦!"玛丽姐耸了耸肩,然后指了指小虹手中的钱,"一千块是给你的,其他都是我们家傅家驹的零花钱。我了解你的品性,我觉得孩子只要交给你,肯定没问题。玛丽姐要去机场了,拜拜,新年再见。啾!"

眼前的玛丽姐用着一贯雷厉风行的语调连珠炮似的说出这样一段话,最后以一个飞吻收尾。而小虹宛若石化一般停在了原地:"一千块……"

"当时如果追上去就好了,真不该为了一千块钱折腰。"在走廊奔跑的小虹懊恼地咬了咬舌头,在她身后的男孩看到她不断变换的表情,纳闷地询问了起来。"面部神经抽搐了吗?"

"你才……不好,先藏起来!"眼看身后再次涌现出雄壮的女生大军,小虹拉着男孩的手拐过一个转角,然后冲进了一间半掩着的储物间,一个转身飞速关上了房门,从外面传来了咚咚的脚步声,就像是亲临战场一般,让她的心跳得快要爆炸了。

声音渐渐减弱,她才长吁了一口气。这个时候,小虹发现自己与男孩正身处于一个非常狭小的区域。而且在拥挤的状态下两个人已挤在了一起。黑漆漆的储物间只有从门缝射进来的微弱阳光,让气氛显得更加紧张。

"你为什么要拉着我逃跑啊?"

"笨蛋,还不都是因为你!谁允许你在我的教室那样称呼我!"

男孩想了想,从口袋中掏出手机,点开了里面的一条信息,将手机放到小虹的眼前。

妈妈要离开这里旅行一段时间,将你托付给可爱的邻家女孩(下附照片),一定要带着对妈妈的尊敬对待她哦!务必称呼"妈妈",这也是她的希望哦!

"难道你跟你妈妈都是某根筋搭错线了吗?"小虹眼睛眯成一条

缝，撇了撇嘴巴看着眼前的男孩。

"有事没事就拉着人逃跑的人才是某根筋搭错线了。"男孩说着挑了挑眉毛，露出了挑衅一般的表情。

储物间的门被风轻轻吹动，从门的缝隙之中射出了耀眼的光亮。走廊外一片安静，那帮女孩似乎已经走开了。

"搞了这么久，我还不知道你的名字。"男孩的声音让她回过神来。

"我叫雷雨虹，请多多指教。"她礼貌地轻轻点了点头，而男孩扬了扬唇角："你的父亲是气象学家吗？"

"才不是！那你叫什么名字？"

"我叫傅家驹。"

"你的父亲是动物学家吗？"两个人就这样闲聊着，外面已经没有任何响动。所有的"敌军"应该已经撤离了此处，而且算起来，也快要上课了。

"那咱们出去吧。"小虹伸出手臂，想要打开储物间的门。本以为骚动已经结束，然后可以顺顺利利地去上课了。就在这个时候，一只大手重重地按在门上，然后房门猛地闭合了起来，发出巨大的声音。周围瞬间变成一片幽暗，接着她感觉男孩的脸在慢慢向她靠近。

"你要干什么！"难道是要做什么非常可怕的事情吗？

在小虹悠长的成长岁月之中，从没有与一个男孩离得如此之近。手脚完全无法动弹了，连心跳都感觉被加速到无法衡量的地步。恍惚间她想起了大力士心率超过一百八就无法再次发力，也许自己早已超过了吧。

就在小虹积蓄力量准备尖叫的时候，男孩开口了："拿来。"

突兀的两个字让小虹丈二和尚摸不着头脑。"把钱拿来。"

男孩压迫感超强的声音再次发出，让人全身透凉。小虹抬起头，露出迷茫而紧张的眼神："抢劫吗……"

"不要这么一本正经地说出这些犯罪行为好不好。"傅家驹郁闷地捂住了脸,然后清了清喉咙,一本正经地说了起来,"我母亲一定给了你不少钱吧。她的任性给你添麻烦了,不过你把她交给你的所有东西归还给我,那么以后咱们两清,我再也不会打扰你。"

"啪!"小虹一把推开了眼前的男孩,然后猛地拉开了储物间的门。刺目的光芒从她的背后照射出来,宛若神祇一般。她抬起头来,迎着男孩期待的表情,一字一顿地说道:"好的!我答应你母亲的要求!"

这句话瞬间改变了男孩的表情,但是她没有动摇,径直迈入了走廊。

"你是认真的吗?"男孩追上来拉住了她的手,一字一顿地问道。

"傅家驹同学,从今以后我就是你的代理妈妈!所以我将制定一个代理期间必须遵守的条约,而且你妈妈给我的那些钱我都会合理地分给你的。但是如果你违反了条约,那么将会被扣除相应的钱。你要想胁迫我,我就报警给你看!"

"而且这个条约……"小虹深吸一口气,以拯救因为刚刚说出长长的一段话而差点儿脱力的自己,轻柔的声音却带着绝对肯定的语调从她的嘴中发出。

"……它将被命名为《玛利亚条约》。"

"我来制定条约"

"待会儿见!"

在校园的图书馆外,小虹与几个同学告别,走向了悠长的小径。小径周围种满了鲜花,让人心旷神怡。

下午第四节课之后,有着悠长的休息时光。小虹去校内图书馆借了几本书,悠哉地走向回教室的路。

"咣!"

"哎呀!"在感到自己的脑袋撞到一堵肉墙之后,巨大的反作用力

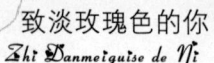

使小虹倒在地上。

这样似曾相识的片段再次出现,而小虹抬起头,却看到了一张张十分应景的面孔。

"你!"

"你们!"双方同时指着对方大叫了起来。

没错,在时隔一日之后,小虹再次撞到了周日的那帮不良少年。为首的少年狡黠地一笑,向前跨了一步:"世界真是小啊。"

如果觉得唐突的话,且不妨先将时间拉回到上午。

就在小虹回到教室之后,班级虽然还不够太平,但是林奕纪律委员的身份却成了她最牢靠的挡箭牌。一波又一波的女生攻击被阻挡之后,大家渐渐平息了下来。

"我觉得那个叫傅家驹的家伙不是什么好人。喂,你在听吗?"

林奕叉着腰站在小虹的课桌之前,但是后者却摆弄着空白的小本本。

"唉,条约的第一条如何下笔啊,真想跟李鸿章(签署不平等条约签到手软的清朝官员)取取经。"

"玛利亚条约?"林奕看着本子封面娟秀的大字,露出了好奇的目光。

"玛利亚,就是圣母玛利亚。在所有关于耶稣诞生的圣典之中,都明确地表示出一件事,那就是圣母玛利亚没有结婚却从上天得到了一个儿子,就跟我一样。"

小虹双手抱在胸前,仰着头带着虔诚的目光。不过想到傅家驹,小虹的心中不免"苦涩"起来。某种程度上讲,二者也是有联系的。(圣母玛利亚,《圣经·新约》里被写作耶稣的生母,而她的名字(Mary ā m)在亚兰文中就是"苦涩"的意思。)

"哇,好恶心哦!"看到小虹的表情,林奕笑着推了她一把,小虹扭身化解了力道。接着仿佛想到什么一般,在空白的本子上写下了条约的第一章。

玛利亚条约第一条
不准打架！

"不准打架！"

也不知道是紧张还是其他原因，在不良少年头目迈出第一步的时候，小虹便说出了这样一句话。

"你是在搞笑吗……"几个男孩瞪着眼睛看着她，一脸看到外星人的模样。不过不良少年的头目并没有受到任何影响，依然迈着步子走到她的面前，"还记得我说过，在学校要小心点儿，小心什么东西会砸下来吗？"不良少年的头目带着一丝冷笑，让她不寒而栗。周围路过的学生就像是避嫌一般纷纷散开，看来她是插翅难逃了。

就在这个时候，传来一个悠哉的声音。

"嗨！妈，没想到在这里遇到你了，晚上的饭可要你解决哦。"就像是所有神经大条的男孩一样，傅家驹完全没有在意周围剑拔弩张的气氛，径直走向了小虹。

"你难道一点儿也不注意周围的气氛吗？"

"难道你们在约会吗？"傅家驹奇怪地看了看周遭，露出了疑惑的表情。

"怎么看都是我即将被欺负的样子啊！"

"欺负？"就在傅家驹说到这里的时候，他转过头来看了看小虹身旁的不良少年。

那一瞬间，小虹似乎嗅到了男子汉的味道。

就像是小时候喜欢的《精武英雄》《黄飞鸿》一般，傅家驹完全没有被这几个不良少年的气势所吓倒，而是带着高手对决的气势走向了不良少年的头目。周围几个不良少年纷纷让了开来，仿佛世纪大战即将上演。而作为主角的二人先是对视着，然后同时伸出了手臂。

"不要打架！"小虹大叫了起来，与此同时，却看到……

两个人的手居然同时搭在了对方的肩膀上。

"阿鸣，我的游戏机似乎落在你家了。"

"真的吗家驹，我改天给你带来。"

"这几天怎么没见你玩魔兽世界啊。"

"哎呀！很忙！今天晚上一定要组队刷副本哦！"

"如此家常的对话是怎么回事啊？"小虹的脑海中仿佛响起了宛若"大悲咒"的声音，看着她像愤怒的小鸟一般的表情，傅家驹笑了起来。

"他是我的哥们儿啦，话说你们真的在约会吗？"

"约你个头啦！"小虹踮起脚尖，攥起拳头重重地捶在傅家驹的脑袋上。

"叮咚！"这不是拳头捶打在傅家驹脑袋上清脆的音效，而是傅家驹家的门铃声。

下午的危机事件已经过去，那帮不良少年给她起了一个"不许打架娘"的名字便离开了，只留下了满脸羞涩的她。

不过庆幸的是，从此之后小虹便摆脱了不良少年的骚扰，这多亏了傅家驹。

也就是眼前的这个家伙。

"好重！"眼前的男孩提着两个大大的塑料袋，用肩膀撞开了房门。塑料袋里满满的都是食材。他的身后是悠哉的小虹，拿着一个小本本计算着今日的消费。

玛利亚条约第二条

生活必需品与食物日日补给，类别与食用方式归雷雨虹支配。

"喂，弄这么多蔬菜是干什么嘛！在外面随便吃点儿不就好了。"

傅家驹一边发着牢骚一边将大堆的食材放到厨房，小虹听到他的话，皱了皱眉头。

"多吃蔬菜对身体有益哦！"

"你这点儿倒是很像一个老妈该有的样子。"

"其实我从小就喜欢做菜，但是一般还没有做一半，就被赶出厨房了。"想到这里，小虹露出了哀怨的目光。

"那么，你是拿我当实验品啊！"傅家驹无奈地低下了头。

话题暂告一段落，小虹环视着周遭。这是她第一次来到男孩子的家，而傅家驹的家，其实跟小虹家一样是旧城区的小院平房。他家的内部装潢不错，只是有一种异样的感觉。

好比他家可以看到鲜亮的玻璃幕墙还有四十七寸的彩电，但是有扎眼的老旧沙发跟胡乱堆砌的靠枕。可以想象得到主人不是过着大起大落的生活就是对金钱没有合理地规划。不过，餐桌倒是很干净，白色的烤漆餐桌上面配着白蓝花格的桌布，让人感觉很清新。侧面说明，这家人一般不在家里吃饭。

"欢迎光临，以后也许会常住哦！"说着，傅家驹半鞠了一个躬。

"住、住……我才不会住的！而、而且，我来你家给你做饭，也是为了履行条约！还、还有，我一点儿都不感谢你下午帮助我！"小虹举起双臂抗议着，后者完全不在意地耸了耸肩膀："没事我去换衣服了。"

看着傅家驹走进了卧室，小虹才从第一次到男孩房间的紧张中解脱出来，走进了厨房。

"这才是我的地盘嘛。"看着琳琅满目的厨具，小虹舒心地发出了一句感叹。

致淡玫瑰色的你

虽然换衣服并没有用多久,但当傅家驹走出房间的时候,他发觉一切已经不同了。

厨房现在的状态简直可以用"水深火热"这个词形容。从半掩的推拉门之中时常喷涌出急流的水柱或者燃烧的烟火,时不时会发出巨大的声响。这种状态正常人是不敢靠近的,不过如果拍下来传到天涯论坛上,估计可以创造相当可观的点击量。

如果用当事人的话来描述的话……

"这不是厨房,简直就是摩瑞亚的矿坑!(《魔戒》中半兽人的生产地)而那个在厨房之中狂舞的家伙简直不是中学生,明明就是'炎魔'嘛!(在摩瑞亚的矿坑之中被唤醒的巨大魔怪)"想到这里,傅家驹全身打了个寒战,后悔在睡前看了托尔金的《魔戒》。

这个时候,小虹在一片可怕的烟雾之中探出了黑漆漆的脸,对着傅家驹说道:"敬请期待吧!"

这样一句给予人无限希望的话却出现在令人无比绝望的场景之下。傅家驹心中五味杂陈,再也不知道用什么表情来面对,只好露出微笑。

"嗯,我期待。"

"开饭啦!"在两个小时的灾难之后,小虹才将做好的菜端上了餐桌。

傅家驹从客厅慢慢地走出来,带着极度幽怨(似乎夹杂着恐惧与好奇)的眼神。

"做饭用了这么长时间要把人饿死啊!简直没有人道!不过闻起来味道似乎不错,相较于做饭的过程来说,这也太让人惊讶了。"

小虹抬起头,眼前的傅家驹已经换上了另外一套衣服,是一件瓦灰色的宽松套头线衣,松垮垮地挂在身上,宽大的领口露出了他洁白的脖颈。一头乌黑而凌乱的短发在白炽灯的照耀下散发出冷色的光辉,歪着脑袋眯着眼就像是犯困的猫咪一般,令人觉得很可爱的样子。

两个人坐在餐桌旁,傅家驹拿起筷子,随便指着一道菜问道:"喂,这道菜是什么……"

"这道菜叫'绿野仙踪'！"

"怎么看都是葱头黄瓜啊，不怕被作者（《绿野仙踪》作者弗兰克·鲍姆，希望他上天有灵不要在意哦！）杀了吗？如果不介意的话，我还想知道另一道菜叫什么。"

"壮志凌云！"

"噗！"

期中考试与游乐场

很久之后，小虹想起那天傅家驹说的话，心里依然美滋滋的。"好久没在家中吃饭了。谢谢你啊。"

傅家驹那家伙居然会感谢别人。而且他的双眼眯成一弯月牙，双手合十做出了一个十分虔诚的感谢的动作。但是同样在那一瞬间，小虹从他的眼神中看到了一丝孤单与落寞。

"我以后还会给你做的！"

小虹吐了吐舌头，一溜烟似的跑出了他的家。

从那天开始，代理妈妈的工作小虹做得越来越顺畅。虽然对傅家驹还不是很了解，但他喜欢吃什么倒是已经了如指掌了。而且每日均分的零花钱也按部就班地交到傅家驹手中，因为他没有做任何出格的事情。

但是，在这件事慢慢沉寂下来的时候，他们班同学的心脏又开始面对又一次严峻考验。

那一幕，是小虹没有料到的。

那是在小虹自以为生活已经归为平静的第八天。

林奕使劲敲打着小虹的脊背，让她不由得暂从学海中游弋而出。待她回过头来的时候，看到林奕那副仿佛看到外星人一般的表情，没有记错的话，那个表情似曾相识。

而就在她从脑海中寻找着散乱记忆的时候，一个有点儿耳熟的声音传了过来。

致淡玫瑰色的你
Zhi Danmeiguise de Ni

"那天真是太感谢你了,这个礼物当、当作我的感谢……"

唯唯诺诺的声音带着犹豫不决的语气,小虹的脑海中突然涌现出一个模糊的身影。她猛地抬起头,看到了一个男孩站在她的面前。

整个教室鸦雀无声,萦绕着一股低沉的气氛。小虹睁大了眼睛,完全不敢相信眼前的一切。

虽然她曾经无数次在脑海中演练,但是真正发生的时候,却完全无法动弹。

眼前的人便是陈文治,也是她常常讲到的学长。与脑海中常常出现的学长相同,是一个消瘦的男孩。轻薄柔软的短发刚刚盖住耳朵,普通的黑框眼镜衬托出男孩白净的皮肤,薄薄的嘴唇轻轻地抿在一起。此时他微微低着头,含羞向小虹递来一个礼品盒。

而此刻的小虹,终于想起上次林奕露出那副表情的时候,是在傅家驹喊她妈妈的那天。

"打、打扰到你了吗……对不起……"

看着小虹面无表情地瞪着自己,陈文治一脸窘迫,不知道说什么好,只好放下礼品盒低着头快步走出了教室。

这一切就以这样诡异的方式结束了。而这时小虹似乎才惊醒:"这真的是给我的吗?"

"你怎么了?"中午放学,傅家驹一边听着MP3(播放音频文件的电子产品)一边悠闲地看着她。今天他穿一件白色的修身针织衣,外面套着一件宽松的黑色背心。

小虹低声叹了一口气,没有回答。两个人各自跨上自行车,相伴着驶出了学校。

"就这几天,你觉得我怎么样?"

傅家驹没头没脑地说出了这样一句话。

"还可以,算是一个朋友吧。"

"哦,好直接的中肯评价。我还以为你会再想一阵子的。"

傅家驹听到她的话，瞬间露出了异样的表情，但是紧接着便露出爽朗的笑容。

"再过三天就要期中考试了，真是令人烦躁啊。"

"咦，最近有好好学习吗？"

"没问题啦，我这次应该是可以进步的！"

"呵呵！进步是从倒数第一进步到倒数第二吗？"

"哼，庸俗的人类。等我考入前十名你能为我做任何事吗？"

傅家驹撇了撇嘴，然后闹别扭似的扭过了头。小虹抬头看了看傅家驹的样子，反而笑了起来。

"你啊，先摆脱倒数后十名吧！"

因为据她所知，傅家驹平时学习成绩很差，与几个朋友轮番"坐庄"，排在全班倒数第一位，堪称副班长（在部队中，班长站在队伍的第一位，而副班长站在最后一位）级别的人物。

虽然不能说他脑瓜笨，如果不走捷径在短期内想要进步却是难上加难的。

小虹低下头想了想，然后说道："不然，等我复习完了，我来帮你！而且这几天你自己也要努力。成绩差的话，按照条约的内容，要扣除一定的零花钱哦！最终解释权归本人所有哦！你也签字了哦！"

"啊！"此刻，换作傅家驹惊讶了起来。

时间已经到了周四下午，明日便要期中考试。在傅家驹的家里，小虹面对着万年的"副班长"，做着最后的动员。

"你要记住！当你在品香茗的时候，别忘了对手还在翻动书页！所以，你要把书本当作你最喜欢的食物，当作你最喜欢的游戏，甚至是你最喜欢的女孩来对待！"

小虹用仿佛巴顿将军的语气说着这样的话。

此时，两个人在傅家驹家的书房。与客厅不同，书房倒是显得异常整洁，或者可以说基本不在这里活动。

致淡玫瑰色的你
Zhi Danmeiguise de Ni

此刻的"新兵",穿着一副睡衣一般的装束,U领的衬衣,自称为家居装。手指轻按着MP3,长长的耳机线顺着指缝蔓延到他粉白的脖颈,最后钻进了他的耳中。虽说傅家驹人在这里,心里却是百般的不情愿,这点小虹也是知道的。

"如果没事的话,我先去打魔兽了……"

傅家驹翻了个白眼顺势想要从椅子上站起身,但被小虹硬生生地按了回去。她的脸凑在傅家驹的面前,也许离得太近,让傅家驹不由得抿了抿嘴。

"你的语文一般能拿多少分?"

"八十多吧。(满分一百二十分)"

"一般啊,失分点一般是在哪里?有古诗词默写吗?"

傅家驹听到小虹的话,频频点头。

"这些都是死背的,很容易提高的。"

"不过,其实我也懂一点儿,好比'病中垂死惊坐起,笑问客从何处来'。"

"你这是诈尸吧!"

"欲穷千里目,自挂东南枝。"

"笨蛋!停住!完全串了,我都被你搞糊涂了!"

小虹使劲搓着傅家驹的脑袋,后者也被自己背的诗词逗得笑了起来。

"好啦,好啦,不闲聊了,有很多需要整篇背诵的,《论语十则》《山坡羊》《天净沙》……"

"沙?一说让我想起魔兽的流沙之战……哎哟,好痛!"

小虹拿起一本书砸了过去。

按照她的计划,语文、历史、政治都是需要背重点的,而数理化需要复习公式与定义。

"物理的重点已经画好了,一定要看哦……"

时间过得很快，不知不觉已经深夜，小虹一脸倦意地说着。此刻她双眼眯缝，整个脸都贴在了书桌上。"看好你哦……"

她的声音越来越弱，最后闭上了眼睛。全身垂拉的样子就像是树懒一般。台灯柔和的光芒照在她的脸上，傅家驹看着她被写字台挤压得变形的嘴巴，不由得笑了起来。

接着他慢慢走近，将小虹抱了起来，轻轻放到沙发上。然后想了想，又给她盖上了一层毛毯。"嗯，我会继续努力的。"

他轻轻刮了刮小虹的鼻子，再次走到书桌旁。

一直以来，他以为无人能够改变他，无人能够影响他，他只是过着一个人的生活，拥有一个人的世界。但是……

傅家驹再次看了看安睡的小虹。

"学习的感觉，也不错嘛。"

窗外从暗夜化作暗淡的灰色，最后变成一片亮丽的光华。傅家驹使劲揉了揉自己的太阳穴，才发觉自己看了一晚上的书。

他揉了揉自己的脖子，伸了个懒腰。就在这个时候，客厅外传来了一阵骚动。

"干吗啊……不知道的还以为FBI（美国联邦调查局）空降了。"

傅家驹揉着眼睛推开了房门，却看到了满眼泪花的小虹。只见小虹双手攥成拳头，使出全部力气，接着洪亮的声音仿佛要将他双耳震聋一般。

"一晚上没回家！"

小虹一边嚷着一边冲出了傅家驹的家，只留下傅家驹一个人呆呆地站在客厅。

"哈……"

当日的考试进行得很顺利，对于傅家驹来说。

不过在小虹看来，简直宛若一场灾祸，各种紧张加迟到导致她完全发挥失常了。（附带一提，那晚小虹父母也刚好没有回家，仅仅留下一张字条，让小虹白白紧张了一场。）

"'笑问客从何处来'前一句是啥啊！死傅家驹让我都背串了！"
想到这里，小虹咬着水性笔发出了痛苦的呻吟。

"你也太没有自制力了，几句串行的古诗都能害你跌出前五。"
看着恶贯满盈的傅家驹笑得宛若一朵桃花，小虹暗自决定以后做饭要使劲放胡椒末。

考试结束的四天后，成绩终于全部公布。现在正值下课时间，傅家驹与小虹在教室外闲聊着。他身着灰色的花纹针织套头衫，领口露出淡蓝色的衬衣。小虹第一次看到他穿得如此学究，心中暗暗感觉来者不善。

"这次我也考得不太好，当我得知你考了第七名的时候，才微微有了些庆幸。"

说着傅家驹拿出了一直藏在身后的试卷，得意洋洋地在小虹眼前挥动着。小虹一把抢过去，翻阅了起来。

"咳咳，我不过也才第七名，以后还需要努力。"傅家驹轻咳了一声，装作很谦虚的样子。

"喊！臭美！"小虹拿着试卷敲打着他的头。

"好啦好啦，大家都是文化人，请不要动粗，女士！"

"还臭美！"傅家驹后退了几步理了理自己的头发，露出了一副很正经的样子。接着从口袋中掏出一张宛若入场券一般的纸片，递了过去。

"这是？"

小虹看着眼前的入场券，不明所以地拿在手中。

"答应我做任何事的同学，这个周末你能与我同去游乐园吗？"

傅家驹轻轻地笑着，带着让人着迷的阳光笑容。

喜与悲

周日早，晨光荡漾，到处都是悠哉的行人。

小虹一个人站在市中心的游乐园，充满童趣的游乐园大门上面有一面巨大的招牌，上面画着可爱的卡通人物。周围陆陆续续有一对对情侣经过，她一个人怪尴尬的。

咦，还是她一个人吗？

"还没有来啊，可恶！"

小虹自言自语，焦急地看着手表（距离约定时间还有十分钟这件事似乎被她忽略了）。然后视线转移到临街商铺的玻璃上面，玻璃映出了自己的样子。

她穿着一件淡蓝色的针织衫，拼接的网纱，仿佛被蒙上了一层戏剧的张力。两侧小小开叉的设计赋予了她俏皮可爱。而领口的白色娃娃领，针织衫收腰的设计还有显瘦的黑色裤子下面搭配着一双白色的长靴，让人感觉到有小公主的模样。

等傅家驹看到了，也许会惊讶得合不拢嘴吧。

想到这里，小虹得意洋洋地笑了起来。

"多亏了林奕啊！"

这个时候，小虹想到了她，自己最好的朋友。

就在傅家驹说出邀请她去游乐园的当晚，小虹便没着没落地去了林奕的家里。

"您好阿姨，请问林奕在吗？"

"哦，是小虹啊。最近据说有一个犯罪团伙流窜到这里了，阿姨也紧张了。没事，进来吧。娇娇（林奕小名），你同学来了。"看着林奕穿着拖鞋"啪嗒啪嗒"走下楼梯，小虹二话没说，拉着林奕的手走到了她的房间。

"哟，晚上不做作业，来我家干吗？"林奕一脸好奇的模样，小虹自知什么都瞒不住，便将所有的事情都告诉了她。

"那个家伙要跟你约会吗？"

"不是约会！！！"小虹扯着嗓子大叫着，林奕赶紧捂住了眼前的噪声来源。

"冷静冷静，就当不是约会吧。但是你找我干什么呢？"

"其实，我想问你借几身衣服穿。"

"噗，今天是什么日子啊，我们家只喜欢穿校服的小虹都转性了，只能说爱情的力量太伟大！"

"讨厌！不要乱说！"小虹捶打着林奕，后者一个后撤闪出了攻击范围。

"兄妹情，学长恋，灰姑娘，契约关系，都是时下最流行的元素啊，你居然一下都占满了。没想到你要么饿着，要么吃个饱啊。"

林奕就像是好色的大叔一样抬着眉毛。

"讨厌，那我走了！"

小虹赌气似的转过身，就在这个时候，一只手拉住了她的衣袖："身为你的朋友，肯定把你打扮得漂漂亮亮的！"

果然，还是朋友最贴心。

"嗯，还不错！"

从回忆中跳出，小虹看着橱窗内自己的影子。也不知道为什么傅家驹非让自己在这里等，直接去他家不是更好。

想到这里，小虹一边嘟着嘴一边看了看手表。

"跟傅家驹一起去玩而已，根本不需要紧张吧。"

"雷雨虹同学？"就在她嘟囔的时候，一个声音从背后传来。与周围喧闹的声音完全不同，那个声音让她不由得心跳加速，不由得不敢转过身。

"小虹，让你久等了。"小虹在转过头来的时候，在喧闹的人群中看到了一个男孩，他不是傅家驹，而是陈文治。一瞬间看到憧憬的男孩向自己走来，小虹瞬间紧张得羞红了脸。

"陈文治？为什么是你？"她带着惊讶的目光看着走来的男孩。男孩穿着一件黑色的立领夹克，灰色的毛衣，黑框眼镜，跟以往完全相同。不过在她的诘问下，他洁白的脸上却泛起一丝红晕。

"一个男孩对我说，你想邀请我去游乐园，而且给了我这张票。"

看着陈文治不知所措地拿出一张票，小虹明白了一切。但是她不明白的是，为什么跟自己所憧憬的男孩一起逛游乐园，心中却有一丝失落。

而心中的失落感，让她沉默了起来。

大家有过那样的经历吗？两个人见面，什么话都不说，就像是大雄遇到胖虎一般。

而且，最讨厌的不是这些，而是禁言。默认式禁言——两个人或者以上，在沉默开始之后，会将沉默一直持续下去，甚至到了临界点导致双方都不开心。除非，他们其中一个人有巨大的勇气打破那种沉默。

周围净是手牵手的情侣，只有他们两个人显得有些尴尬。

两个人一言不发地在游乐园里绕着圈圈，直到陈文治说出了一句话："你能跟我去坐摩天轮吗？"

他说着带着羞涩的表情指了指不远处，小虹抬起头来，眼中的摩天轮缓慢地旋转着。

"从刚刚开始，你就一副不开心的样子，是不是我太闷了？"刚刚坐上摩天轮，陈文治便露出了伤感的表情。

"如果我说出来，你会笑话我吗？"

小虹低下头，小声说。

"呃，什么？"

"其实，我是第一次来游乐园，也是第一次跟男孩一起，而且，没想到是你。"小虹捏着手指,刘海遮住了她的脸,让陈文治看不到她的表情。

"虽然一直装作很自然的样子,但是我似乎紧张了。"

"我也是!"她还没有说完,陈文治就说出了这样的话。

两个人面面相觑,然后同时羞红了脸。接着两个人再次同时抬起头,然后一起偷笑了起来。气氛骤然改变,两个人都明白对方不过是紧张而已,不由得都放松了。

"呼,摩天轮好高哦。"小虹看着窗外,游乐园的景色尽收眼底。

"你知道吗,中国最高的摩天轮是在广州塔塔顶的那个。"

"是吗?"小虹惊讶得瞪大了眼睛,看着陈文治兴致勃勃地讲述着关于摩天轮的一切。小虹呆呆地看着眼前认真的男孩,摩天轮不断移动着,窗外的景色不断变换。音乐从座位边缘的扬声器中传了出来,悠扬而舒缓。

不知不觉,两个人已经玩到黄昏。陈文治跟小虹走向回家的路。

"今天玩得很开心,谢谢你。"小虹笑了笑,而陈文治却抿着嘴巴。

"有些话我已经准备了很久,但是不知道现在该不该说出口。"

"什么什么?不妨说来听听?"小虹露出好奇的目光。

陈文治看着眼前清纯的女孩,心中的疑惑早已被击了个粉碎,他深吸一口气,鼓起了勇气,将心中想要说的话,浓缩成四个字。

"我喜欢你。"

而有生以来第一次被告白的感受还没来得及回味,几个黑衣人出现在他们的视线之中。一直谈话让他们放松了警惕,完全没有察觉到这几个人的存在。

就在此时,小虹想到了最近流窜在附近的犯罪团伙,一股寒气遍及全身。

几个人都是大人,身材魁梧而且脸上戴着黑色的面罩。唯一闪亮发光的，就是他们手中明晃晃的刀。

她甚至能看到陈文治全身都在发抖，而自己也好不到哪里去。这样实打实的犯罪分子，跟先前的不良少年有着巨大的差别。起码从气势上就带来了那种不可战胜的氛围。

"女孩我们带走了，你有什么意见吗？"

黑衣人拿着刀在陈文治身前比划着，后者已经完全说不出一句话，僵僵地站在原地。

另外几个黑衣人走向了小虹，手搭在了她的肩膀上，她厌恶地躲开了，然后吃到了一记耳光，重重地摔在了地上。

小虹抬起头的时候，陈文治的表情并没有改变，他没有愤怒也没有反抗，依然一副可怜虫的样子。

而就在这个时候，一个黑衣人猛地飞了起来，就像是脱离地球引力一般飞跃过她，摔在了不远处的地面。

"喊，还以为身手不错，原来如此不堪。"

在路灯逆光的照耀下，一个少年摆出了跆拳道的戒备姿态。

"傅家驹！"

"妈妈，孩儿来救你了。"他宛若影视剧对白一般拖着长调，然后摆了个鬼脸，接着一记下劈击中了另一个冲来的黑衣人。小虹"扑哧"一声笑了起来，虽然是如此危险的关头，但是有傅家驹在她便安心了。

一番打斗开始了，一瞬间场面一团杂乱。而小虹在慌乱中寻找着傅家驹的身影，就在此时一名黑衣人却冲向了她。几乎是在同时，一个身影扑了过来，挡在她跟黑衣人中间。

也许是因为看到小虹有危险的下意识动作，傅家驹没有任何顾忌，就像一只猫一般用整个身体挡住了他身前的女孩。

那一瞬间快得连小虹都没有看清楚发生了什么，只是……

温热的液体飞溅在她的脸上。

"不好！"那个黑衣人怔怔地站在原地，手中的刀已经不见。周围

致淡玫瑰色的你
Zhi Danmeiguise de Ni

几个人见状大觉不妙，赶紧拖着他逃向了小巷的尽头。

而那把明晃晃的刀，扎在了傅家驹的腹部。

"喂！林奕！林奕！呜呜……"

"约会成功也不需要那么激动吧？眼泪都下来了？"听筒中传来林奕笑嘻嘻的腔调，但小虹却没有任何心思开玩笑。

"傅家驹受伤了！他受伤了，他为了我受伤了！呜呜……"小虹大声哭喊着，后者这才明白了事件的严重性。

"怎么回事？先不提了，你在哪家医院？我这就去！"听筒那边，林奕一瞬间切换为干练成熟模式，听到小虹报上医院的地址便穿好衣服火急火燎地冲出了房门。

而电话的另一边，小虹扔下听筒，焦急地回到了医院。

"你一定不能有事啊，傅家驹！"小虹大声哭喊着，惊动了整个医院。而外面的天空，下起了蒙蒙的秋雨。

"他为什么闭着眼睛？"当林奕赶到病房的时候，只见小虹握着傅家驹的手不断地摩挲，而且双眼红红的，显然是哭了很久。

不过比起这个，她更好奇躺在病床上的男孩。只见他脸色惨白，双眼紧闭，嘴唇也抿着，就像是昏死过去一样。

"都是我的错，如果他死了我怎么办！我怎么向他的母亲交代？"

林奕刚刚说完，小虹便一把鼻涕一把泪地说了起来。看到她那么伤心，林奕叹了口气。

"刚刚我问过医生，非常幸运，似乎只是小小的腹部刀伤，没有伤及内脏，只是伤及了皮下组织。如果这样……"

林奕想了想，然后皱了皱眉头，一只手指猛地按在傅家驹的腹部上。

"啊！黑心女，你想杀人啊！"

刚刚还一直昏迷的傅家驹猛地弓起了身子捂着腹部，朝着林奕怒骂了起来。

然后他想起了自己一直扮演着昏迷不醒者的身份，（所以大家一定要多看《演员的自我修养》啊）不由得咧了咧嘴角,将头转向了震惊不已的小虹。

林奕耸了耸肩膀,然后一个转身走向了病房的门口。就在离开之时,她留下了一句话。虽然只是简单的一句话,却着实让傅家驹真正地卧病在床了整整一个星期。

"给我狠狠地揍他。"

幸运日

"你是我天边最美的云彩,让我用心把你留下来!"

小小的KTV（配有卡拉OK和电视设备的包间）里闪耀着五颜六色的光芒,林奕大声唱着俗套的歌曲,摇晃着身体。

周围的几个女生拍打着铃鼓,伴着林奕的节奏。大家都带着笑容欢闹,而林奕霸着麦克风继续唱着,虽然十分好听,但是小虹脸上却没有任何开心的表情。

"大家安静!"

林奕的双眼闪烁着光芒,麦克风中发出了高昂的声音。所有人都同时跟随着她的语调,喊了出来:"祝你生日快乐!"

这个时候,小虹想起来了,今天是她的生日。

本来,应该很开心。能有这么多朋友一起为她庆生。

但是……

她却不开心。

因为,几天之前,傅家驹不见了。

准确地说,傅家驹从医院的病床上消失了。因为傅家驹的恶作剧,小虹对其施展了极刑。连她自己都不知道自己的体内居然有那么强大的力量,也许那是沉寂了十多年的恶魔吧。

而且从医院消失之后,傅家驹并没有回到自己的家。虽然不排除深夜回家的情况,但是第二天小虹很早便去探望,病房里空无一人。当然，校园里更是没有他的身影。不过之前受伤的事情，小虹已经为傅家驹请了半个月的假，所以学校方面就不必担心了。

只是，找不到他，而且无法联络。虽然知道傅家驹一定会照顾自己，但是一点儿消息都没有还是让她很担心。这种感觉，就像是亲人一直背着你去干一些事情，却不让你知道，那样自己就会有一种不被人信任的伤痛之感。

"那家伙连骗人那种卑劣的事情都能做出来，肯定不会有事的。坏人活千年嘛！"林奕嬉皮笑脸地安慰着她，但她的心情并没有好转。

而内心的担心与烦恼，与日俱增。

就在白天的时候，陈文治曾经找过她。他问了一些无关痛痒的话也就是她身体如何，那天有没有受伤。

"已经过去很多天了，不记得了。"小虹这样回答着，近乎拒绝的语气让眼前的男孩犹豫着，不知道说什么好。

"没什么事了吧，我想回去了。"

"呃，我知道今天是你的生日，我有件礼物想要送给你！"

说着，陈文治拿出一封薄薄的信封，递给了小虹。

在信封里，是一张旅行团的票，日期是即将到来的国庆节，而目的地是广州。看到票背面印着漂亮的摩天轮，她想到了与陈文治在一起的时光。那个时候，他也讲到了广州的摩天轮。

但是，一直憧憬的陈文治，从那天开始，在她的心中，仿佛没有了任何位置，变得轻飘飘的。时间会慢慢让他们两个人失去唯一的交集，而代替他的……

"滋滋滋……"炖肉似乎熟了，她停止思索，放下票走向了厨房。

跟往常一样，今天父母都不在，家里只有她一个人。客厅的灯亮着，电视机发出沙沙的声音，没有信号。小虹不断做着各式各样的菜分散着注意力，也消耗着时间，直到餐桌之上已经摆满了菜肴。

"好烫。"小虹在厨房端着巨大的瓷碗，下面垫了一块毛巾，里面是香喷喷的炖肉。而就在这个时候，一个声音传了过来，打破了这个沉闷的夜晚。那个声音仿佛带着魔力，让小虹完全无法顾忌其他，放下了炖肉，屏着呼吸再次寻找着魔声。

曾经有过幻听的时候？是因为想念还是什么？在每天都能看到的时候，总觉得很普通。但是在见不到他的时候，才会如此想念吧。

当她循着声音的来源，将视线转移的时候，看到了餐厅内的他。

"啧啧，这个代理妈妈不是白叫的，简直就是料理妈妈嘛。"

"傅家驹！"听到小虹高分贝的叫喊，傅家驹慌忙捂住耳朵露出鄙夷的神情，嘴巴里面还塞着一大块肥肉。

"出护嘅治唔旧金拉了（窗户开着我就进来了）。"

"笨蛋！赶快出去！"不知道是什么原因，小虹红着脸将傅家驹推出了门外，然后关上了房门。"不想再看到你了……这几天死哪里去了！一点儿都不告诉我！你是个大笨蛋！呜呜……"

小虹不断嘶喊着，然后变成了哽咽，最后耗尽了力气的她靠在门背后。

抬起头，房间还是只有她一个人，看着浅蓝色的光芒将吊顶的纯白染色，心里更加冷了起来。外面的敲门声停了下来，男孩仿佛已经离开。

"自己在做什么傻事……"

就在小虹失落地站起身来的时候，一个更加高昂的声音从门外传来，穿透了墙壁，穿透了她的身体，敲打着她的心。

"小虹，生日快乐！"

她猛地拉开了房门，看到了刚刚呼喊完的傅家驹。后者笑了笑，以绅士的口吻说道：

"美丽的姑娘，您是不是遗落什么东西了。"接着就像是变戏法一样，他的手心出现一个水晶吊坠。

"这是送给你的生日礼物，没什么其他事我就先进去吃饭啦！那么美味的菜凉了就可惜了。"

傅家驹说着这样的话，迈着悠哉的步子走进她的家。

"这个很贵吧,你有那么多钱吗?"小虹细细地观察着蓝色水晶的吊坠,上面有一个小小的金属饰物,刻着她的名字。

"你以为我这几天干吗去了?我的离开有两个原因:一、既然骗了你,按照条约被你扣零花钱跟生活费是肯定的,所以必须赶紧找点儿零活自力更生。二、因为想要给你买一件生日礼物。"

傅家驹转过头,回到她的面前低着头说道:"我一直以为我不会改变,生活在一个单亲家庭,感觉不到任何快乐也不想对任何人好。但是现在,你却让我想要改变……对不起,这几天都没有跟你联系。我也很想你。"

看着傅家驹自责的表情,小虹深吸了一口气,凑到傅家驹的耳边。她将自己想要说的一切化作一句简单的话,气运丹田,以无比高昂的音调呼喊出来。

"大笨蛋,谢谢你!"

"你要震聋我啊,我真的失聪了!已经听不到了!"

傅家驹不停地揉着耳朵唠叨着,小虹见状灿烂地笑起来。傅家驹先是愣了一下,然后也跟着笑了起来。两个人在夜色的相伴下,一直笑着。

"你啊,刚刚还哭,现在却笑得这么灿烂。"

"谁允许你这个非法入室的家伙评价我!"

"又来了,你的欧巴桑之魂又爆发了!"

"讨厌!我是在认真教育你!要有下次,我就断绝你一个月的伙食费!"

"喂,不必那么狠吧!"餐厅传来了喧闹的声音,而这样的生日,是小虹所度过的最棒的一次。

冬日很快来临了,紧接着换掉日历,又是新的一年。

刚刚下过小雪的中午,既不冷又可以看到白白的雪花覆盖着路面。小虹悠哉地前行,一路同行的是她的好友林奕。

林奕拿出叼在嘴巴上的棒棒糖，悠闲地看着天空中的雪花。

"期末考试完了之后，傅家驹就去了她妈妈那里？"

"嗯，条约也到期了，我终于自由了。啊，真好！"小虹伸出一只手看着细碎的雪花覆盖在粉色的手套上，轻轻笑了笑。

"再也不回来了吗？"林奕露出一丝淡淡的忧伤，仿佛看到了好友的落寞一般。

"呵呵，他也该过叛逆期了，以后跟着妈妈一起生活不也是应该的吗？而且玛丽姐能够在巴黎找到自己的另一半也是一件好事哦。能在一起那么久也是缘分。我嘛，也许会感到有些不甘，但是也该步入正轨了。"

小虹朝着林奕伸出两根手指，做出一个胜利的手势。

"扑哧！"两个女孩的笑声回荡在飘飞的雪花中，雪花慢慢变大，整个天地白茫茫的一片。白色的天空，白色的楼房，白色的地面，朋友白色的兜帽。

雪下过后会消融，最后再次成为普通而日常所见的街道。就像是人生，没有什么是能永远留住的。

"再见，假期还有很长，一定要找我玩哦！"

林奕用力地挥舞着双手，骑车驶向了岔路口。

小虹笑着跟她告别，接着骑向了自己的家。而快要到家的时候，她的视线被一幅异样的景致所吸引了。

一名穿着EMS（邮政快递）制服的快递员正在她家门前左右张望着，直到看到她，便向她走来。

"有您的快递，请签收。"

但是小虹的注意力，却转向了快递员身后的包裹。

那个包裹有一人多高，而且顶部似乎被捅了不少小洞，就像是小狗的纸箱，为了呼吸捅出来的洞洞一般。而且，非常诡异的是，她似乎看到了包裹居然在微微地自己挪动着位置。

当小虹看到发件地歪歪扭扭地写着"法国巴黎"四个字,而且内件说明上写着三个无比熟悉的字时,她立刻将笔递还给快递员,然后笑着说了一句话。

"拒收。"

温柔时光

文◎花舞陌轩

ACT 1

"怎么办，人家的风筝卡在树梢上啦。"

七岁的何琳琅噘着嘴巴站在何旖旎面前，圆圆的小脸上全是愤懑又伤心的神情："都怪你，不陪人家去放风筝。"

面对这毫无因果关系的抱怨，何旖旎终于从厚厚的《高考英语难点解析》中抬起头来，面前这个养尊处优的大小姐，显然还不懂得什么叫作尊重。

"我去帮你拿下来，好不好？"终究还是温柔地叹了口气，何旖旎放下笔站起身来，摸了摸何琳琅的小脑袋，粉嘟嘟的脸庞顿时在听到她的承诺的那一刻，绽开了得意的笑容。

"那我一边吃草莓蛋糕一边等你哦！"她踢掉一双沾满泥土的小鞋，向厨房的方向啪嗒啪嗒地跑去。

何旖旎揉了揉自己有些凌乱的短发，随手拉过桌上的化妆镜照了照，原本应该青春可人的脸庞有了几丝憔悴，距高考只剩下不到一百天，如果想考上第一志愿，她必须比别人花更多的时间。

伸了个懒腰，她换上帆布鞋下楼来到小区公园，郁郁葱葱的绿叶簇拥之下，依稀可见一只断了线的蝴蝶风筝，正孤零零地卡在树梢上。

像平时上体育课之前那样利落地活动了一下手腕和踝关节，何旖旎仰望着面前粗壮的大树，深吸一口气，纤细的双手一左一右牢牢攀住树干，双腿蓦地向上一跃，手脚并用像只猫咪一般灵巧地蹿上了大树。她小心翼翼地越过错综交叠的枝丫，伸手去拿挂在树枝尽头的风筝，绷紧的指尖一点点地将薄如蝉翼的风筝抽了回来。

看风筝完好无损的模样，何旖旎这才松了口气，她坐在一根粗壮的树枝上，摇晃着双脚惬意地吹着风，脚上的帆布鞋却不知道什么时候松了鞋带，顺着她甩腿的弧度，一下子掉了下去。

"啊……"何旖旎的视线追随着那只自由落体的帆布鞋，一个尴尬的单音节蓦地卡在喉咙里。

"好痛！"随之响起的还有树下某人委屈的呼痛声。

"呃，对不起对不起……"没想到鞋子变成凶器的她尴尬地一叠声道歉，手忙脚乱地想从树上下去，却脚底打滑，一下子顺着粗糙的树干滑了下来。木屑与落叶纷纷扬扬地落在她毛茸茸的头发上面。

手臂和小腿擦破了皮，火辣辣地疼起来，何旖旎吃痛地睁开双眼，还冷不丁地打了个喷嚏，湿气涌上眼眶，一个少年的身影朦朦胧胧地出现在她的视线中。

修长挺拔的轮廓，小麦色的肌肤倒与这初夏的阳光格外相称，被风吹得有些凌乱的额发下隐约可见笔挺的眉峰，茶色的双眸明亮得出奇，透过阳光泛着琉璃般的质感，高挺的鼻梁下是一张因为错愕而微张的双唇，而重点是他手里拎着的那只帆布鞋。

就算何旖旎的生活再怎么媲美与世隔绝的山顶洞人，也不会不认得顾惜朝。据说是IQ（智商）高达200的超级天才，帝岚中学高三（1）班的风云人物，除去性格，无论从哪方面来说都是活脱脱的翻版入江直树。

何旖旎瞪着顾惜朝，红着脸半天说不出一个字来。她居然用自己脏兮兮的鞋子，砸了这位天才价值连城的脑袋。

ACT 2

隔天便是星期一。

升旗仪式结束之后,何旖旎与三五好友结伴从操场向小卖部走去,就在她想着要喝奶茶还是红茶的时候,一抬眼便看到顾惜朝被几个男生簇拥着从小卖部走出来,何旖旎条件反射地想要往朋友身后躲,却没能逃过顾惜朝锐利的法眼。

"哟!"他大方地露出笑容,抬起手向着她的方向挥舞着,笑眯眯的双眼不着痕迹地扫向她脚上的帆布鞋,深陷弯曲的唇角讳莫如深。

在众人或好奇或嫉妒的眼神中,何旖旎简直窘透了。昨天后来发生的每个情节,现在回想起来,都让她觉得简直不可思议。

那时候的何旖旎还沉浸在砸到天才脑袋的震惊中,顾惜朝已然弯下腰把帆布鞋递到她的脚边,然后倾身向跌坐在地上的她伸出援手,没心没肺地笑起来:"快高考了,你还玩风筝啊!"

"欸?"何旖旎只来得及条件反射地蹦出一个滑稽的单音节词语。听起来怎么都像是普通朋友之间才会有的对白。

何旖旎知道顾惜朝这很正常,而顾惜朝竟然也知道何旖旎即将参加高考。

她狐疑地抬起眼,不太自信地暗自揣测着这之间可能会有的一些微妙关系,顾惜朝却不由分说地拉住她脏兮兮的手,把她从地上拽了起来。

"上届校运会女子一千五百米第一名得主,四乘一百米接力赛冠军的第四棒选手——何旖旎对吧。"顾惜朝得意地眨了眨眼睛。

在震惊于天才惊人的记忆力的同时,何旖旎确认了一个事实:一只搬不上台面的帆布鞋对天才的智商果然不能造成任何的影响。

如此这般,糊里糊涂地就算认识了。

"喏,你怎么会认识顾惜朝啊?"身边的好友七嘴八舌地拉着何旖旎激动地问道。

"把我们也介绍给他嘛,快点儿过去和他搭话啊。"拼命压抑了兴奋之后的叫声,三四双手殷勤地推着何旖旎的后背,眼看就要和从对面走来的顾惜朝狭路相逢,何旖旎终究还是选择了落荒而逃。

身后响起一众友人抱怨她不讲义气的喊声。

其实何旖旎自问也不是脸皮薄且容易害羞的小女生。

从小到大,丢脸的事情干过不少,什么过马路冲绿灯滑倒在马路的正中央啊,认错同学啊,穿着没摘吊牌的衣服去上补习班啊之类的,哪次不是大大咧咧地笑一笑就过去了,这次无非就是掉了一只鞋,居然让她如此耿耿于怀。

果然天才的气场就是和普通人不一样。

揣着仍旧怦怦乱跳的心脏,何旖旎坐在教室里,对着草稿纸上的代数题发了一上午的呆。

"这道题很难吗?"一个充满困惑的好听声线就在她的头顶响起,何旖旎冷不丁地循声看去,只见顾惜朝正把双肘撑在她座位旁边的窗台上,他的发梢亮晶晶的,一身运动服,仿佛刚上完体育课,双手调皮地托着下巴,一脸玩味地看着她饱受惊吓的表情。

下课铃就在这个时候打响,顾惜朝丢给她一记邪恶的笑容,随即伸了个懒腰,若无其事地汇入走廊上来往的人潮中。

抑制不住地双颊烧红,变本加厉地快速心跳,何旖旎觉得自己一定中邪了。

ACT 3

一个人走在回家的路上,心事重重得连步子也变得散漫而晃悠。

顾惜朝对她来说是个可远观而不可亵玩的角色,原本只能在各种传闻中听到他的名字,对着每次考试的名次榜单暗自膜拜,却没想到她居然一脚踩进了他的生活圈子,立刻被那看似强大却实则微妙亲昵的气场影响,变得六神无主、战战兢兢。

何旖旎挫败地叹了口气,她发现自己完全没有可以免疫顾惜朝笑容的那种抗体。

下了公交车,还要穿过两个街区才会到达自己家的公寓,两年前,为了照顾妹妹何琳琅能念全市最好的小学,全家才搬到这里,同样是女孩子，家人好像对何琳琅更费心思，包括该吃什么样的早餐，该梳什么样的发式，相对来说何旖旎就要自由散漫得多，即使是相当重要的高考，家人也没有给她太多的压力，但从另一个角度来说，漠不关心本身就是一种最大的压力。

怀揣着乱七八糟的思绪，何旖旎一边踢着石子一边走着再熟悉不过的路，淡淡的夜色压下来，街灯逐渐亮起，小路上并没有多少人。

身后仿佛传来沉闷的脚步声。忽快忽慢，跟随着何旖旎迈步的频率，她下意识地屏住呼吸，蓦地回头去看，身后唯有一片空荡荡的夜色，与脚下自己淡而斜长的影子。

是神经过敏吧。她皱着眉头转过身去，一边嘲笑着是自己吓唬自己，但还是不由自主地加快了脚步，最后竟然演变成一溜小跑。

脱兔一般灵巧纤细的身影渐渐远去。在小路的另一端，浓密的树荫下隐约可见一道模糊剪影。晚风蔓延出一声厚重的叹息。

ACT 4

化学反应大多是不可逆的，更何况还有顾惜朝这个催化剂。

从那天起，本来隐士一般的大神竟然变得随处可见，何旖旎发现自己对顾惜朝的好感已经到了即将破表的危险边缘，所谓人不沦丧枉少年，为了不辜负自己的青春，在各位损友的万般怂恿之下，她一时脑热，写了自己人生中第一封可勉强称为情书的东西。

看着朋友们脸上兴奋的表情，何旖旎开始怀疑她们是真的热心想要帮忙，还是单纯地喜欢砸场。

上午第四节，恰逢（1）班的体育课，何旖旎谎称肚子疼从教室里跑了出来，怀揣着那封信，大气都不敢喘地来到了（1）班门口。她鬼鬼祟祟地看了看四周，确定没有人在之后，才大着胆子溜进了（1）班空无一人的教室。她找到了顾惜朝的课桌，手忙脚乱地确认了桌上的课本写着他的名字，然后把那封信夹在了书里面。

做贼一般地完成了所有的事情之后，何旖旎飞速地溜出了（1）班教室，左思右想觉得夹在书里太不保险，应该藏在更加隐蔽的地方，或者根本就不应该把这封信给他……各种天人交战让何旖旎纠结地在（1）班门口兜兜转转，最后心一横，正想把那封信后悔地抽回来，却听见一阵脚步朝（1）班的方向走来，她立刻大惊失色，拔腿就跑。

淡静的眼神目送着那跳跃的背影飞速远去，一个挺拔的身影缓缓地走进了（1）班教室。

他停在顾惜朝的课桌前，修长的手指翻开那夹着情书的课本，将那封粉红色的、怀揣着少女所有心事的信笺，慢慢地拾了起来。

ACT 5

何旖旎恨不得自己是个隐形人。

当顾惜朝从走廊的另一头向这个方向走过来的时候，原本在与朋友聊天的何旖旎装作若无其事地仰头喝着矿泉水，却依旧口干舌燥，低头一看发现自己竟然连瓶盖都没打开。

他清新的气息渐渐逼近，脑海中瞬息流转过千百个念头。

是拒绝，还是接受？抑或从此就成了陌路？

不容她再多罗列出几个选项，顾惜朝充满元气的声音已然在她的耳畔响起，好听的声音实实在在地叫着她的名字："哟，何旖旎。"

心里有一块大石轰然落地，"成为陌生人"这个选项被她从心中大义凛然地画去，几位损友竟然默契地自动清场，何旖旎觉得自己脸上的笑容一定很僵硬。

"早上好！"她选择了最官方的开场白，眼神闪烁得找不到焦点，想要为自己的那封信辩解些什么，却一时找不到合适的语言，"其实，呃，那个……"

"我今天忘记带英语书了，你们下节是数学课吧，书借我啊。"顾惜朝大方地开口，叉着腰玉树临风地站在那里，笑眯眯地等待她的回复。

"欸？"何旖旎的思绪瞬息被卡在了回路中间。

"不会吧，难道你也没带？"顾惜朝脸上丝毫没有可惜的神色，那副"好巧哦，幸会幸会"的表情，让何旖旎觉得他只是在开玩笑。她讪讪地笑了笑，反身回到教室，从书包里拿出自己的英语书递给他。

"谢啦，下节课来还你。"顾惜朝元气满满地打了个手势，捧着书就朝（1）班的方向走去。

百思不得其解的同时，何旖旎不算太灵光的脑海中倏然跳出两种答案。第一种可能性，是他无法回应她的感情，但依然想做朋友，于是若无其事，四两拨千斤，当什么都没有发生过；而第二种可能性，就是他如法炮制，将回信夹在她的英语书中还给她。

原本心情已经跌入谷底，后一种可能性让何旖旎又变得惴惴不安起来，四十五分钟那么难熬，下课铃刚打响，她便急急忙忙地冲出教室，一抬头便看见了顾惜朝夹着她的英语书，从（1）班的门口向这里走过来。

咚咚咚，咚咚咚。心脏像是长在耳朵里。

随之男生在她面前站定，将英语书递到她的手中，然后扯起唇角，笑得露出雪白的牙齿："谢啦。"

何旖旎顾不得面前的他还未离去，急急忙忙地将书翻了个遍，甚至拎起书脊用力抖了抖，却并没有出现她所希望的东西。

"怎么？书里面藏了不及格的考卷吗？"顾惜朝好奇地看着她毛躁的动作，原本是开玩笑的语气，却在看到她突然黯然的表情时，意识到了事情的严重性，"怎么了，丢了什么重要的东西吗？"用力地撇了撇嘴巴，何旖旎几乎把头埋到胸前，眼底蔓延出层层湿气。

"我明白你的意思了，那封信，你就当从来没有收过吧。"她负气一般地说着，然后抱着英语书反身跑回了自己的班级，趴在座位上不再抬头。

顾惜朝错愕地眨了眨眼睛。

"……什么信？"男生自言自语着，好看的眉头微微地蹙起来。

致淡玫瑰色的你
Zhi Danmeiguise de Ni

ACT 6

临近高考，各种大大小小的模拟考连续不断，这个星期除去双休日，学校又给了两天的假期，美其名曰温书假，充斥着题海战术，假期结束便是重量级的市模拟考。

何旖旎勉强把顾惜朝从自己的脑海中暂时赶了出去，但做题的准确率还是低得要命，何琳琅在客厅看卡通片，电视的声音开得非常大，就在她烦躁地把笔丢下时，书桌上的电话倏然响起，她几乎是不假思索地就接了起来，却没有好气地说："喂？"

那边传来一阵长久的沉默，耳畔唯有清晰而漫长的呼吸声，遥远得仿佛在世界的另一端，何旖旎疑惑之余只觉得胸口闷得难受，正要挂掉电话，却只听见那边迅速地开口："不要再接近顾惜朝。"

利落的八个字像游刃一般划过她的耳畔，何旖旎只觉得心尖蓦然一痛，回过神来耳旁只剩下电话挂断后的忙音。

疑窦丛生。若有若无的跟踪者，杳无音信的情书，以及这副听似威胁却依旧透过电波蔓延出重重哀伤的口吻，让何旖旎无法延续自己的粗神经。

定了定神，她拨了通电话给顾惜朝，以讨论功课为借口约在图书馆见面。而自从"情书事件"以来，她冷冷的态度让顾惜朝百思不得其解，接到邀约的他欣然应允，定于十一点钟在图书馆正门会合。

何旖旎随便换了一身衣服，毫不犹豫就出了门。她虽然头脑不够灵光，对数字尤其迟钝，但运动神经和感知系统可谓十分发达，果然出门不到十分钟，她便再次感觉到有人在她的身后以相同的频率迈着步子。

从自己家到图书馆的路并不远，她却故意兜兜转转地绕了许多小路，那个脚步忽远忽近，却始终执拗地跟在后面，何旖旎在一个无人的小巷尽头定了定神，鼓足勇气转过身，迈开步子朝那个亦转身迅速撤离的身影追过去！

风猎猎地擦过耳畔。那个人的速度显然也相当快，黑色的衣袂在风中翻飞划出凛冽的线条，至少一米八的身高和修长的双腿让何旖旎追得相当吃力,她憋足了一口气,闭上双眼猛地冲了上去,右手总算够到并紧紧地抓住了他飞舞的衣衫下摆。

"你……你到底是谁,那通电话,也是你打的,对不对?"何旖旎一边喘息着一边急促地问道。奇怪的是,明明是一个身份不明的跟踪者,她却没有丝毫的害怕与紧张,仿佛笃定了他不会伤害自己。

那个人定定地站在那里,却执拗地别过脸去,没有说话,其实他戴的那顶帽檐很低的鸭舌帽和墨镜口罩,已经几乎将他的整张脸都严实地遮了起来。

"如果……如果你再不给我一个交代,我就要报警了。"见他沉默不语,何旖旎虚张声势地说着。

"不要再接近顾惜朝了。"他终于开口,似乎极尽所能地压低了声音,"如果你继续待在他的身边,将会有一场严重的灾难降临在你身上。"

说得极其玄乎,何旖旎并没有被震慑住,反而一头雾水,最后竟然露出一丝荒唐的笑声来,她松了手。

"是真的!我可以看到你的未来!"那人急促地补充了一句。

"抱歉,我是唯物主义者……"何旖旎皮笑肉不笑地退后了一步,她低头看了看手表,离与顾惜朝约定的时间只剩下十分钟。她没有犹豫地转身离开,却只听见那个声音再次在身后响起。

"大后天的考试,顾惜朝将会跌出年级前十名之外。"他的声音很沉,极具穿透力地钉入何旖旎的耳中,"而你,将能够跻身年级前五十名……准确地说,是第四十七名。"

何旖旎的脚步渐渐胶着在那里,她不由自主地再次回头看。不知道什么时候,那人已经离开,只剩下空荡荡的风。

"怎么可能……"她愣愣地自言自语着。

到达图书馆的时候,已经迟到了五分钟。

顾惜朝站在图书馆前的阳光下,有些不安的眼神在看到她出现的一刹那绽放光彩,笑意从眼底扩大顺着唇线温和地蔓延,充分地干扰着何

致淡玫瑰色的你
Zhi Danmeiguise de Ni

旖旎因为一路小跑赶来而原本就不够顺畅的呼吸。

两个人简单地打过招呼之后，便走进图书馆的阅览室里，窗外烈日炎炎，阅览室里却因为空调的缘故而一片清凉，顾惜朝低头看着英文杂志，何旖旎咬着笔杆伴装皱眉思考一道代数题目，却发现怎么都无法控制自己的目光。

无论眉峰、鼻尖，还是唇线、轮廓，都是温柔的曲线，却使他整个人看起来有种硬朗俊逸的英气，尤其低头凝神思考时那种专注的眼神，仿佛足以吸纳世间万物。

不知为何突然就倦意浓浓。半个下午没有任何成绩，何旖旎趴在桌面上睡着了。

午后，阳光悄无声息地变换着角度，一抹金黄洒在她白皙的脸庞上，她无声地皱了皱眉，却依旧噘着嘴巴徜徉在睡梦中，毛茸茸的发尾亦被光线染成同样的颜色，像某种小动物的毛发，让人很想伸手去摸一摸。男生的唇畔牵出一抹柔和的淡笑，他轻轻地站起身来，坐到了阳光照来的那个方向。

她眉心的皱褶被凉爽的阴影缓缓抹平。

心底却始终有隐约的不安萦绕不去。

ACT 7

重量级模拟考试来临的那天，果然哀鸿遍野。

而成绩竟然在所有科目考试结束的隔天下午公布，又掀起了一阵腥风血雨，年级前五十名照例会在年级公告栏张榜公布，给进步的人以鼓励，给落后的人以鞭策。

然而，所有人都以为毫无悬念的第一名，竟然没有落在顾惜朝的头上，他连年级前十名都未能进，以与第一名三十五分之差屈居第十一名，这可是他入学以来前所未有的大事件。

使这位天才遭到滑铁卢的原因，居然是他记错了最后一门考试的时间。所以，他比别人少一门科目分数的总成绩，竟然也能够占据年级第十一名的位置,这个排名不仅没有折损天才的光芒,反而延续了IQ200的神话。

当始终游离在年级七十名左右的何旖旎在前五十名公告榜上找到自己的名字时,全身涌动的不是喜悦,而是一种薄薄的凉意,从背脊一直蔓延到指尖的每根神经末梢。

鲜红的宣纸与黑色的楷体字,墨迹湿亮,力透纸背。

第四十七名,何旖旎。

预言如此准确地命中,玩笑与荒唐的心情彻底颠覆,她拼命地回想那个人曾经说过的每句话,反反复复却只有唯一的一个重点——离开顾惜朝。

ACT 8

这次,那个谜一般的预言者没有再藏头露尾或悄悄跟踪,他大大方方地等在学校门口,只不过打扮依旧很怪异。

何旖旎看着他的大墨镜和口罩,想笑却怎么也笑不出来。

"喂,你到底是谁?"随着放学的人潮,何旖旎与那人并肩走在林荫道上,时不时有人投来好奇的目光。

"这不重要。"还是压低了的声音,也许因为口罩的关系,听起来有些瓮声瓮气,"现在相信我了吧,你和顾惜朝在一起,不会有好结果的。"

"可是,为什么你要来告诉我这些呢?"何旖旎忽然觉得有些委屈,"我的未来,关你什么事呢?"

她和顾惜朝甚至都没有开始,就有一个人莫名其妙地要她疏远他,将这个名字从她以后的人生中删除。

"你就当我多管闲事吧。"那人像是愣了很久,才叹息一般地说道。

何旖旎不由自主地抬头去看他的眼睛,戴着墨镜的人,即使看着别处,也会觉得他的眸光一定落在自己的眼底。

致淡玫瑰色的你
Zhi Danmeiguise de Ni

实际上也确实是。他不动声色地看着她迷惑的表情，那么青春稚气的绯红脸庞，心底像是被滚烫的烙铁碾过，时光在脑海中匆匆流转。从开始到现在，那些幸福与欢笑足以写成浮想联翩的甜美情诗，却终究被一场灾难付之一炬，黯然成灰。

不知何时吹来一阵风。何旖旎的额发被风撩得凌乱，长长短短的发梢落进她的眼中，她偏过头去抬手拨弄，无意间抬头看到路旁精品店中的等身长镜，自己纤细的身影映在当中。

她木然地回过头看了看始终站在自己身边的那个人，又缓缓地将视线落在了镜中。镜子里映出身后空荡荡的街道，和她一个人的身影。

只有她一个人。

孩子的嬉闹声由远而近，看起来只有两岁多大的宝宝，冲着这个方向颠来倒去地跑来跑去，小腿迈得飞快，眼看就要失去平衡往前趴倒，宝宝的妈妈在身后急匆匆地追着，却因为手上还拎着两个很大的购物袋，没法及时赶上来。

他不由自主地蹲下身子，接过扑入他怀中那个圆滚滚的小身子。小家伙胡乱地挥舞着小胳膊，左手打落了他的墨镜，右手将口罩也一并扯了下来。口罩被风吹到了马路对面。

孩子的妈妈匆匆赶到，连声致歉，那小家伙被背在背上，还咿咿呀呀地转头冲他挥舞着莲藕一般的小胳膊，自顾自地开心着。

他有些尴尬地站起来，默默地抬手摘掉了头上的鸭舌帽。

没有任何隔阂地四目相对时，何旖旎再也说不出一句话，指尖麻木，血液仿佛全部倒冲至头顶，然后一点一滴地冻结。

英挺却曲线柔和的眉斜斜没入两鬓，本应该充满了灵气与自信的双眸却蓄满哀伤，高挺的鼻梁，欲言又止的薄唇，所有的一切都与脑海中那个萦绕不去的影子密密匝匝地重合起来。

"是的，我是顾惜朝。"他像是自嘲一般地苦笑起来，除去那些本不应该有的忧郁，无论眉尖还是唇线，都顺着时间的轨迹延伸出清晰的改变。深深地呼吸过后，他再次开口，轻声补充道："确切地说，是来自五年以后的顾惜朝。"

ACT 9

晚风带着点儿瑟瑟的凉意,何旖旎握着一杯热奶茶坐在公园的长椅上,默默地听身边的那个人说话。

"五年后,我所在的那个实验室研发出的时光机器,还处在实验期,不具备完善的功能,而你昏迷不醒。我六神无主地发动机器,没想到竟然真的回来了。"顾惜朝低垂着头,复古花雕的路灯安静地立在长椅旁边,地面上只有何旖旎一个人的影子。

"所以,你是说,五年后,我为了救你却被失控的货车撞到,在医院重症监护病房昏迷不醒,很有可能失去生命吗?"何旖旎怔怔地重复着。这听起来好像幼稚又荒唐的科幻爱情故事。

"要不是我太专注于手上的事情,就不至于没看到那辆横冲直撞的卡车,你也不会为了我出事。"顾惜朝的头埋得很低。

"可是,就算你说的是真的,你只需要提醒我将来避开那辆卡车就可以了,或者你不在那个时候过马路。"何旖旎的脑中还是很乱,她语无伦次地做着自我辨析,试图让思绪清晰起来。

"有些事情不是在当时决定或是当时小心就可以避免的。"顾惜朝放在膝上的双手渐渐握紧,"遇见我,跟我在一起,你的人生轨迹就已经改变,或者那注定是你命中的劫数,好不容易回来,再见到这样生动的你,我不敢冒险。"

"跟你在一起?"捕捉到几个敏感的字眼,何旖旎的心蓦然悬到半空,她不由自主地抬起手抓住胸前的饮料,抬头看向他,"五年后……我是说以后,我们是在一起的吗?"

他缓缓抬头,侧过脸望向她,那颤抖的期待着的眸光,以及因为绝望的结局而泛起的朦胧雾气,像是被冰锥狠狠地扎入胸腔,浸透骨血且麻木冰冷的痛楚,让他无法再说出肯定或否定的答案。

低矮的草丛里传来晚虫的浅鸣声。"我只希望你好好的。"他站起身来，转过身不再看她的表情，"明天中午，如果可以的话，不要去天台。"轻轻的脚步声渐渐远去。

何旖旎抬起头，眸底氤氲着薄薄的湿气，五年后的他，千里迢迢跨越时间与空间而来，却是希望亲手掐断所有开始的可能，修长的背影变得清瘦，孤单地融入渐浓的夜色里。

蓦地，眼泪潸然而下。

ACT 10

人们都说好奇心是最不安分也最危险的东西。

午休时间，校园里一片寂静，何旖旎漫无目的地在学校里散步，回过神来才发现自己竟然已经来到了天台门口。

抬手推开天台的门，立刻有一股强风灌入小小的甬道，她眯起双眼，再睁开时眼前是已然没有一丝云的湛蓝色晴空。

午后的阳光很好。

何旖旎毫无顾忌地呈"大"字状躺了下来，有些疲倦地闭上眼睛，昨晚失眠一整晚，暖洋洋的太阳照得让人直想睡觉。

半梦半醒间，一个冰凉的物体贴上她的左脸颊，一触即走，却还是将她的睡意赶跑，何旖旎懵懵懂懂地睁开眼睛坐了起来。

"在这里睡觉会着凉的哦。"顾惜朝笑眯眯地看着她迷惑的表情，将手上拿着的冰镇七喜放在了她的脚边，自顾自地坐下来，打开另一罐喝了起来。

慵懒的午后，汽水开罐时泡沫泛起"噗"的声响，夏季末尾阳光的味道，温润美好的少年。

一切都美好得仿佛还在梦里。她多么希望，什么五年后的他，什么可能以悲剧收场的未来，都只是一场梦而已。

"决定好志愿了吗？"他仰头喝一口汽水，转过头来微笑着看她。她理所当然地愣了一下，然后摇摇头，不敢看他。

"我希望……"顾惜朝右手向后撑住地面，身子微微后倾，微妙地停顿之后,声音郑重里有一丝羞涩,"你可以和我在一起。"

心脏仿佛停跳。何旖旎慌张地抬头,猝不及防地撞进他的眼中,即使看得出来他明显是在紧张,却依旧真诚地微笑着。

"从一开始我就知道你是何旖旎,并不是因为我记性好。"他不太自然地移开目光,抬手拨了拨微翘的发尾,然后仰头看着天空,像是自言自语地说,"而是因为我喜欢你。"

温柔得如同叹息一般的语气,像是融化的蜜糖,密实地洒在她的心尖,烙下暖融融的坑洞。从未想过开始就是这样甜蜜且令人心醉,也从未想过竟然还未开始便悲伤落幕。

心乱如麻地站起身来,何旖旎不顾他还在身后叫着自己的名字,慌慌张张地推开门去,落荒而逃。

阶梯一层又一层。

已经不记得是第几层,她飞快地迈着步子,仿佛在逃离什么一般,直到脚下步履一乱,一个趔趄向前摔入一个坚实的怀抱。

五年后的顾惜朝握住她仍旧在颤抖的手腕,定定地看着她。眉间眼角都那么悲伤。心底某个角落缓慢地崩塌,她怀念起他刚才说喜欢她时的那种笑容,却不可复制到五年后的这张脸上。

"其实,你还是希望我听到告白的,对不对?"何旖旎喘息着,微微昂首问道。

胸口骤然刺痛,他的眼神有一刹那的恍惚。

"我可以问你一个问题吗?"她抬起眼帘,轻轻地说着。

他低头凝视着她渐渐变得澄澈的眼神,想要拒绝却无法开口。

"你会一直留在这里吗?"她的声音有些急切,"说不定……未来的我有一天会醒过来呢。你应该回去守护着未来的我,而不是在这里浪费时间。"

"我在来的时候,就没有想过要怎么回去。"他像是早就知道她会问这个问题一样,自嘲地苦笑起来,"这种破釜沉舟不计后果的决定,实在很不像我的性格。你也看到了,我没有影子,镜子也无法照出我的样子，我是不属于这个世界的，或许，某天就这样消失了也说不定。"

沉默了几秒钟，何旖旎的喘息带着一丝颤抖："五年后的你来到了这个世界，那么五年后的世界，是不是也没有了你？"

"是的，即使五年后你逃过一劫，或许我也将不存在于那个世界。"他沉声为自己判了死刑，眼底一片沉痛神色，却在接触到她澄澈的眸光时，心尖悄悄地绽开一丝希冀。

她捕捉到了那份微乎其微的希望，最后一丝犹疑荡然瓦解，其实事情并没有那么复杂与绝望。

"无论如何，我不会放弃你。"她坚强地微笑起来，"爸爸曾经对我说过，即使我的母亲早早去世，留下他孑然一身，他也不会后悔当初选择与她在一起，因为他庆幸生命里最美好的那段年华有她的陪伴，而以后的日子里，亦有那么绵长的回忆。"

她说得柔和而缓慢，双眸明亮。他听得哑口无言，却只感觉到一股酸意冲上鼻尖，手心炙热火烫。

何旖旎回头看了看身后那通往天台的阶梯，那个被她丢在那里的少年，是否还在原地等待她的答案。

这次，没有犹豫地转过身，她坚定地一步步踏上阶梯，在转角处回眸浅笑，眼角若有泪光。

"如果你回到了那个属于你的世界……"她的声音微微哽咽，却始终坚强地微笑着，"也请你，不要放弃我。"

温暖顷刻间蔓延到四肢百骸，他从未像这一刻这么懊悔自己的胆小与懦弱，阳光穿透他渐渐变得透明的身躯，轻风撩起夏日末尾的暑气，最终只留下一颗晶莹的泪滴。

即使悲剧复制，即使一切重来，我还是选择与你在一起。

无论多少年，多少个月，还是多少天。从遇见你的那一刻，就已经开始仔细地收藏，那些与你我有关的温柔时光。

小田工作室

文◎岛田春司

一个叫小田的男人,在我家附近开了一家店铺,名字叫小田工作室。听起来好像没有什么特别的野心和用意,我外出购物和散步的时候会不自觉地凑近玻璃窗瞧一瞧,观察的时间久了,又怕东张西望的模样被人发现,万一被当作变态怎么办。

偷看了好几回,我才确定这是一家咖啡店,还会提供书籍,明明是咖啡店却在门口放了一个旋转的三色灯箱,像一般理发店那样。意义如此混乱的店,客人却从来不少,说白了这里就是长满青春痘的学生聚众约会、抽烟以及一脸疲惫的上班族躲避社会压力的地方。恰好这两种人我都无法应付,所以也没有想过光顾。

我住的地方靠近正就读的艺术高中,地段不错,店铺与店铺之间的关系微妙,新陈代谢的速度非常快。几个月前我在这里租了房,离学校近,相当方便,经常半夜一个人跑下楼买夜宵。

我的名字叫中津。

明明是正在念高二的吊车尾学生,常年以惊人的低分游走在挂科边缘,课余时间却窝在家里给杂志画漫画插图。生活很散漫,没有什么需要密切来往的朋友,不存钱,不减肥,永远缺乏激情,稍微可以称为动力的东西就是静静等待偶像高杉昌博画完《少年失格日记》。当初之所以想要走上漫画家这条青黄不接的末路就是拜他所赐，可惜现在逐渐咀嚼出一丝苦涩黯淡的滋味。

假期的一天，我正在尝试画新角色，恰巧纱织打电话来，她叫我的名字像叫一条宠物狗一样："阿津，阿津啊，阿津。"我差点儿撕掉网点纸："干吗？"

"我突然发觉，我很想你。"

"哦，又盯上谁家的倒霉孩子了？"

"阿津，我需要你的超能力。"

"也就是说，又要重操旧业？"

"那么，见个面吧，小画家。"

"你请客，在哪儿？"

半个小时之后，我站在小田工作室的门口，抬头仰望黑底白字的招牌，情不自禁地微微张开了嘴，这种青涩又无辜的乡土气息令纱织非常不满，她抓起我的手冲进店里。

"欢迎光临。"店主放下手里的书，微微笑着。

环视店内，榻榻米很不错。桌子和书架都是木质的。明明是新店，却有一种经营数年的陈旧感，空气中涌动着古色古香的氤氲氛围。

"要这个，这个，还有这个。"我掀开菜单直奔甜品区。

等店主收单走远，纱织恨恨地说："甜食里的卡路里会让你三十岁脱发，四十岁谢顶。"

"我才十七岁零四个月啊小姐。"默默地叹口气，我拿出万宝路。

"高中生不能抽烟！"她又愤慨地敲了一下桌面。

"可是又没有其他什么事可做啊。"我无奈地说。

纱织摆弄着烟灰缸，里面铺满咖啡渣，怏怏道："假期补课也不来，我都怀疑你有没有报过名。"

"啊，我也怀疑。"徐徐吐出烟雾，一副毫不在意的模样。

纱织从鼻子里哼了一声，她这一点儿倒和我很相像，遇到不想面对的问题就索性任性地避开。从前我还一度担心如果有一天我们要绝交，可是谁也不好意思提,会不会两个人面面相觑"哼哼"半天直到鼻黏膜破裂流血而死。

幸好我和纱织之间是那种"昨天态度冷艳今天就可以恬不知耻伸手要生日礼物"的坚韧关系。

说实话我也不担心,我们原本就是最好的朋友,虽然她常常把情书扔过来,逼我画插图润色,让我提前十年体会了一番成名画家被编辑追命催稿的感动。但奇怪的是,画完之后她都会把情书默默收好,说:"不行,这次画得有进步,所以不可以送出去。"总之,随便她吧,我也没有过分表示诧异,这种毫不介怀的淡定却被她认定是冷血和迟钝。

尤其发生那件事之后,还记得她抓住我的手腕大哭的模样。

然后我就遵从了自己的意愿,退掉学校宿舍,学校离家比较远,父母担心地问我能不能独自租房住,我立即答应下来,心想必须好好照顾自己,不再令他们失望。

十分钟过去了,店主端上甜品,并且在我看来虚情假意地说:"请慢用。"我偷偷打量他,个子高挑瘦削,可惜微微驼背,模样干净,是让人看过就觉得舒服的人。穿着浅蓝色开襟衫,像清水。他给我的第一印象是装在透明玻璃杯里的清水。

可是也有很多罪犯长得眉清目秀。

他见我眯眼望着他,立刻报以清爽明快的笑容,像个性情温和的学生。

现在是下午,人还不多,周遭十分安静,大家都在看书,只有纱织和我小声地说话。唯有店里播放的音乐还在提醒我们,原来声音是有效的传达方式。我耳朵尖,听出那是 Ólafur Arnalds(奥拉佛·阿纳尔德斯)的专辑,我曾经一边听他的《3055》一边吞速溶咖啡粉,画出一个颇凄美的爱情故事。

不知怎么的,听着这样的旋律,还有细微的翻书声,人们亲密的耳语,袅袅升起的热茶雾气在空中轻微地破裂开来,我忽然感到无比沉静。从纱织的瞳孔里可以望见一个不一样的我,同样她也从我的瞳孔里觉察出一丝惊讶的意味。

回家之后我枕着手臂躺在床上发呆,好像还没有回过神来。

等回过神来,已经完成了一幅漫画,主角是小田工作室的店主,瘦高、干净,隔着网点纸几乎都能闻到一股雨水的清新。我记得他的头发很黑,刘海有点儿长,有时会不小心遮住左眼,而右眼总是很温和地注视着人,好像站在很遥远的地方等待着什么人一样。

"啊,原来你近视。"灌下一大杯黑咖啡,我接着说,"我可是第一次看见你明明没有戴眼镜。"

"那次戴的是隐形,不过还是这种比较有安全感。"小田推了推滑下的镜架,继续目不转睛地看书。

我一边翻漫画,一边掏出烟来抽。

已经一个星期了。一个星期以来,我几乎每天都会光临小田工作室。不好意思地承认,我发现只要坐在榻榻米上,身体就像触电似的瞬间抖擞一下,发出某种定格的声音,然后彻底安静。像夏天的蝉忽然来到冬天,从此放弃嘈杂的鸣叫只安稳附着在树干上静静沉睡。

这只是一个比喻,我并没有真的睡着。我是说,有某种浮躁的情绪不见了。

这种现象直接导致了,纱织来找我催画稿的地点,从我家里变成了小田工作室。

"小津津,"她像唤丘比特一样叫我,实在很难令人抑制住朝她射箭的冲动,"听说你经常躲在这里。"

"心静不下来了就来这里坐一坐,不知不觉养成的习惯,难道你不觉得这里不错?"不知为什么,说出这样真实温馨的理由令我有些害羞。

"店长还不错,很新鲜的面孔,看久了也不腻。"她饶有兴趣地微笑,"下次如果我要还俗,就一定要选店长这样的人。"

我"哼"了一声，对她的无差别花痴不置可否。

本来我和她一样，再喜欢的东西也会不停地换，好像不换就是亏待了自己。抽完一盒万宝路，下次就要换好彩。今天吃牛腩面，明天就换咖喱饭。每天看的漫画也要换，不能长期看同一位画家的作品，否则轮到自己来画，无论人物形象还是分镜，都会不自然地偏向那种风格，很难再找回自己。这就是浮躁与定力不足的表现，极容易被外界影响。为了不让自己彻底定格，被贴上标签，成为"万宝路狂热者"或者"牛腩面星人"，我总是不停更换自己的选择。

所以，对于纱织来说，总是暗恋同一个人，也会让自己最终厌倦总是出现在那个人面前的自己吧。虽然她以前不是这样的，在和我熟络起来之前，她因为不会化妆还被其他女生嘲笑过呢。

一转眼，很多事情都不一样了。

心浮气躁是很难打败的东西。这就是我特别钟爱小田工作室的原因。懒洋洋地靠在墙边看漫画，吃甜食，偶尔再打个瞌睡，漫不经心地观察来往的客人，这些都比独自待在乱哄哄的家里更有归属感。

一群初中生拥进来，看他们焦急又不失严肃地掏出自己负责的作业，我不禁失笑。

偶尔他们之中的某个人偷偷打量靠在墙边翻漫画的我，然后表情经历诧异，犹疑，羡慕，哀怨，愤恨，最终认命一般重新将视线忠实于手里的空白作业。

抄作业对我来说已经是烂熟于心的事了。那种危险青涩的智力游戏，需要不断化解可化解的答案，从而达到一种陌生崭新的平衡，郑重其事地将其写下，仿佛凝聚自身豁然开朗的世界观。

抄作业的过程也是自省的过程，其间充斥了对自我的厌恶、怀疑、同情，或者麻木。但悔恨之后一切仍会重来，相信我。就像每次熬夜画漫画之后一边忍受无力动弹的虚脱，一边暗自发誓再也不要执起纸笔。

几个孩子抄完作业之后开始聊学校的八卦，声音有些嘈杂，不知从什么时候开始我也变成一个怕吵的人，于是站起身走到店门口摸出烟盒。

"难道是怕污染了那些比你年轻的肺吗？"小田抱臂轻靠在门口，对我微微笑着。

这个笑得跟学生一样的男人，就是靠卖笑才有客源的吧。我不禁有些嫉妒。相处久了才发现，其实小田并非像招牌笑容那样无害，他只是懒得付出更多的努力去维持人与人之间的基本关系。所以只要亲切地微笑就可以了，仅仅需要微笑，笑而不谈，谈而不深入，一旦发现深入的苗头，那么只要继续微笑就可以了，人们从来不会苛责一个笑容温暖和煦的人。

这是一种非常聪明但过于残酷的交流态度，有时我宁愿他的笑容不那样泛滥。

"小孩子太吵闹，没办法构思新故事。"我说。

"这次又是什么故事？"

"你猜。"

"甜品店店主实际上不是甜品店店主，而是厌恶甜食的杀人犯，二楼陈列着客人尸体。"

"猜对了。"我懒洋洋地顺着他的奇思妙想，随口说道。

经过一个星期，我和小田的交流逐渐多了起来。还记得第一次见到他，唯一的感想就是这个人像清水一样。干净，也许更容易渗透，因为对他不需要存在戒心。然而事实上，他并不喜欢对人倾诉，这点和我一样。

我总是执着于想念每个人带给我的第一印象，通常暗暗存在心里，等到彼此熟悉一些之后再反反复复咀嚼分析这个形象。

正因如此我在学校才没有交到多少朋友，高一的新生是我重点观察的人群，他们刚刚摆脱"不承担刑事责任"的少年犯范围，颇有"选择自己人生"的意味，于是一直隐藏在内心的兴奋扶摇直上，时间到了，拉开布帘，每个人都是演员，每个人也都是观众。

然后，那时的我，将自己伪装成一朵交际花，拥有一大群酒肉朋友，每个人看到我都会被我眼里的火焰点燃。我自顾自地燃烧了一年，才一年而已，我就迅速陨落，恢复本身慵懒冷漠的性格。

原本以为，真的可以就此改变。脑海里构建一个令自己满意的人，尔后奋不顾身地成为他，拥有他的一切。

我望着认真擦拭杯子的小田，心想：这个看似融入集体，擅长交际的店主会不会也曾希望成为一个不一样的人？

天气终于凉下来了，只是中午稍微有一点儿热。小田工作室的冷气依然开得很足，我穿T恤和短裤坐在店里为纱织的新情书"润色"，过了一会儿就忍不住发抖，而坐在我对面的纱织，居然还能面不改色地在吃冰。

"说起来，最近我似乎对写情书也有些厌倦了呢。"纱织用银质的小勺子戳着冰沙，"这里或许是上帝用来净化人心的福地也说不定，总觉得这样下去，我也要变回傻乎乎的资优生了……"

我毫不留情地戳破她的幻想："人心和智商还是有区别的，你的大脑被清洗一万次也做不成资优生，死心吧。"

下午来的客人比较多，有的可能是第一次来，没有脱鞋就直接踩上榻榻米。纱织立即站起身，见小田还在厨房忙碌，便径自走到客人面前。

我听见她的声音居然格外温柔有礼貌："不好意思，这里是不能穿鞋进入的，那边有鞋柜，您脱下来，我替您摆好可以吗？"

稍后，她又心甘情愿地为客人递菜单，记下要点的东西，一路小跑丢到我面前，要我给厨房里的小田送去。

"鸡蛋慕斯，花草茶，芒果布丁各一份，客人问能否再调高一些冷气。"

"客人有没有说这家店的服务生头发蓬乱，胡子也没刮干净？"

致淡玫瑰色的你
Zhi Danmeiguise de Ni

我丢下菜单："那你自己去忙，最近文艺青年都盯上你的店了，迟早你会过劳死。"

他咧开嘴角，继续安心做他的咖啡。

客人一多，光靠小田就忙不过来，我和纱织很自然地充当了服务生的角色。今天是周末，等到终于送走最后一批客人时，已经是深夜十二点钟了。

"一直都是这么晚打烊吗？"我把最后一张桌子上的木质烟灰缸清空，再倒上干净的咖啡渣。

"通常是十一点钟，今天的客人格外不想走。"小田在厨房洗杯子，说话声混杂着水声显得模糊不清。

我笑了一下，心想八成是哪位客人看上了文质彬彬的店主，想要寻找机会告白。但我没说出口，好像不应该对小田开这种劣质玩笑似的。然而犹豫一下，还是问出了口，不过不是那句，而是："喂，你有女朋友吗？"

他愣了愣，擦拭杯子的手停止了，是非常修长白净的手，他反问道："学校放长假，又不乖乖回家，用父母的钱也若无其事，你就不想找份工作吗？"

我一时无言，他却继续说："看你无所事事，不如来我的店里打工算薪水给你，可能不太多，你只要在忙碌的时候帮帮忙就行了。反正你每天都来这里画我做主角的漫画，吃我的甜品，喝我的咖啡，干脆来做服务生好了。"

其实我本来打算在问过他有没有女朋友之后，再扯出为什么不招聘服务生这个问题的，如今他先一步提出，反倒让我不知所措起来。

"还有免费甜品。"小田提醒道。

我张了张嘴巴，正要回答，身后的门突然被推开，是出门丢垃圾的纱织回来了。她的时机把握得刚刚好，听到了最后一句话，立刻欢呼着扑了过来："要啊要啊！"

我无奈地看了她一眼，她的眼中闪烁着如果不答应就会写一万封情书累到我手抽筋的恶毒凶光,我叹了口气,说:"那就非做不可了,别反悔,这是男人之间的约定。"

他一副毫不吃惊早已料到的模样,以眼神微笑扫过我被纱织拉住的手臂,停滞了一秒钟。"咦?"他若有所思地指指我的黑色护腕,"这个夏天戴着会很帅,但现在是冬天了,为什么还要戴呢,穿长袖也不脱吗?"

纱织的手指无意识地收紧,一瞬间变得无比安静而僵硬。

我立即把手收回去,放在背后,伸头望了望天空,看不到星星,天气预报说有可能会下雨。"戴了几年,不戴会不习惯。我还有事,要先走了。"

"嗯?"他惊讶地盯住我,"下午不是约好打烊后去吃夜宵的吗?"

我勉强挤出笑意,朝他和手足无措的纱织挥挥手:"那,再见,你们。"

已经走出一段距离,远远地听见他大喊:"中午十一点钟营业,记得来。如果那时我没醒,直接进来就好,钥匙给过你了。"

我下意识点点头,也没有考虑他是否看得到。

天空安静得可怕,虽然一点儿也看不出电闪雷鸣的征兆。

我没有开灯,坐在床上一张接一张地画着,但内心是实实在在的冰凉。我用右手覆住左手手腕,摸到如同蚯蚓一样微微隆起的滑腻的痕迹,不禁心想夏天真的这么快就过去了吗?

其实不用任何人催促,我一定会准时去上班的。我一直是个懂事的人,从小就试着不给大人添任何麻烦。只是我那么乖,却依然不快乐。于是我心想,既然墨守成规没有意义,那么不妨打破一切规则试试看。

就像明明没有很想做,或者很有信心做下去的事,明明只安心于功

致淡玫瑰色的你

课,不画漫画也不会死,但就是不愿意承认这种可能性,宁可自己挂在半空中晃荡,不去接触地面。

记得高一那年,我和朋友一起去游戏厅,不小心与其他客人起了冲突。望着他们吵得不可开交,几乎快要动手的蠢样,我感到无助与厌烦,胸口忽然升腾起一股绝望。

游戏厅这种地方,其实我是一点儿兴趣都没有的。我也不喜欢集体行动,好像一旦融入他们,被他们接纳,就会莫名地感觉不到自己了。再加上此时恶意喧嚷的氛围,让我认为必须做点儿什么让他们彻底冷静下来。于是我把玻璃瓶砸碎,割破了自己的手腕。

果然四下一片安静,没有人再爆粗口。醒来时竟然听见纱织在哭:"听说高杉昌博决定封笔了,你也不用这样难过吧,大不了以后你替他画完结局嘛。"

我笑了笑,摸摸她的头。

事到如今,终于将这种荒诞的角色扮演彻底废弃了,反而松了一口气。也许原本是什么样子就应该是什么样子,矛盾与纠结,还有自我厌恶,然而这不就是青春期的真实情绪吗?从此之后我有了一道疤,为了掩盖它不得不戴护腕。好像一旦把它遮盖住,那段荒唐十足的少年岁月也被尘土掩埋。

就像那道疤,明明存在的一道疤。

有时并不感到那么心浮气躁,也许比起那时我确实成长了许多。

画了一夜的漫画,直至天边泛起鱼肚白,听见鸟鸣和清洁工扫地的声音。换过衣服后,特地多带了一件外套,我哼着歌向小田工作室走去。

思绪一旦豁达,服务生就很有可能做出清晨六点钟吵醒老板并要求一起喝咖啡聊天的蠢事。接下来的日子,小田对我的精神抖擞什么都没过问。我总觉得他望着我的眼神很怪异,像父亲遥望着儿子,隐隐抱有伤感和期望。他甚至允许我挪开他的书,然后摆上我的漫画杂志。

不同于我的敬业,纱织来得非常不固定,据说是因为又有了新的目标。这次她暗恋上住在隔壁的医学院的男生，并把他送给她的礼物拿给我们看，居然是一截手指模型。我一边大叫"走开！不要靠过来！拿走它"，一边慌张地躲进洗手间，余光却看见小田依然淡淡地笑，仿佛极有兴趣地在和纱织交谈。

我不禁心想，两个怪胎终于凑在一起了，对于一直处于所谓的"暗恋期"，其实骨子里纯真得像矿泉水一样的纱织来说，以沉稳的小田为初恋对象也未必不是件好事。

那之后常常见到他们攀谈，纱织还会坐在吧台边发出招牌式大笑。我的事情多了不少，毕竟打扰别人培养感情会被马踢，所以经常连句话也搭不上，偷听的机会都很少。

看着纱织的笑容，我莫名地有种焦躁感，我把它归咎于两个人都是我的朋友，如今却好像都顾不上我了似的。

如此一想，更加增添了对自己的厌恶。手一抖，打破了一个玻璃杯，引起他们的注意。

"中津？"

"没事。"我厌世地埋头清扫碎片，不去看他们。

"你最近心不在焉，也没有画出好角色，"不用看都知道纱织一定在用同情的目光打量我，"分镜有些草率，以前不是还叫我一起帮忙贴网点纸吗？现在都一个人做？"

纱织和我都是艺术学校的学生，她说的话不是没有道理。但我现在一边忙于工作，一边偷偷打量他们的关系，实在分身乏术。

"总是一个人是不行的吧。"小田嘀咕了这么一句。

其实谁不是一个人呢？难道你不是一个人吗？自从开店以来，从未见过朋友来找你，快到圣诞节了，也不见你买贺卡，应该是没什么人可以寄去。纱织也是。她在遇见我之前，一直被同班的女生嘲笑。至于我就更不必说了。

"即使一个人也是可以的，我已经习惯了。"说毕，我佯装要买烟，大步走出他们的视线。

致淡玫瑰色的你
Zhi Danmeiguise de Ni

走到大街上,才发觉天气很冷。衣服穿了很多,但还是从便利店的玻璃窗中看见自己的脸色苍白,有一点点可怜。

日子一旦安逸就过得特别快,转眼之间我已经当了一个月的服务生,可是现在看起来只是在浪费时间。大街上的行人匆匆经过,每个人都把头埋得低低的,或者直接缩进围巾里呼吸。

好像十分困倦。

又走了一阵,直到接近打烊的时间,估计纱织已经回去了,我才慢慢踱回店里。

确实已经打烊,门口的三色灯箱不再旋转,但店内依然传出些许的光芒。我想快点儿拿回自己的书包,又不想被小田撞见,于是来到后门,正打算推开却依稀听见纱织的声音。

"说起来,中津真是一个很优秀的人。只是有时显得比常人敏感和脆弱,可是画画的人不可能一点儿个性都没有吧?他总是稀里糊涂地待在别人身旁,默默揣测别人的心理,唯恐因自己不够灵敏而给对方造成伤害,正因如此,他格外能够接收到别人无意传达的细节,自己再消极地胡思乱想。"

推门的手停滞了,我屏住呼吸,默默聆听。

"明明是一个帅气的人啊,心地也好,但就是过于敏感。什么?我劝告过了,别以为我什么都没做。可是他说,一旦陷入人际关系,尤其和一大群人相处,就会忽然感受不到自己,所以非常恐惧。"

我侧过脸看着玻璃窗子里映出自己的脸,看起来,似乎真的很畏缩。

"你可以想象得到吗?在我们认识之前,我是一个很不起眼的小人物,我是指外貌,甚至可以说不注意形象,在充斥美女的艺术学校算是过分的行径了。有时和大家一起出去玩,没有人愿意跟我走在一起,大家看似一个集体,其实玩起来还不是一对一,男生和女生的搭配。那时中津很受欢迎,不可思议的是,他居然邀请我一起滑旱冰。也许是我默默站在角落的样子让他觉得有一点点可怜?不管怎样,只有他愿意理我,对我微笑。他的眼里努力营造出一片火焰,让人感到热情。"

啊啊,或许,纱织这个家伙的初恋是我。

这样戏谑地想着,我却莫名地笑不出来。

"别看他那副邋遢样子,还是他教我注意仪容的呢!很好笑吧,常人像他那样邋遢早就被警察因为有损市容而被抓走了,可是他就适合懒洋洋,没心没肺地存在。别问我,我也感到困惑,而他更连想都没想过,虽说彼此是最好的朋友,但我们之间好像不是爱情,却比友谊深厚许多。也许我真正迷恋的那个人,是眼里有火焰燃烧的他,但事实上,那并不是真正的他。朋友不多,厌恶交际,却实实在在珍惜着对方,这才是真正的他。为什么要扮演?我怎么知道,你自己去问。"

果然是暗恋我呢。明明是应该推门进去大笑的时机,为什么还要这样畏缩地听下去呢?

"升入高二,他就自己租房住了。说什么也不肯再留在集体宿舍。我觉得他一定有自己的打算,所以没有阻拦。说实话,我很羡慕他,可以做自己想做的事,年纪轻轻就可以为杂志画插图。至于我呢,漫无目的地念书,业余时间就跟踪喜欢的男生,和他的联系不算多,但是每次只要一看见他,就觉得安心得要命,就会想起最初那个把我从阴暗角落里拯救出来的快乐王子……"

这时门被迅速地推开,发出巨大的响声,聊天的二人一齐回头,我察觉到自己的手在发抖。

"不是的。"我大声说。

"回来了?那么晚,冻坏了吧?"

"不是这样的,纱织弄错了,我不是因为最想画漫画才去画的,而且也不是什么快乐王子。"

不知是否是错觉,一瞬间我仿佛看见纱织的脸上浮现出一丝失望与自卑,就像当时那个无法与大家靠近的女孩,瘦小、怯懦,穿着不合身的肥大裤子,连裙子也不敢穿。

可即使这样,我还是把内心不断翻涌的话吐了出来。

致淡玫瑰色的你
Zhi Danmeiguise de Ni

"当时你站在角落束手无策,我不是因为可怜你才邀请你的,我只是……只是想到了自己。其实我也是这样的人,我是因为觉得自己很可怜才去同情你的,别把我想得太伟大了。我只是比任何人都会伪装自己而已,虽然扮演的时间不长,却很失败……"

"既然如此,为什么直至现在,你都把纱织当作唯一的朋友呢?"小田猛然插嘴的一句话,让我彻底无言以对。

是啊,为什么我依旧在她每次遭遇不开心的事时,第一个去安慰她呢?

除了父母之外,只有纱织知道我很努力地画漫画,很努力地参加各种美术竞赛,很努力地研究各类艺术大学的招考函。

我不想告诉其他人这些事,不想让大家都知道看似对什么都无所谓的我居然可以如此专注和郑重,就连面对自己时也根本不坦率,总是粉饰太平地做出一副颓废的模样,似乎劝慰着自己:反正我什么也做不了,继续努力下去,就算失败也很正常。反正我根本就是一无是处的人。

因为,我害怕失败。害怕自己真的面临失败时会彻底崩溃,害怕别人对我的失败做出同情或嘲笑的反应,害怕我崩溃之后仍要伪装无所谓去接受那些反应。

如果真的失败,只有纱织不会嘲笑我、放弃我。她只会静静倾听,开一些高杉昌博的玩笑来轻描淡写地带过。她可爱得只会用我能接受的方式表达关心。

她是我最好的朋友,最喜欢的人,意识到这一点……哈,难道我在哭吗?

有时刻意的隐瞒,只是不想让自己期望过高而已。纱织和我不仅是浮躁的人,还具有现今年轻人的许多毛病,自私、怯懦、叛逆、懒惰,害怕进入社会,放弃与人沟通。即使如此,我们还一直相处至现在,好像谁也没有改变,但是时间已经前进太多。

并且在逐步的相处中,谁也没有再抗拒谁,每个人都因自己的怯懦倍感无力,而又因无力不得不抱住对方,最后在一模一样的气息里安心入睡。

此时此刻,我们僵持着,却不敢对视,好像只要一接触到对方的目光,自己就会软弱地输掉。

"和解吧。"小田破天荒地拿过我的烟,点燃了一支,"快点儿和解,我好给你们讲一个故事。"

纱织和我不再说话,静静地,心平气和地听小田说着,烟雾在微弱的灯光中缭绕上升。

"我们每个人,都不是只有自己一个人。我曾经也有一位朋友。我把他视为极为重要的人。毕业之后我们原本打算开一家理发店,因为他非常喜欢研究造型,还为此特地去学了素描。但后来还是因为一点儿误会,我希望成为独立安静的人,于是独自有了开书店的愿望。而他去另一座城市实现自己的梦想。

"他成了很厉害的漫画家,有了很多像中津你这样的粉丝,可是或许经历过什么,他却中途宣布退出。"最后他深吸了一口气,将烟头捻灭,"我也曾经想要写张卡片给他,将中津你的画给他看,告诉他,他的努力让一个少年充满了梦想,可是这份安慰却没有一个可以抵达的地址。这样的难过,我不希望在你们身上重来。"

所以这个总是微微笑着的男人才会为书店取一个理发店的名字,并且放一个旋转的三色灯箱。他看到我为客人画素描时若有所思的悲伤神情,我一直都记得。

高杉昌博,那位中途放弃的漫画家,居然是小田已经失去的、最重要的朋友。

余光扫过纱织的脸,发现她已经哭得满脸是泪。一双红肿的眼睛却牢牢盯着小田,仿佛期盼他继续说下去,或者直接下一个结论。

这让我微微紧张了起来。

"中津,纱织,还有我,我们都要记得……"预感这是成为结论的一句话,"对这个世界,对这些人,对这所有的存在,我们可以没有爱,但绝对不能没有情。一定要记得。"

他说毕,又咧开嘴角微微笑着。

时间一分一秒地流逝,我仿佛看见自己缓慢走近纱织,终于伸出手,轻轻握住了她的。她的手指有些僵硬,但仍是温暖的,好像能够接受我的靠近,也伸出手抚摸我的头发。我们像两只第一次见面的天真的幼兽,只是没有言语地互相依靠。

这是情或者爱,已经并不重要了。重要的是无论过去、此刻,还是将来,我都会陪伴着这个莫名其妙的人,坚守着自己莫名其妙的梦想,等我三十岁脱发四十岁谢顶五十岁得糖尿病的时候,回忆起我这莫名其妙的一生,没有任何遗憾。

而小田一直站在那里,始终带着那抹清淡的笑容,静静地站在那里,用不动声色的方式履行了我和他之间,男人与男人之间微妙但深刻的约定。

可以没有爱,但不能没有情。与生俱来的疏离感从来没有消失。但为了度过这个漫长的冬天,我们随时准备拥抱彼此,随时告诉自己,这不是因为太过孤寂而暂时错生的幻觉。

起码今夜,请让我微笑着流出热泪。

落单的拥抱

文◎提诺拉

二〇一一年。

她不记得是什么时候的事了,只记得走在她前面不过两步距离的林柏光语气中带着几分神秘地说:"你知道为什么松下比不过索尼吗?"

她傻乎乎地跟在他身后,问:"为什么?"

林柏光回过头来站在阶梯上低着头看着她笑起来:"因为Panasonic,就是怕你'sony哥'。"

其实现在想起来,这个笑话并没有多好笑。

可是似乎从高二到高三所有关于林柏光的记忆,都融在了这天他看向她的目光中。

逆着光的他,周身似乎环绕着暖色的微光。

注意到有林柏光这样一个人的时候,是在某次班里面发生了连续的偷盗事件。

不少人放在抽屉里的钱、MP3(音乐播放器)、手机或什么值钱的电子产品都被偷了。但是因为根本就没有线索,更别说去查到底是谁干的。学校刚刚升为重点高中,就尽量把这件事压了下来,既没报警也没声张。

那天是某个晚自习,全班都在写作业或者复习,教室里寂静得只剩下电风扇的呼呼声,黏腻的空气附着在皮肤上,再加上上了一天课的疲惫,让人几乎不想再有多余的动作。

致淡玫瑰色的你
Zhi Danmeiguise de Ni

而林柏光就是在这时突兀地站到了讲台前面，苏诺把头从双臂上抬起，刚刚睡醒的样子，看着面色沉静的他。

苏诺不算什么好学生，家里面砸了钱让她进了尖子班。她不出去混，也不惹是生非，就是喜欢上课睡觉，旁若无人地睡上一个早上都可以。

巡堂的老师几次捉她起来，可她偏偏屡教不改，照样睡得开心。

林柏光在班里鲜少大声喧哗，和那群张扬的男生不大一样，在苏诺的记忆里，他只穿简单的衬衣和T恤。这样低调的男生，竟然那么主动地站到了讲台上，如同要宣布什么一般，不由得让苏诺紧紧注视着他，等待着他开口。

显然，林柏光这个动作也吸引了班级里的其他同学，大家都开始看着他。

林柏光有些犹豫地开口了，手不自然地垂着，微微握成拳放在身侧："呃，关于最近班里发生的偷窃事件，我不知道是谁，但是我希望那个偷了我手机的人，手机我可以不要了，但是我想要我那张手机卡，里面……"

他顿了顿，认真和严肃的样子和台下咧着嘴笑的同学形成反差："里面有我很重要的号码，真的。拜托了，手机另一块电池和配件我会放在抽屉里，只要拿着我手机的人能够把卡还给我。"

"哈哈！"台下终于有人忍不住笑了起来。

苏诺看着站在台上的他，眼里映照的是教室里白亮的灯，恰好形成了星星点点的光斑。

或许是离得比较近，苏诺竟然觉得这样的他有一种说不出的惊心动魄的美感。

而后林柏光走回了座位，不少同学仍旧笑着，说不出来是什么情绪，可是苏诺却没办法笑，也许是读出了他对这张卡的重视。

这张卡里，到底是哪个号码让他甘愿这样请求呢？

其实苏诺一直很想问问，那张卡最后到底还回来没有。

可是想想自己和林柏光的关系，最多不过是同班同学，文理分班之后和自己到了一个班,相处了大半个学期下来知道彼此的名字,有过一些礼节上的交流罢了。

但是心里一旦埋下了什么,总会随着一天一天不经意的注意茁壮成长为"在意"。

所以在班长发下一张班级信息登记表让大家填写时,当表格传到苏诺手里的时候,她第一眼就在那张填得满满的表上看见了林柏光的名字。

生日,民族,住址,联系电话。

她小心翼翼地抄到一个用来记东西的本子上,然后填好自己的信息。

其实这样的信息对苏诺来说并没有什么意义,却不知道为什么,反应过来时已经整整齐齐地抄了下来。

同桌拿来的杂志上提到星座。

毕竟是小女生的性格,苏诺忍不住看了看,发现林柏光的星座是双子。

都说双子座很善变。可是执着着那张卡的林柏光,却出人意料地顽固。

再看看自己的天蝎,苏诺倏然苦笑起来,爱情指数百分之十,所有星座配对里垫底的位置。

一时间不知道为什么心里沉沉陷下了一大块,如同浸了水的海绵,发涨而沉重。同桌一个大巴掌拍过来,吓得盯着那句话的苏诺一哆嗦,就像做贼被抓一样窘迫。

"怎么了你?"同桌好奇地凑过来,看着苏诺翻到的那页,狐疑地看着她的神色问,"在研究哪两个星座啊?"

"双子和天蝎。"加上了自己的星座,她不由得有些害羞起来。

谁知道同桌瞪大了眼睛,夸张地叫起来:"这可是最不可能的两个星座呢!"

"最不可能"这样的字眼像乌云一样,于是苏诺干脆沉默着不再说话。

致淡玫瑰色的你

同桌看出了不对劲儿,便压低了声音问:"苏诺,这是你和你喜欢的人?"

一下子恍然般,苏诺好像终于知道这段时间以来莫名其妙的感觉到底是什么了,如下了极大的决心一样,点了点头:"嗯。"

原来这样时时刻刻想要看见他,想要知道他在做什么,想要更加了解他,会情不自禁地因为他的一举一动而改变自己的神态或动作,所有的所有都是喜欢啊。

养成习惯般地,苏诺把上课睡觉的兴趣改成了观察林柏光。举手投足,都在她眼里。

这个年纪喜欢上谁确实不是什么奇怪的事。就连林柏光也是这样。

那天是林柏光重新办了号码之后的某天,上着晚自习的他突然就没原因地冲了出去。

第二节课的时候都没有回来,坐在位置上的苏诺有些急了,也没有原因地就谎报肚子痛跑了出去。

从六楼下到一楼,四处张望着没有见到他的人影。

又围绕着教学楼转了一圈,仍没看到。

最后跑到了田径场。偌大的田径场上一个人影都没有。有的只是周围一排排树的影子,昏暗的灯光让四周都显得不真切起来。

为了细细寻找,苏诺只好这样一圈又一圈地围着田径场跑起来,左右看着,搜索着。

不知道跑了多久,终于没了力气,也或许是被脚下的石子绊到了,苏诺这么趔趄了一下,坐在地上,好半天都没有起来。

她揉揉发疼的膝盖,慢慢悠悠地站起来,一瘸一拐地往教室走。

谁知道在楼梯的转角隐隐约约地听到了林柏光的声音,他用波澜不惊的调子回答:"如果你这样认为,我也没有什么好说的了。"

应该是在打电话。苏诺既不想上前惊扰,也不想就此离去,于是干脆躲在角落,坐在了台阶上。

林柏光的声音不大,但是寂静中听得还算清楚,他大多时候都是沉默，偶尔回答一句"嗯"。半晌，什么时候结束的苏诺也没有察觉，只觉得突然没了声音，站起身向上走的时候，竟然就这么和他面对面撞见了。

"对不……"后面的话压着。苏诺学着他的样子蹙起眉头，一时间不知道该说什么好。

对不起，对不起什么呢？

这是明摆着的不打自招了。

林柏光倒不在意，直直地望着她："没什么。"

于是两个人就陷入了尴尬的沉默中，苏诺手心捏出了汗。

"回教室吧。"林柏光这么说着，然后率先转身继续向楼上走。苏诺也赶紧继续扶着墙，开始向上走。

林柏光忽然回过头，看着她艰难的样子犹豫了一下，又折了回来，蹲在她的面前："我背你上去吧。"

苏诺推托着说不用了，可是林柏光一动不动，继续蹲着，无奈之下苏诺只好老老实实攀到他的肩上，在他站起来时一阵微晃，但是很快就平稳地上楼了。

夏季的烦热闷闷地浮在身体表层，内心的悸动霎时升温般地鼓动着。

这是明明白白、确确实实的喜欢。

其实对于自己和林柏光由此熟识起来这件事，苏诺一直觉得不切实际。

也或许是同组的关系，座位前后滚动换着，其实也就是隔了一张桌子的距离。

林柏光要回座位的时候总会经过她身边，偶尔看到她就会停下来问一句："腿好了吗？"

"嗯。"苏诺和他说话时总不敢正视他的眼睛，生怕再次看见那星星碎碎的目光会一下子脸红，刻意躲避着。

星期六上完课住校的同学可以回家，苏诺和林柏光都是住校的，车

致淡玫瑰色的你

站离得近。

或许是他这样的寒暄都成了鼓励,苏诺刻意在放学的时候慢慢收拾东西,等着和林柏光一起出教室。

于是自然而然两个人开始有了交谈。

不知道为什么,苏诺刻意让自己走路有些不自然,林柏光问:"腿还是会疼?"

苏诺心虚地点头:"嗯,有一点儿。"

其实那样的扭伤不过三天,她早就不疼了。可是此刻,她却觉得这扭伤是唯一的借口,可以让自己和他走在一起时,能够慢一点儿,再慢一点儿。

林柏光果然放慢了脚步,陪着她走到车站。

过马路的时候还会在苏诺的背后轻轻一搭,带着她过马路。

在等车的时候,苏诺忍不住问了出来:"那张电话卡找回来了吗?"

"嗯。"林柏光微微点头,"已经找回来了,虽然有些迟了。"

"迟了?"苏诺下意识想起那晚林柏光打电话的样子,眼眶虽然微微发红,没来由地让她觉得落寞。

此刻的林柏光也像那时的样子。

"女生好像会对一些小事情十分在意。"林柏光的声音听起来好像很烦恼一般。

"明明解释了是因为联系不上,却还是固执地认为这是不在意的表现。"

苏诺有着天蝎座的敏感,一下子就大致理解了。那个重要的电话,属于林柏光喜欢的女孩子。

"那现在,两个人怎么样了呢?"果然还是好奇,问了出来。

"分开了。"林柏光停顿了一下,"因为这么小的一件事,五年的感情说完就完了。"

五年。现在推回去,也就是他和她刚上初一的时候。

算下来，时间上形成的巨大差异让苏诺胸口一闷，像被塞进去了几朵棉花。

她却头脑一热，再也克制不住地问他："那要不要我们俩试着交往呢？"

苏诺看见林柏光的脸上带着诧异，虽然这么冲动的一句话让她微微有些懊悔，可是她没有让时光倒流的本事，只好和他僵持着，静静等他回答。

林柏光惊讶之后，浅浅地笑了："我并不好。"

苏诺原本也没什么，接受或不接受，不就是一刀。结果，林柏光给的是那么暧昧的答案。

"我喜欢你，又不是因为你好。"她犟着。

"那是因为什么？"

"因为，你就是你。"多么煽情的一句琼瑶式的话，可是苏诺找不到别的答案。

林柏光叹了口气，终究没再给出答案。

苏诺怎么也弄不清楚，林柏光到底接受自己了没有？

他忽远忽近、时冷时热地和苏诺相处着，可以一下子和她好到上课互传字条、下课一起吃饭，也可以一连几天不理睬她。

这下苏诺才总算体会到了林柏光作为双子座的善变和难以捉摸。

纵使经常因为他的疏远和反复无常而难过，但是苏诺偏偏记住的都是他的好，甘之如饴。

十一月的时候苏诺生日，选在一个周末去吃烤鱼。

一伙人吃饱喝足之后开始玩游戏。林柏光喝得有些微醉，声音有些哑，却带着难得的好兴致说："来玩黑白配，最后剩下的两个人罚做一件事。"

那么大一伙人，当即就同意了，而罚做的这件事，也自然被定为安全之吻或者拥抱。

轮了几番，爆笑全场，毕竟看到两个男生在公共场所隔着一张纸巾

致淡玫瑰色的你
Zhi Danmeiguise de Ni

亲吻的画面实在是够劲爆,当然,林柏光和苏诺也不能幸免地被罚了。

好在苏诺是和一个女生安全之吻。林柏光是和苏诺的同桌拥抱,两个人都有些拘谨,抱着的时候还隔着一大段空隙。

游戏到了尾声的时候,苏诺和林柏光总算被罚到了一块儿。

林柏光向着她走过来的时候,苏诺几乎能听见自己抑制不住的心跳声,就连站起来受罚还是同桌在一旁拉扯着才反应过来的,然后林柏光一把将她抱在怀里。

不是没有这么亲密接触过,那天林柏光背着她,她默默地趴在他背上,体温隔着衣服清晰可感,他的头发就在自己面前清晰可见。

就像现在一样,苏诺的脸埋在林柏光的胸口,侧过耳就可以听见他强劲有力的心跳声。

即使分开之后,苏诺都有如幻听一般耳际回响着那一下一下的心跳声。

心里一下子暖了起来,嘴角傻傻地勾着笑。

回家的时候,林柏光走在她旁边,看着发呆的苏诺问:"想什么呢,那么入神?"

因为有了对比,有了差别,所以明白了自己对于林柏光多多少少还是有区别的,于是笑了起来,无法克制。

苏诺借着酒劲儿几乎是用了恳求的语气问:"林柏光,我对你来说是不一样的对吧?"

林柏光看着一脸期待的苏诺,没有作声,只是微微点点头。

不少在场的人都因为那惊心动魄的一抱而开始传苏诺和林柏光在交往的事。

久而久之就被传得和真的一样。

所谓绯闻大多就是如此,说的人多了,也就容易让人信服。

更何况苏诺和林柏光都没有否认什么。

谁都没料到还有更劲爆的一幕。

周六放学是回家日,所以校门口会有比以往更多的人。

落单的拥抱
Luodan de Yongbao

苏诺抱着一大堆书站在校门口等林柏光，左顾右盼了半天才见林柏光神色慌张地小跑着出来，正要上前打招呼，笑容都已经堆在脸上，脚刚迈出一步却停了。

林柏光像根本看不见她一样，朝着另外一个方向冲过去，苏诺顺着望过去，他停在了一个女孩子的面前。

距离太远，她看不清女孩子的样子。

但是就在林柏光停在她面前的时候，女孩子向前一踏，紧紧抱住了林柏光。

"哗啦"一声，苏诺的书落了一地，也多亏了她，原本注视着那一对在校门口公然相拥的情侣的人也被吸引过来，看着苏诺手忙脚乱地捡着书。

捡几本叠在一起，再搭上另外几本，先前垒好的又倒了。

反反复复几次，直到苏诺看不清摊在地上的书，才意识到眼前一片朦胧，一滴一滴的泪珠打在书上。

她极其狼狈地不动声色地悄悄哭着。

"苏诺。"来接自己的妈妈喊着她的名字，苏诺才赶紧慌忙擦了眼泪，把书草草一抱放在车里，又折回去抱落下的，收拾好了之后坐到车的后座上。

妈妈边发动着车子边问："怎么了？"

"风吹沙子进了眼睛，想用手揉，结果书掉了。"编了理由又回头看了看林柏光和女生在的地方，他们早就离开了。

可是两个人拥抱在一起的画面，睁开眼闭上眼总是出现在眼前，挥之不去地萦绕在她脑海里。

她没来由地想起了那天晚上林柏光紧紧抱着自己，明明同样的动作，却让苏诺看出了天壤之别。

五年的感情和短短几个月不咸不淡的接触。

这不是天壤之别又是什么呢？

林柏光的转变来得真快。

致淡玫瑰色的你

他变得显眼起来,像他那样成绩好、长得又好看的男生,在班里总是有些影响力的。所以当林柏光也开始跟着一群男生嘻嘻哈哈高谈阔论的时候,苏诺苦笑了出来。

而她和林柏光之间似乎还和以前一样,甚至更好了些,一起聊天吃饭什么的,但是再也没了似有似无的暧昧。

林柏光毫不掩饰地显示自己的幸福,和苏诺说一些同女友之间的事情时脸上带着满足感:"分开的这几个月来,原来她一直在后悔当初那么轻易说分手了。好像听了什么风言风语,以为我又谈恋爱了,就再也忍不住了来找我。"

"原来是这样啊。"苏诺干笑。

"我们的脾气都太倔了,都不肯低头。我真担心她会就这样放弃,好在她回来了。"林柏光呵呵笑起来,然后继续吃着饭。

可是苏诺却再也笑不起来,她放下吃了几口的饭,说了句"我走了"就跑回教室。

其实林柏光一直没发现,苏诺早就不住宿了。每天中午会在学校,不过是因为想和他一起吃一顿饭罢了。

吃完饭就没时间搭公交车回家,所以干脆留在教室趴在桌面上凑合着睡一觉。

可是她再也睡不着。

苏诺呆呆地站在林柏光的座位前,突然她鬼使神差地弯腰翻找起来。

林柏光的抽屉放着他的钱包和笔记本,其实苏诺并不知道自己到底要找什么,所以看到那个钱包的时候,想起不知什么时候看到哪本书,说是会把女朋友照片放在钱包里的男生是真的很爱那个女生,于是拿出来打开。

映入眼帘的,便是林柏光和那个女孩子的头靠在一起大笑的幸福模样。

哪知道刚看了一眼,教室门口就传来一声冷喝:"你在干什么?"

教导主任看着她,还有她手上的钱包。

苏诺一下子不知道该怎么办,只能任由教导主任恶声质问,使劲儿咬着下嘴唇吐出几个字:"我没偷。"

教导主任不依不饶:"还说不是,看你平常就不遵守学校纪律,会做这样的事情也不奇怪。"

苏诺哑着嗓子反驳:"我没有!"

她的眼神里满满的不服,教导主任怒了,抓住她的胳膊就要拉她去教务处,借题发挥地数落她一顿。

到了办公室之后,教导主任打电话找来了苏诺的班主任,班主任又叫来了林柏光。

苏诺至今还记得林柏光推门进来的那一刻,目光灼灼,几乎让她哭了出来。

班主任让林柏光检查钱包里少了什么,林柏光看了苏诺一眼,然后接过钱包翻了翻:"没少,我钱包里本来就没钱,所以才放在教室的。"

林柏光这一答,倒是让教导主任怔了一下,讪讪的表情像吃进了一只苍蝇,而后她转向苏诺说:"就算你没偷,中午不回家在教室翻同学的抽屉难免让人起疑!"

苏诺双手绞在一起垂着头没有说话。班主任让林柏光回宿舍休息,直到他走了很久,她才缓缓抬起了头,跑了出去。

苏诺收拾着放在学校的书,书包放不下的一些笔记本就抱在怀里,然后走了出去。

在楼梯口一头撞在林柏光的胸口,手上的笔记本撒了一地。

"你……"林柏光缓缓开口。

苏诺边急急忙忙弯腰捡书,边说:"我没事。"

"我帮你。"林柏光蹲了下来,可是手却在一瞬间停了下来。

苏诺看过去,那个本子上她曾经整整齐齐记录了林柏光的各种信息,除了第一次抄下的生日、电话,还有她那么长时间以来了解到的事情。

而空白的地方，写得满满的都是他的名字。

苏诺一把抢过本子，手忙脚乱地落荒而逃。

她的眼泪洒在沿途，风呼呼地扑面而来，却怎么都吹不干脸上这一片潮湿。

过马路的时候一心只想着逃，根本没注意来往的汽车。

尖锐的喇叭声响起的时候，苏诺根本来不及反应，就被人从后面一拉，拖了回去。

"注意！有车！"林柏光气喘吁吁地吼道，显然是为了追她而急匆匆跑过来，"过马路都不会啊你，跑那么急做什么？"

可是苏诺的眼泪止不住，拦住了一辆经过的出租车，飞快地坐了上去。

"苏诺——"林柏光的声音已经很远，可是苏诺没有回头，任由汽车快速地驶离。

苏诺说什么都不愿意回学校。家里面向来宠着她，也就任由她办了转学手续，换到另外一所普通高中。

林柏光发过几条信息来，都是询问为什么不来学校了，客套的语气让苏诺看一条删一条，硬是没有回复过。

新的学校比先前的要小一些，老师也管得不是很严，只是苏诺再也没了上课睡觉的习惯，每节课都认认真真地听下来，还仔仔细细做了笔记。

高三最后的那个学期，忙碌于学业，苏诺竟一次都没有想起过林柏光。

高考结束后的某天，苏诺望着抽屉里的那张手机卡给林柏光发了信息：

林柏光，我们明天下午两点钟在文庙见一面吧。

那边回得很快，简单的两个字：好的。

其实说起来和他不过几个月没见，林柏光还是和以前一样，穿着简单的衬衣，只是头发染成了栗色，在阳光里折射出柔柔的光。

"好久不见。"他打着招呼，"最近怎么样了？高考完准备去哪儿？"

"哪儿都好吧。"苏诺心不在焉地回答着，装作观光的样子到处看新开放的文庙，"那你呢？"

"打算去旅游，上海，或者厦门。"

"哦。"苏诺从包包里拿出相机，拍着庙里面的风景。文庙是用来祈祷学业顺利的，树上的红布条都写着"高考顺利"的字样，她似乎很感兴趣，对着树拍了好几张。

最后，她望着林柏光问："我们能不能合照一张？"

因为转学的原因，他们俩甚至连毕业照都没能一起拍。

林柏光点点头，小跑着去找陆续从大门进来的游客，拜托他帮忙照一张。

热心的游客很高兴地答应下来，林柏光和苏诺站在文庙大殿前，站在一起。

"再近一点儿。"游客说。

于是林柏光向她靠近了一些，又近了一些。

近到可以听到衣服摩擦的声音，此刻的林柏光就站在苏诺身边。

"看这边。"

咔嚓。

画面定格在苏诺几近绝望的笑容和林柏光一如既往柔和的微笑中。他的头微微向她倾斜着，向她靠近着。

可终究是不一样的。

苏诺盯着那张照片发呆，林柏光见她半晌没出声，便用苏诺的松下相机说出了那个玩笑。

可是苏诺笑不出来，她从包包里掏出那张照片和那张手机卡。

在林柏光诧异的目光中，苏诺解释着："那时候教导主任就是看我拿了这张照片才说我偷东西的，可是当时忘了还给你。这张手机卡我帮你拿回来了,可是手机已经被卖了。真的不是我偷的,我发现那个人在偷东西,他把卡还给我的条件是让我保密。"

"谢谢。"林柏光说,踌躇了一下,"其实苏诺,我……"

"我要走了。"苏诺打断他。

"对不起。"林柏光这样说着,然后又加了一句,"再见,苏诺。"

苏诺走得很潇洒,再也不用落荒而逃,手忙脚乱。

为了和他走从校门到车站那段距离,假装自己也坐公交车,等他上车之后才通知父母来接自己。

为了帮他拿回那张手机卡,苏诺连续两个星期违反宿舍规定守在每间教室外等那个人再次犯案,她好不容易捉住了那个人,哀求了半天才把那张卡拿了回来。

正不知道应该怎么还给他的时候,知道了他已经和那个人联系上的消息。

于是就一直压在抽屉。

而那张照片,不过是她一时嫉妒的结果。她又看看自己和林柏光的合照,怎么看怎么别扭,她笑起来。

因为他们之间没有喜欢,只有一厢情愿的追逐和遥望。

于是苏诺删掉了那张本来就不该存在的合照。

在这场故事里,她不过充当了一个让林柏光和那个女孩子的感情更亲密的小插曲,功德圆满便功成身退。

可是,面对着车水马龙的街道,她无端想起了萧亚轩的《类似爱情》。

我在过马路,你人在哪里。

没有尽头的执着,总该放下了。

微光流萤

文◎Miss·苏逸夏

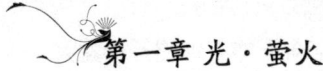

第一章 光·萤火

冬夜风冷得有些刺骨，雪花打着旋亲吻少年长长的睫毛，融成晶莹的小水珠，映得他琥珀般的眸子亮如辰星。少年一手小心翼翼地捧着怀中的房子模型，一手紧紧攥着妈妈的衣角，像拥抱了全世界般，嘴角满足地扬起了温暖的弧度。

可不知道为什么，少年明亮的眼眸里却有一丝不安。他微抬着眼角打量着妈妈脸上的表情，可是雪太大了，什么都看不清。

身体忽然被谁重重撞了一下，少年恍惚间回神，却发现手上的房子模型不见了！

就在刚刚，一个黑影从他身旁擦身而过，夺走了他手中的模型。那个身形同他差不多的少年飞快地奔向巷子，很快便消失不见了。

"妈妈……妈妈……"

那是妈妈送给他的圣诞礼物，他还没好好欣赏，怎么能够被人抢走。少年无措地唤着身旁的妈妈，贵气的妇人目光微颤了下，突然迈开脚步追了过去。大衣的一角缓缓从少年手中滑开，少年恐惧地瞪大了眼睛，他想叫住妈妈不要追了，可是已经来不及了。

纯白的雪花如同舞蹈的精灵，它们在屋顶上跳着舞，在空气中跳着舞，缓缓降落，落在深巷里又湿又冷的小屋前。冻得面颊通红的女孩正

致淡玫瑰色的你

跪在雪地上数着瓶子,一个,两个……像是数首饰盒里的珠宝那么认真。

窸窸窣窣的雪落声中突然传来熟悉的脚步声,女孩欣喜地抬头。

"哥哥。"她迎着雪花飘来的方向跑过去,兴奋地报着数字,"哥哥,今天我们捡了103个瓶子哦,明天就不会挨饿了。"

衣衫单薄的少年心疼地掸掉女孩头发上的雪花,握过她的手哈了口气,将藏在怀里的东西小心翼翼地放到了她的手中:"流萤,给,送你的圣诞礼物!"

女孩的眼睛顿时如星辰亮起,她情不自禁地轻呼了起来。

暗红色的砖砌成哥特式的顶,白色雕花的阳台上整齐地绽开一盆盆蔷薇花,薄纱制成的窗帘垂在巨大的落地窗边……

像是公主的城堡。

是那天在商店橱窗里看到的房子模型!

"哥哥。"女孩感激地望着单薄的少年,眼睛微微湿润。

"流萤……"

少年朝女孩伸过手去,耳边却突然响起一阵刺耳的刹车声,雪白的车头灯从巷口那边打过来,照得纷纷扬扬的雪又密又急。他下意识地将流萤紧紧抱在怀里,心脏却不安地跳动起来。

巷口那边突然一片混乱,锐利的尖叫声,微弱的哭喊声,还有警笛呼啸的声音,在这个寂静的雪夜里听起来格外刺耳。流萤很想探出脑袋看一眼发生了什么,可是脑袋却被哥哥紧紧按在怀里。过了许久,那些声音似乎都停息了,哥哥才轻轻松开了手。

流萤好奇地走到巷口,昏黄的灯光洒在一片鲜艳的红色上,仿佛绽开在雪地里的红莲,那红色触目惊心。意识到发生了什么事的流萤惊恐地张大了嘴刚要叫出声来,却猛地发现不远处正怔怔地站着一个人。

流萤眨了眨眼,奇异地看到有微弱的萤火绕着少年飞舞。雪已经将他覆盖成了一个雪人,他怔怔地望着地上的大片血渍,姿势怪异,像要拉住谁一般,覆满了雪花的手伸在空气中。他的脸上挂着泪痕,被冷风冻成了冰霜。

"你没事吧?"

流萤向他的方向挪了一步,少年却似感应到什么一般,他猛地睁开眼睛望向流萤怀中的房子模型,明亮的眸子里顿时蹿起红彤彤的火焰。

"杀人凶手。"少年硬生生地从牙齿缝里挤出这几个字,身体猛地一歪,"砰"地倒在了雪地里。

"哥哥……哥……"

女孩恐慌地求助身后的哥哥,他却一把攥住她的手低吼了一声:"快跑!"

反应不及的女孩被拽着跌跌撞撞地奔跑在雪地里,冰凉的雪花落进眼睛里,融成绵绵的泪水。她紧紧抱着怀中的房子模型,眼前不断浮现少年冷俊愤恨的脸。一抹萤火的光芒从眼底滑过,流萤讶异地瞪大眼睛,越来越多的光芒聚集起来,雪夜的街景顿时梦幻起来。

"流萤,流萤……"

哦,不要叫醒我啊。寂寞的少年,请不要哭,我会一直陪着你的,好不好……

第二章 蓝·紫藤

风景缓缓后退着,一幢幢森冷的摩天大楼掠过眼底,少年淡淡地望着,仿佛这个流光溢彩的世界与他并无关联。车速并不快,可在司机紧急刹车的那一瞬,身体还是止不住往前冲了下,紧缩的心脏顿时涌起浓墨般的恐惧。仿佛有什么被硬生生地从身体里扯掉,用力捂住胸口也挽留不住,他扶着座椅剧烈地咳了起来。

"蓝少……"司机抱歉地望向后座,目光是习惯了的无奈。

少年会意地将车窗摇下些,明亮的目光中等待已久的女孩轻盈如蝶般飞奔了过去。

"这是我画的设计图,如果蓝少您有时间的话,请指点下好吗?"

致淡玫瑰色的你
Zhi Danmeiguise de Ni

出乎意料的是，这回拦驾的女孩却不是要死要活地告白，竟是让他看她画的建筑设计图！蓝景岩不禁微微一怔，嘴角滑过一丝愕然。

他抬头望向阳光下的女孩，抬得笔直的胳膊因为紧张而微微颤抖。她似乎在他必经的这条路上等了很久，两颊被晒得微红，垂落下来的头发也被汗水浸透，零乱地粘连在颊边。

"对不起，我想我没有那个能力为你指点。"蓝景岩略扫了一眼流萤手中的设计图，确实是难得的设计佳作，甚至比公司里的一些前辈都画得好。

只是……

丽景建筑设计公司的原则是绝不聘用女设计师，即使天才的设计师，也得不到认可。蓝景岩微微叹息，抱歉地望了流萤一眼，示意司机开车。

"蓝少，蓝少！请您看一眼吧，就一眼。"流萤用力拍着车窗，可是少年却漠然地摇上了车窗。

车窗缓缓上升的时候，流萤坚定的声音跟着风吹了进来，赌气般说着不会放弃。蓝景岩恍惚笑了起来，缥缈的笑意如雾气一般。

是吗，可是最后却没人陪在他的身边了啊……

蓝景岩微微闭眸，恍惚听到愈行愈远的脚步声，他张着手拼命去追，掌心似乎有一两秒钟触到柔软的温暖，却飞快地被放开。蚀骨的痛钻进心底，按捺在喉咙里的呼喊满是不舍。

妈妈……

妈妈，不要丢下我一个人……

"蓝少……"司机小心推了推在睡梦中挣扎的景岩，蓝景岩恍惚醒来，苍白的面容如同被泡在水里的白纸，薄而透明。

"蓝少，您的身体……"司机有些担忧地望着他。

"我没事。"蓝景岩略微弯起嘴角，强打起精神让自己看起来好些。

他抬头望向明艳的阳光下，如同一柄锋利的剑直插云端的丽景建筑公司的办公大楼,迎着两排整齐等待的员工走了进去。

会议室里,负责南湾度假村项目的设计师Pon已经等得有些不耐烦了。

"蓝少又被哪个痴情少女缠住了吗?连公司的重要会议都能迟到,蓝少还是辞掉公司职务专心恋爱好了。"Pon讽刺地轻哼,他抬头望向景岩的秘书,不屑的目光里满是嘲弄。

"路上堵车,蓝少马上就到了。"秘书歉意地解释道,Pon嘴角的笑意更浓了。

作为丽景最优秀的设计师,Pon向来心高气傲,又因为蓝景岩是含着金钥匙出生的,年纪轻轻就接任公司董事长一职,而他却是一步步才艰难走到今天这个位置的,不免多少有些抵触。但毕竟公司的大半业务都是交由Pon完成的,就算是董事会的元老也不敢对他怎么样,更何况景岩的秘书。

会议室的门被推开,神情淡漠的少年站在门口抱歉地略略点头,紧张的秘书才终于松了口气。可气氛仅缓和了几分钟,便彻底僵滞了。

"只有这样吗?"蓝景岩淡淡地望向投影上打出的设计图,不满地皱起眉头。"这些你之前已经E-mail(电子邮件)给我了,想必你也已经收到我的回复,我并不满意这次的设计。"

心高气傲的设计师不悦地扬眉,额角的筋隐忍地跳着:"嘀,难道蓝少有高见?"

Pon不屑地勾起唇,一个连建筑系都还没毕业的人,有什么资格跟他说这些。他冷冷地望着蓝景岩,等待着他的下文。

"你的设计沿袭了欧式皇宫的奢侈华丽,的确很符合上流人士的巴洛克式欣赏风格,可是……"蓝景岩淡淡地笑着,望向会议桌对面的Pon,"缺点也正在于此,太华丽,会让人产生审美疲劳。我看过你之前负责的清水湾项目,皇家园林的风格确实吸引了很多游客。不过这次我很失望,竟然没有任何惊喜,还是Pon你的水平仅此而已?"

"喂,臭小子,什么都不懂就不要乱发表意见!蓝董事长在世的时候,丽景的设计风格就是华丽奢侈,这是在造度假区,不是居民楼!难道蓝少要让客人住在平房里度假吗?"Pon终于沉不住气,愤愤地拍案而起,他匆匆收起手边的资料,用力推开会议室的门走了出去。

会议室里的其他人面面相觑,暗暗在私下耳语。

"蓝少竟然得罪Pon,天哪,他是想拿丽景的前途开玩笑吗?"

"果然是年少气盛。"

……

"不好意思,请让一让。"一个声音喘着气从门口挤进来,双手端着咖啡杯的外卖生跌跌撞撞地闯进了会议室。"你们叫的咖啡。"

人们面面相觑,嗔怪前台怎么会在这个时候把外卖生放进会议室。蓝景岩的助理正要把她赶出去,咖啡洒了出来,刚好泼在了投影仪上。

"对不起,对不起!"外卖生抱歉地将脸埋进棒球帽里,掏出纸巾胡乱擦拭起投影仪。

"啪!"

投影仪一闪,突然漆黑一片。皱着眉头的蓝景岩正要示意助理把她请出去,屏幕却突然亮了起来。

"对不起,我……我这就出去。"

外卖生刚走,稍稍缓和的气氛又僵滞了起来。蓝景岩环视着会议桌上的人,年少的脸顿时变得严肃。

"华丽的设计风格确实是丽景所追求的,不过那是在我接管之前。现在,丽景由我负责。在我看来只有闪光的设计才是经典,如果只是一成不变地沿袭,丽景就不会有发展。"

会议室里顿时安静下来,人们仿佛看到了一件跨世巨作,瞪大的瞳孔里满是奇光异彩。

"太美妙了。"

"不可思议啊,这是谁的作品?"

"完全超越了Pon!"

……

流畅的线条，巧妙地应用了几何原理构筑出强烈的空间感，亦真亦幻的场景恍如梦境。细节之处古朴却不失优雅，时尚却典雅，整个建筑浑然融合了东西方特质的美女。

环绕会议桌的人不停地惊叹着，蓝景岩微皱着眉回过头去，嘴角缓缓滑过一丝稚气的笑容。

原来刚刚那个外卖生是她，难怪看起来那么眼熟呢！

"蓝少，如果由这位设计师接管这次的设计的话……"

一位在丽景已工作多年的元老级人物站起来发话，可盯着幻灯片的蓝景岩却有些心不在焉。他猛地怔住，死死地盯着已经静止的屏幕。

最后一张幻灯片并不是设计图，而是一朵紫藤花标记。景岩顿时怔在原地，握在身侧的手不禁微微发颤。紫藤花的淡香仿佛透过幻灯片飘散出来，弥漫了整个空间，紫色的小花绽满整间办公室，蓝景岩只觉得眼底一片绚丽的紫色，笑容优雅的妇人正站在大片紫色中温柔地朝他微笑。

"妈妈……妈妈……"

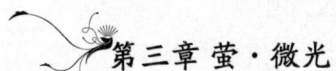
第三章 萤·微光

"一，二，三……"

戴着棒球帽的流萤看着不停跳动的数字默数着，上扬的嘴角含着一丝若有若无的笑意。

"叮！"

她正要走进电梯，一只手却猛地扣住了她的肩膀。

"为什么是紫藤？"蓝景岩微微喘息，他抬着血红的眼睛，气息危险得如同突然苏醒的兽。

"不为什么，只因为喜欢。"流萤轻笑，微微眯起半月形的眼睛，"怎么样，蓝少，大家似乎都认可了我的设计呢。"

流萤望了望他的身后，跟着追来的一行人正错愕地望着她，特别在确认了她就是设计者时,脸上不禁满是惊讶。

"既然我被认可了,是不是可以考虑让我进入丽景呢?"流萤从容地扬眉,蓝景岩却似乎并没有听到她的发问。他紧扣着流萤的肩,一遍遍重复地问着"为什么是紫藤"。

"蓝少,如果你没有办法回答我的问题,那恐怕我也没有办法回答你的问题了。"流萤轻轻挥开景岩的手,飞快地钻进了电梯里。

"叮!"

电梯门合上,待蓝景岩反应过来。电梯已经下了好几层。

"开门,开门!"蓝景岩用力地摇着电梯门咆哮起来,虚弱的身体剧烈地颤抖着。

她消失了,就像突然消失在他面前的妈妈,只留下一片刺痛牢牢地驻扎在心底。

"那个女孩,一定要找到她!"

蓝景岩按着胸口窒息的痛朝助手低吼,呆怔的助手恍惚间回过神来,匆忙转身打电话给前台,叫她尽一切可能要拦住流萤。可她却像长了翅膀一样,保安将出口都封锁了,竟然没能找到她!

日光渐渐西移,乌云都爬上来遮挡住了星光。闪电一劈而下,照亮夜幕里冰冷的大厦。蓝景岩俯视脚底灯火迷离的城市,眼底弥散开阵阵暗痛。那么多温暖的灯火,却没有一盏属于他,即使住在城堡一样的房子里,如果没有人陪伴在身边,能有多幸福?

"蓝少。"司机再次轻叩了门提醒,景岩恍惚间回神,抱歉地点了点头。

外面雨又大又急,似要将整座城市吞没。地面腾起朦胧的雾气,路况并不是很好,甚至在重要路段严重塞车。

景岩将车窗打开些,雨水飘进来,打湿了他的衣裳,每个毛孔都冷得发颤。

雨越下越大,司机见蓝景岩脸色愈加苍白,不禁担心起来。于是他私自决定从小巷子里走,好早点儿到家。

逼仄的巷子里堆满了各种杂物，时不时会听到车轮辗压过什么的闷响。车子艰难地往前行驶，突然有个身影从斜巷里闪出，司机来不及刹车，忙将方向盘打向一边，车头狠狠地撞向了墙壁。

"蓝少，蓝少！"

司机紧张地望向后座的蓝景岩，想要查看他有没有事，蓝景岩却匆匆打开车门下了车。

明亮的车头灯轻轻笼罩住娇小的女孩，她穿着雨衣倒在雨水里。透明的水珠从她的额前滑落，细腻的皮肤如同陶瓷娃娃般，让人想要小心呵护。

蓝景岩的心一紧，忙俯身抱起她上车，却感觉她怀中有什么在蠕动，揪开雨衣一看，她怀中竟紧紧护着一只不满月的小猫。

他微微将她往怀中靠了靠，如同她保护那只小猫一般，小心翼翼地将她护在怀中。

第四章 梦·谎言

雨不知何时停了，月光透过云层笼罩住结构精巧的房子。流萤小心地睁开眼来，适应了黑暗的眼睛灵活地转动着，打量着房间里的摆设。她微微侧头，刚好看到蓝景岩疲倦地伏在床边睡着了。月光清冷地落在他秀气的眉间，他似乎梦到什么不开心的事，紧紧地蹙着眉，连唇都抿得紧紧的。

流萤小心地掀开毯子，却不小心惊动了枕边的猫咪，它似感应到什么一般，正要叫唤出声，流萤忙捂住了它的嘴巴。

"嘘！"

猫咪似乎懂得她的话，乖乖地伏在枕边不作声。

流萤蹑手蹑脚地走出了客房，踩着柔软的地毯熟门熟路地摸黑朝走廊尽头的房间走去。她小心地旋开冰冷的门把，沁满汗的手止不住地颤了一下。

致淡玫瑰色的你
Zhi Danmeiguise de Ni

月亮透过屋顶透明的玻璃窗洒下一片银色的光，刚好笼罩住桌上的木质相框。高贵的妇人站在大片盛开的紫藤花前，明媚的笑容仿佛要从照片里迸射出光芒。她将脸亲昵地贴着怀中的小男孩，温柔的目光里满是深深的爱。

这就是他妈妈吗？虽然在收集的资料里见过她的照片，可看到眼前这张照片的时候，流萤还是惊艳了一下。温柔的眉目，清丽的容颜，如同紫藤仙子般空灵秀美。

流萤怔怔地望着，恍惚间想起正事，忙坐到桌前打开笔记本，插上U盘。

鼠标麻利地操作着，全选，发送，多一秒钟的等待都会令人窒息。流萤紧紧地盯着电脑屏幕，双手用力地绞在一起，骨骼摩擦的细微声音被放大，神经敏感得如同紧绷的弦。一旦有人推开紧闭的房门，那根弦便会彻底绷断。

屏幕上终于跳出复制完成的提示，流萤松了口气，小心地拔下U盘正要离开房间，门外却响起了窸窣的脚步声。她死死地盯着房间的门，孤注一掷地推开门走了出去，身体却猛地被谁抱住。

"你要去哪儿？"

喃喃的低问落在脖颈间，柔软的呼吸轻拂过皮肤的每个毛孔，心脏控制不住地在胸口抽动，仿佛下一秒钟便会死去。

"我……我想上厕所，可是找不到……"流萤紧张地撒了个谎，小心地将U盘放进口袋里。她微微侧头，望见黑暗里少年似醒非醒的脸。他轻轻地将脑袋搁在她的肩膀上，长长的睫毛微颤，蹭在她脸上有些痒。他贴着她那般近，温柔的鼻息甚至要将她融化。

"不要……不要丢下我……"蓝景岩似梦呓般低喃，他紧紧环住流萤，像怕微微一松手她便会消失不见一般。漆黑的夜在他脸上镀了层无坚不摧的面具，面具下他疲软而脆弱。他痛苦地皱着眉，凉凉的泪水从眼角滑落："妈妈……不要丢下我……"

流萤站在漆黑的走廊里微微轻颤，紧张得抿起的唇扬起细小的弧度。

"是梦游吗？"

流萤小心地试探着，确认他是因为梦游才会做出奇怪的举动。她稍稍舒了口气，大着胆子，吃力地扶起他一步步朝客房走去。

枕边的猫咪揉着睡眼醒来，流萤做了个噤声的手势，它乖巧地舔了舔蓝景岩熟睡的脸，如同守护神般守在他的枕边。

"谢谢你，我会感激你的。"

流萤灵巧地爬上窗户，月光将她勾勒出优美的弧度，她有些抱歉地回望了一眼睡梦中的少年，轻身一跃，稳稳落地，飞快地隐入了茫茫夜色中。

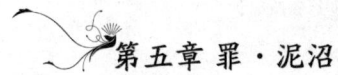

第五章 罪·泥沼

深夜的医院静得让人有些不寒而栗，病人的微喘和轻咳都蒙着死亡的气息，仿佛死神随时都会降临，将生命画上句号。走廊上炽白的光淡淡地笼罩着疲惫的裴煜晨，他静默地坐在重症监护室的外面，紧握的拳似握着谁的生命线，紧紧握着，不愿松手。

"你要的资料都在这里了。"流萤跌跌撞撞地跑近，来不及坐下休息一下便掏出口袋里的U盘塞给了裴煜晨。她紧紧握着裴煜晨的双手，语气里满是无奈和怜悯，"哥哥以后都不会再借高利贷了，对吗？"

干裂的唇微颤了两下，裴煜晨紧紧捏着手上的U盘，满是血丝的眸子微闪了一下，流下一行抱歉的泪水："对不起流萤，是哥哥没用，哥哥不该借高利贷，更不该挪用公款。如果不是因为这些，你也不用冒这么大的险去偷资料。"

"哥哥……"流萤心疼地抱住裴煜晨，胡乱地抹去他脸上的泪，自己却止不住哭了起来，"不是的，是流萤没有用才对。要不是有哥哥在，凭我一个人的力量怎么能凑齐妈妈的医药费。哥哥只是想治好妈妈的病，如果这样善良的哥哥要被判罪，那留下流萤一个人该怎么办？就算是我自私,只要能够帮到哥哥,再危险也没有关系。"

炽白的光将两个人的身影重叠在一起,如同生死相依般不舍不弃。裴煜晨轻轻地将下巴靠在流萤的脑袋上,发誓般说着:"哥哥答应流萤,以后再也不会让流萤陷入这样危险的处境。只要明天把资料交给公司,一切就会过去了。"

被公司发现挪用公款偿还高利贷的那一刻,他以为人生就此完蛋了。可他还没有完成对流萤的心愿,要让她像公主一般住进城堡里,怎么能够就这样结束他的人生。他拼命乞求公司上层再给他一次机会,公司终于松口,但他将功补过的唯一条件便是拿到丽景的南湾度假区设计方案。虽然铤而走险,可为了能够留在流萤身边完成她的愿望,他只得暂时将流萤推往危险的沼泽——接近蓝少,拿到设计图!

幸好,一切都很顺利,甚至比想象中进展得还要完美。

他轻轻拍着她的背,似要她安心一般,自己也终于舒了口气。

流萤突然抬起脸来,有些担心地望向裴煜晨:"哥哥把资料交给公司的话,会对丽景不利吗?"

不知道为什么,此刻的流萤担心蓝景岩竟多过了哥哥。

"放心,最多是丽景失去南湾度假村的项目。对于丽景这样的大公司,失去一个项目不会有多大的影响。"

听到裴煜晨的回答,悬着的心终于落下,心里的罪恶感也轻了不少。她走到病房边,隔着病房窗户上的玻璃轻轻抚过妈妈的脸,默默祈祷。

"妈妈,你要快点儿好起来啊,我想看到我们一家人幸福生活在一起的样子。"

"妈妈一定会很快醒过来的。"裴煜晨安慰地轻轻拍了拍她的肩,目光却背着她缓缓暗淡了下来。他实在不忍心将医生告诉他的那些话告诉流萤,已经没有了希望的那种话,流萤听到了一定会难过。

第六章 盲·玩笑

"你这是什么意思，把我的设计说得一无是处，转手却将设计图出卖给对手公司，这就是一个公司董事长的职责吗？"

Pon不顾秘书的阻拦闯进办公室来，却看到蓝景岩一脸淡然地抱着一只猫在窗前晒太阳，不禁火冒三丈。

"蓝……蓝景岩，不要以为蓝董事长把公司交给你管理，你就可以胡作非为！这个公司不是你一个人的，如果因为你一个人的失误而造成几千人丢掉饭碗，这责任你负得起吗？"Pon气愤地攥起蓝景岩的衣领。

看到蓝景岩被欺负，他怀中的猫咪不禁张牙舞爪地扑向Pon，蓝景岩温柔地抚着猫咪的毛发才让它安静下来。

他淡淡地抬起眸子，嘴角滑过一丝若有若无的笑意："我当然清楚董事长的职责，不过我也清楚，已经被弃用的方案，就算被对手公司抄袭，对丽景也毫无威胁。还是说，Pon你已经准备投降，想不出更好的设计方案了？"

Pon不悦地皱起眉，愤然甩开手，狠狠地咬出几个字："你会后悔的！"

他冷冷地丢下这几个字，丢下一封早就写好的辞职信，转身走出了房间。随着一阵风掠过，开着冷气的办公室，温度顿时骤降了好几摄氏度。

"我是后悔了，后悔我竟然没有牢牢抓住你。"蓝景岩抚摸着怀中的喵咪，它似听懂了，"喵"地轻声回应。

丽景首席设计师Pon的辞职很快被登上八卦新闻头条，媒体纷纷猜测Pon的离开会不会使丽景元气大伤，同时也猜测着将会由谁接替Pon首席设计师的位置。

流萤抱着要送给妈妈的鸡汤怔怔地站在电器大卖场前，她抱歉地垂下眸子，正准备转身离开，身后却突然闯出一辆吉普车。她被吓坏了，怔在原地忘了逃开。一股巨大的力量猛地将自己推开，她狠狠地跌坐在路边，怀里的鸡汤洒了一地。

车轮摩擦地面的刺耳声音狠狠地碾过心脏，流萤吃痛地坐起，止不住瞪大了眼睛。

"蓝……蓝少！"

刚刚将她推开的人，竟然是蓝少！

流萤顾不得质问肇事车主，跑过去扶他，可那辆车似乎有意跟她过不去，直接向她撞过来。

"流萤，小心——"

另一双手猛地将她拉入怀中，吉普车飞快地后退逃开，惊魂未定的流萤缓缓地回过神来，疲软却安心地倒在那个人的怀中。

"哥哥……"

"没事了，流萤有我在，没事了。"裴煜晨拍了拍流萤的背安抚道，他望了一眼一旁的蓝景岩，微微皱眉。

吉普车冲过来的时候，蓝景岩为了保护流萤，却被车撞伤了。

"你怎么样了？"裴煜晨的眼中并无感激，他冷冷地问道。

蓝景岩摇摇晃晃地站了起来，怀有敌意地将流萤拉到自己的旁边："死不了。"

可他嘴角的笑容却是苍白的。

蓝景岩低头望着流萤，孩子气地嘟起嘴："我受伤了。"

流萤歉疚地垂下眸子，心底却有一丝不安，她猜不出蓝景岩突然出现的原因是什么。难道是因为他发现了是她偷走了设计图……

"我送你去医院。"

"不要。"蓝景岩固执地摇头，裴煜晨不禁不悦地皱眉。

执拗了好一会儿，直到流萤说带他回家包扎一下伤口，蓝景岩的语气才软下来。

裴煜晨望着一前一后往家走去的流萤和蓝景岩，心口像插了根倒刺，狠狠地钝痛。

流萤住的房子小得可怜，与其说是房子，还不如说是用废料临时搭建起来的棚子，棚子外面搭个了简易的灶台。狭小的房间里挤着两张小床，一张小桌子，上面铺满了已完成的和还未完成的设计稿。

蓝景岩微微皱眉，困惑地望向流萤："你们就住在这里？"

"嗯。不知道为什么，哥哥总是隔段时间就会搬家，从城市的东边搬到西边，又从西边搬到南边……好在东西不多，搬起来很方便，只是……"

流萤微微垂眸，妈妈就是因为这样居无定所，才会染上重病的吧。如果能够住上既大又漂亮的房子，妈妈就不会生病了……

流萤很快找来了消毒药水和纱布，她细致地替蓝景岩包扎伤口，蓝景岩却猛地扣住了她的手腕。

"你为什么想要进丽景？"

流萤微颤，微微偏过头避开他锐利的目光："因为……因为我喜欢画房子。画好多漂亮又温馨的房子，那样我和哥哥、妈妈就能够住在大房子里了。"

流萤稚气地笑了笑，蓝景岩的表情却有些怪异。他缓缓站起，背对着她向外走去。

"谢谢你。"

流萤困惑地望着他，直到蓝景岩离开她的视线，她才回过神来："哎，你的伤口还没处理好！"

流萤匆匆追出去，却撞上好几个便衣警察。

"裴煜晨是住在这里吗？"

流萤微怔，不好的预感浮上心头，她紧紧地抓着他们的衣服，不安地问着："哥哥……哥哥他发生了什么事？"

第七章 雨·命运

裴煜晨的上司得知窃取的资料是丽景弃用的方案，不禁恼羞成怒，将所有罪责都推给了裴煜晨。裴煜晨知道自己走投无路，想要偷偷逃离这座城市，却因为舍不得流萤而想见她最后一面，却因此错过了逃亡的最佳时机。司法部门介入，很快打听到了裴煜晨的住址。不想连累流萤的他竟包揽了所有责任，坦白是他偷了丽景的设计方案。

"哥哥！哥哥！"

天空阴霾得像要哭泣，接到消息的流萤跌跌撞撞地奔向将要被带去拘留所的裴煜晨。

"哥哥，为什么要这么做，资料不是你……"

"对不起，流萤。"裴煜晨抱歉地笑着打断她，拷着手拷的双手吃力地抬起，想要拥抱她，却只能轻轻将手放在她的肩头，"哥哥说要让流萤住进城堡，可是哥哥没有能力做到。流萤要自己努力了，找到一个爱你的王子，幸福地生活在城堡里。流萤不要哭，哭了就不好看了。如果还有下辈子，哥哥会回到流萤身边，哪儿也不去，好好守护流萤。"

裴煜晨轻轻拭去流萤眼底的泪水，微微俯身，却苦涩地笑了笑，又直起身来。

"哥哥！哥哥——"

她嘶吼着，载着裴煜晨的车子渐渐远去了，最终消失在了泪水模糊的视线里。

她无措地怔在原地，脑海里缓缓滑过一个人的名字。

蓝景岩。

如果他出面的话，说不定就能撤销对哥哥的控诉了！

想到这儿，流萤忙撒开腿向丽景的办公大楼跑去。可是想到该怎么向蓝景岩解释一切时，流萤却停住了脚步。

身后忽然传来电梯门打开的声音，流萤回过身去，缓缓打开的电梯里，抱着猫的少年正静静地望着她笑。眉间淡淡的忧愁如紫藤花般，蒙着高贵而优雅的紫色。他似乎并不知道她才是那个可恶的小偷，嘴角温和地上扬。猫咪在看到她的那一刻，从他怀中蹿出，飞快地向她奔来。

"喵……"

流萤俯身将它迎入怀中，猫咪蹭着她的脸亲昵地叫唤着。

"咔嚓，咔嚓！"

大厅里突然拥出无数记者，他们冲破保安的人墙，直接将摄像头对准了蓝景岩。流萤下意识地往后站，胳膊却被谁一把抓住，用力拽向闪光灯。

"我向大家介绍一下，这位是丽景的新设计师纪流萤，她将会接替Pon负责南湾度假区的项目。"

"轰！"

耳边仿佛有一颗原子弹炸开，流萤瞬间听不清周围的声音，只觉得耳朵"嗡嗡"响得厉害。闪光灯不停地闪烁着，快要将眼睛闪瞎。大片白炽的光里，俊美的少年轻握着她的手，淡淡地笑着，如同说着一个玩笑。

"这不正是你想要的吗？"

视线里恍惚看见紫藤优雅落下，划出美好的弧度，可这玩笑却一点儿也不好笑。她死死地攥着拳，脸色苍白得透明。她下意识地挣扎着，试图挣脱蓝景岩的束缚，可越挣扎却越无力。

"不……"流萤虚弱地摇头，她几乎是跪下来地求着蓝景岩，"救救哥哥，求你，救救哥哥。他没有偷设计图，真的没有。"

蓝景岩的嘴角微扬起诡异的弧度，他似乎说了什么，可是流萤却什么都听不清了。她只知道握着她的那双手好用力，快要将她的骨头捏碎。直到口袋里的手机振动起来，她看到是医院来电时才回过神来。

似乎命运就是这般喜欢添乱，来不及从悲痛中回过神来的流萤却接到医院的电话，妈妈病危。

天快要塌下来般恐怖，浓墨般的云朵笼罩着森冷的医院。流萤呆怔地坐在走廊的长椅上，身体的温度一点点儿地消失。她不知道自己坐了多久，隐约听到外面噼里啪啦的雨声，空气渐渐湿润，可是眼底却流不出一滴泪。全世界都跟着悲伤，而她却难过到哭不出来。

哥哥被拘留了，妈妈也走了，她甚至没来得及看她最后一面。就在一瞬间，她所倚仗的生活的希望全都化成了灰烬。

流萤失神地站起来，沿着楼梯爬上顶楼。雨水流淌到她的脸上，冰冷的触觉却无法将她的意识唤醒。她茫然地望向漆黑的雨夜,仿佛听到妈妈温柔的呼唤。嘴角柔软地扬起,她爬上阳台,张开手,闭眼俯身倒向漆黑的夜。

"流萤——"

似乎有谁呼喊她的名字,漆黑一片的视线里恍惚有萤火一闪一闪,温暖冰冷的心脏。

"喂,流萤,你说过你会陪在我身边,现在你是要丢下我一个人吗?"

流萤怔怔地睁开眼,雨丝温柔地亲吻着她的眼睛,她却恍惚看到洁白的雪花正在空气中跳着舞,寂寞孤单的少年站在雪地里。可是她眨了眨眼,那个少年却消融在了白雪里,茫茫的雨幕里只有蓝景岩担忧的眸子紧紧凝视着他。

第八章 泪·守护

紫藤诗意地缠绕过高大的罗马柱,在初夏的暖风里绽开一朵朵紫色的小花。琉璃般的光点点散落下来,星星点点地落在少年肩头。他怀抱着浑身如雪的猫咪,目光忧郁地望向对面面色苍白的女孩。

她赤脚站在他面前,纱质的裙摆随风扬起,带动她的身体轻轻晃动。她咬着唇望着蓝景岩,脸颊上因为高烧还未退去的潮红让她整个人看上去如纸人般轻盈。

"为什么是我?为什么?"流萤歇斯底里地吼着,肺一阵疼痛,咳了起来。

"你的病还没有好。"蓝景岩心疼地抬头试探了下她额头的温度,他微微张开臂膀,想要将她揽入怀中,却被厌恶地推开。

裴煜晨担心事情会败露,在入狱后的第二天选择了自杀。蓝景岩吩咐封锁消息,可还是不小心被流萤知道了。夏夜里最后一抹萤光都消失了,身体里的气力也被抽走,剩下的唯有对这个世界深深的恨意。

流萤狠狠地咬着下唇,流转在眼底的泪胡乱地流在脸上。

"你知道吗?"蓝景岩仰头望向缠绕着紫藤的罗马柱,"这是我母亲设计的。"

他的母亲,那个美得如同紫藤仙子的女子吗?

流萤微愕,泪凝滞在眼角。可是,传说丽景不待见女设计师,怎么可能……

蓝景岩淡淡地笑着,嘴角扬起细小的弧度:"她是位很优秀的建筑设计师,可是父亲并不喜欢她抛头露面,她只得将所有才华都用来设计我们的家。可终于有一天,她再也受不了这禁锢,逃了出去,却在逃走的时候不幸被车撞死了。"

说到这儿,蓝景岩突然转头望向流萤,眼底涌起波浪般的暗痛:"你知道吗,那天,就是在那天,如果不是因为裴煜晨抢走了妈妈送我的圣诞礼物,妈妈就不会去追,她就不会死掉。"

他的声音中充斥着泪水,微颤的声音里又满是憎恨。

"我早就怀疑你接近我是另有目的的了,我知道用紫藤标记吸引我注意的人,一定调查过我,可是你们似乎遗漏了什么重要的东西。"

流萤吃力地回想着,雪地里那个少年的面容缓缓浮现在脑海,她止不住愕然地张大了嘴。

那个时候,她在记者面前抛弃自尊地求他救哥哥的时候,原来他说的是……

"杀人凶手。"

带着刻骨的恨,永世都无法磨灭的恨意。

"你……你怎么会……"

"那天我在你们的房间里发现了那个房子模型。"蓝景岩戏谑地笑了起来,"嗬,真是好笑啊,杀人凶手居然还留着杀人的物证。"

"不是的,哥哥没有杀人!"流萤拼命辩解。

蓝景岩粗暴地打断她:"因为他,妈妈才死去的,他跟杀人凶手有什么两样?"

蓝景岩忧伤地仰望着头顶的紫藤,细碎的光落在他脸上,仿佛细细

流淌的泪光。流萤望着这样的蓝景岩，不禁有些抱歉，可是命运不由她掌控，她无法改变那些。

"我们扯平了。因为你，我失去了哥哥。"紫藤花随风落在她的发梢，在空气里划开忧伤的弧度。她突然凄凉地抬起嘴角，滑出一抹冷冷的嘲笑。她摇摇晃晃地准备转身离去，一个怀抱却将她死死禁锢住。

"不要走，不要走……不要离开我……"

"你要像你父亲那样，把我关在笼子里吗？"流萤好笑地扬眉。

即使住在华丽的城堡里又怎样，如果活得不快乐，就算拥有世间最昂贵的珍宝，躺在柔软的床上，在梦的某个角落总会哭着醒来。

"我真的不该同情你。"胸口的疼痛令她低咳起来，她吃力地迈开双腿缓缓离开。

花凌乱地飞舞在空气中，猫咪从蓝景岩怀中跳出，不顾一切地咬住流萤的裙摆想要留住她。

"如果……"蓝景岩微微吸气，仿佛在祈求紫藤给他勇气一般，"是因为我喜欢你，才想将你困在我身边呢？"

流萤怔住，身体僵直在落花中。

"那天想要撞你的吉普车，是Pon安排的。我推开你的那一刻，突然想，如果能这样替你去死，你会不会为我感到难过。可是后来我看到了裴煜晨，我突然很羡慕他，能够待在你的身边……流萤，我想每天都见到不一样的你，想睁开眼就能够看到睡熟的你，想变成能够守护你的那个人。请原谅我的自私，我有很多想和你一起完成的事，所以请留在我身边好吗？"

他拉住她的手，轻轻将脑袋搁在她的肩头，脆弱地如同一个孩子。

"流萤，不要丢下我……"

泪水滑落她的脖颈，渗透皮肤的纹理，滴落在她的心房，溅起层层涟漪。

流萤怔怔地站在紫藤的落花里，微微抬头，仿佛看到湛蓝的天空中有微弱的萤火一闪一闪。妈妈和哥哥正站在云层之上，慈爱地朝她微笑。

即使这样的选择是错的,即使曾经我们深深伤害过对方,即使这样的相爱会遭到命运的反对……

如果这样相拥着能够感到温暖。

那么就将仇恨遗忘,让爱绽满枝头吧。

第九章 爱·秘密

"纪流萤,你从什么时候开始喜欢我的?"

蓝景岩突然从厚厚的文件夹里抬起头来望向对面的办公桌,狡黠地笑了起来。流萤正埋头画着设计图,偶尔抬起头来逗弄下一旁的猫咪,听到蓝景岩的问话,她不禁一怔,扯痛了猫咪的毛。

"哦,我怎么知道。"流萤皱着眉想了一下,又用力摇了摇头。

"不告诉我,那个房子模型我就收回了。"蓝景岩孩子气地威胁道,流萤急了,忙张开双臂,将桌上的房子模型护在怀里。

"蓝景岩,你已经送给我了!"流萤鼓着腮,像防备敌人的入侵。

这个房子模型可承载了她、哥哥和妈妈所有最快乐的回忆,不管他们搬到哪儿,都会带着这个房子,怎么能够被人抢走!

"送出去的东西也可以收回啊,上面又没有写你的名字。"蓝景岩一脸无赖地撇嘴。

"你……蓝景岩,你太无赖了!"

"那你告不告诉我?"

"不!"流萤坚定地守护着自己的秘密,于是蓝景岩只好使出撒手锏,脑袋一歪,一脸可怜巴巴地靠在流萤的脑袋上。

"流萤……"蓝景岩像个委屈的小孩子,声音里满是哭腔。

"喂,又来这招!"

流萤无奈地翻了个白眼,坚强的意志开始蠢蠢欲动,一旁看热闹的猫咪欢快地叫着,仿佛在替流萤回答着问题。

哦，从什么时候起呢，是雪夜第一次见面的时候吧……被萤火指引着遇见的我们，是宿命早就埋下的伏笔啊……

你，就是我的王子。和我一起住在我们最幸福、有萤火守护的城堡。

相机里的蒙娜丽莎

文◎梦魇殿下

第一章 奈奈的世界 ♥

生在摄影师世家，世界对奈奈而言就是一张张照片。

虽然年仅十六岁，可是她已经得到了大半个世界的认可，评论员毫不吝啬地抛出溢美之词，称她为擅于玩弄胶卷的魔术师，本世纪最后一名摄影师……

可是当她沾沾自喜地将自己的得意之作递到父亲面前时，却换来了毫不留情的批判。

"我很失望。"父亲冷淡地将照片抛在桌上，就像丢弃一张已经看过的报纸，"已经六年了，可我在你身上看不到一点儿进步。如果这样的状态持续到你十八岁，我建议你转行……摄影师这条路并不适合你。"

"可我是第一名！"奈奈忍着眼泪，不服气地将奖杯捧给他看。

父亲对这金光闪闪的奖杯似乎不屑一顾，只是看着她，静静地摇头。

两个人因此开始了持续一年的冷战。

这一年里奈奈依旧在摄影，兢兢业业，不遗余力，因为她想要证明自己给父亲看。可是随着四季交替，日夜轮换，父亲说过的话就像可怕的预言般，一句一句成真了。

十七岁那年,奈奈收获的不再是赞美。一次又一次地失败,一次又一次地在预赛中就被刷下来,评论员幸灾乐祸地说,她在增长的似乎只有身高,而她的才华却永远停留在过去,不见半点儿增长。"玩弄胶卷的魔术师"这个称号,或许将夭折在这个春天。

铺天盖地的负面评论几乎压垮了奈奈。

她几乎想要放弃摄影。

可是她舍不得手里的相机。

母亲过早去世,父亲又太过严厉少话,陪伴她长大的只有手中的相机,它带给她绚丽的色彩,美丽的画面,它逗她笑,也惹她哭;它带给她荣耀,也带给她伤害。而在奈奈心里,无论它带给她什么,它都不是一样普普通通的工具,而是陪伴她长大的兄弟啊……

"我不想放弃……"她哭着站在父亲面前,"可我不知道该怎么做。"

父亲皱起了眉头,俯视她良久才用一贯的冷漠语调说:"放弃一切比赛,休息一年。"

"为什么?"奈奈不解地看着父亲。就像职业歌唱家必须曲不离口,职业舞蹈家必须每天拉韧带,职业摄影师也必须每天练习如何选取角度,捕捉镜头,不然很快就会退步,从职业级沦落为业余级。

"现在的你,需要的不是技巧。"父亲生硬地说,"你需要别的东西……更重要的东西。"

"那是什么?"奈奈充满希冀地看着父亲。

"这样东西因人而异。"父亲闭上眼睛,一副"佛曰不可说"状。

"至少给我一点儿提示啊!"奈奈抓住父亲的手,轻轻地摇晃起来。

"摄影师归根究底是艺术家中的一员。"父亲缓缓睁开眼睛,看着两个人交握的手指,眉心深深的"川"字舒展开来,紧抿的嘴唇微微上翘,露出一抹难得的笑容来,"而每个艺术家,都必须寻找到自己的蒙娜丽莎。"

奈奈没有继续追问,她已经被父亲的笑容弄愣了。

在她的记忆里,父亲已经很久很久没有这样笑过了……不不不,奈奈低下头,看着那被小手牵着的大手,心里响起一个声音——是你很久很久都没有这样亲昵地靠近他了。

在拿到相机的那天,奈奈得到了一个新的世界。

这个世界里只有一张张的照片,除此之外,一无所有。

与其说她得到了一个新的世界,倒不如说她抛弃了原来的世界,身边的一切。努力忘记母亲的过世,努力无视父亲的严厉,从不交朋友,也不出去参加同学聚会,只是一味地活在自我的世界里,拍摄一些能够满足自己的照片……可是只有自己的世界太狭小了,以至于照片中的世界永远局限在这个灰暗、阴沉、自私的世界里。

擦了一下眼泪,奈奈用有些发颤的声音说:"爸爸的蒙娜丽莎是谁?"

父亲沉默了一下,然后一只温暖的手掌抚在她的头上,他的声音依旧那样严厉,可是再也藏不住里面浓浓的父爱,他说:"是你。"

如今享誉国际的摄影师,却曾经是走投无路的赌徒,失去了房产,失去了妻子,失去了工作,失去了所能拥有的一切,可他还有一个女儿,名叫奈奈……她给了他重新站起来的力量,她给了他新的人生,她是他的蒙娜丽莎。

第二章 迟木的秘密 ♥

奈奈放下相机,回到了学校。

这段时间她很少拍照,只喜欢观察各种各样的人,虽然一直没能找到自己的蒙娜丽莎,却意外地发现了许多有意思的东西。

譬如今天的大扫除,她饶有兴致地发现,学校的大扫除似乎就是一条食物链。食草系是老老实实打扫卫生的同学,杂食系是挥舞着扫帚在走廊上打闹的同学,而狮子王会把一切杂事推给别人,然后无所事事地

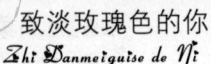

四处游荡。

只有一个人例外。

那就是迟木。

迟木是奈奈班上著名的"透明人",除了上课,几乎不参加任何集体活动,包括大扫除。他几乎不与任何人争执,也不和任何人交好,永远都是一身灰扑扑的衣服,坐在靠近垃圾桶的最后一排,默默地从书包里掏出一个颜色鲜艳的苹果,静静地啃着,远远望去,他就像一幅油画上多出来的灰白部分,和整个画面格格不入。

听说他的刘海下藏着一张其丑无比的脸。

听说他家很穷,靠捡垃圾维持生计。

听说他穷到每天只能吃两个苹果。

关于他的传闻还有很多很多,可是比起耳朵,奈奈更相信自己的眼睛。

悄悄走在迟木身后,奈奈将两只手臂伸到身前,拇指和食指比出一个小小的四角方框,将迟木的背影框在中间,手指做成的相框随着迟木的走动而上下移动,当一片桃花瓣悄然落下,那孤僻的少年抬起头,用自己的嘴唇接到那片桃花时,奈奈捕捉到了这最美的瞬间,然后习惯性地将手指定格,大声喊道:"咔嚓!"

在那一瞬间,神奇的事情发生了。

慢条斯理地走在桃花树下的迟木听到她的声音,以一种不可思议的速度转过身来,然后摆出一种奈奈最熟悉的站姿。

那个瞬间不过一秒钟。

一秒钟过后,迟木和奈奈大眼瞪着小眼,彼此都不敢相信自己的眼睛所看到的。

"别跑……"奈奈回过神来,喊道。

迟木根本不理她,他一回过神就开始夺路狂奔,脚底都擦出了青烟。结果他跑得太快,没能听见奈奈接下来的一句。

"……你跑得了和尚跑不了庙啊。"奈奈说。

原因无他，奈奈和迟木是同桌。

第二天迟木阴沉着脸来到学校，然后站在自己的座位前，用一种复杂的眼神看着自己的同桌。而奈奈则对他笑着露出两颗可爱的小虎牙。

直到上课铃打响，迟木才不情愿地坐了下来，而他刚刚坐定，奈奈就将一张小字条塞到他手里。

迟木看着那字条像看炸弹，拆字条时的表情像随时准备就义。

字条上只有七个字。

"我知道你的秘密。"

第三章 奈奈的蒙娜丽莎

午饭是奈奈和迟木一起在天台上吃的。确切地说是奈奈在吃，而迟木捧着一个苹果，咬一口不下咽。

"要不要？"奈奈摇晃了一下手里的菠萝包。

迟木阴沉地看了她一眼，然后将红艳的苹果送到嘴边，无声地咬了一口。

"要保持身材很辛苦吧。"奈奈和颜悦色地说。

迟木的右颊微微鼓起，一口苹果堵在那里下不去也出不来。

"职业化的人就是这样，像我就算手里没有相机，眼睛也总在捕捉画面。职业模特就算不走秀，也会习惯性地保持身材，为此三餐都只吃卡路里很低的水果，你说是不是啊，迟木同学？"奈奈笑眯眯地盯着迟木。

"我不知道你在说些什么。"迟木依旧阴沉地低着头，可是从他嘴里溢出的声音却出奇地美丽，就像爱琴海的潮汐，笼罩着一层孤高的月光。

奈奈面无表情地盯着迟木，而迟木也冷冷地回望着她，剑拔弩张的气氛没有持续太久，因为奈奈已经迅速从书包里掏出自己的银白色相机，摆出狙击手瞄准猎物的架势，将镜头对准了迟木。

致淡玫瑰色的你
Zhi Danmeiguise de Ni

那一刻迟木就像见到猎物的豹子,瞬间就跳了起来,佝偻的背瞬间绷紧,下巴高傲地扬起一个优美的弧度,一连对着镜头摆出好几个造型,其间甚至还活用了手里的半个苹果,摆出了经典的"亚当与禁果"的造型。

奈奈沉默地按下快门,然后缓缓将相机从眼前移开,对眼前的少年说:"习惯决定命运啊……你现在还有什么好说的吗?"

迟木一脸懊恼地坐到地上,泄愤似的啃着自己的苹果,对她咬牙切齿地说:"你想怎么样?"

"我想请你当我的模特。"奈奈诚恳地说,说这话的时候两只眼睛闪闪发光。

"我拒绝。"迟木想都没想就别过头去。

"既然如此,那我只好把你的照片洗一百张然后派发给同学了。"奈奈说。

"你想威胁我吗?"迟木阴沉地问,"或者我可以选择抢走你的相机,然后抽出里面的胶卷烤红薯。"

奈奈死死地抱着自己心爱的相机,咬着下唇,为难地看着对方。

半年的时间里,她一直在寻找自己的蒙娜丽莎。虽然父亲说只要一眼就能从芸芸众生中将对方分辨出来,可是她的双眼就像老饕的胃袋般挑剔,人如四季,来来去去,直到迟木回过头来的那个瞬间,她沉寂已久的心才突然间开口说话,告诉她,啊,找到了。

好不容易找到了,就绝对不可以让他跑掉。

"为什么不肯拍照了呢?"奈奈歪着头,不解地看着他,"你明明很擅长这个啊。"

"擅不擅长和愿不愿意是两码事。"迟木冷淡地说,"我已经烦透了那个尔虞我诈的世界,为了抢一个角色,甚至只是抢一个封面,一群人什么手段都能使出来……"

"噢,原来你不只是模特,还是演员?"奈奈恍然大悟地说道。

"……"迟木冷冷地瞥了奈奈一眼,"你知道的太多了。"

"我可以保守秘密，只要你肯当我的模特。"奈奈立刻举起一只手，赌咒发誓。

"另请高明吧。"迟木站起身来，长长的刘海耷拉到鼻翼，背部微微佝偻下去，恢复成平时那副不起眼的模样，朝楼梯走去，"以后少在我面前出现……我最讨厌的东西就是相机。"

在他身后，响起一个清亮的少女的声音。

"你说谎。"

迟木脚步一顿，立在原地。

在他身后，奈奈倔强地看着他，说："如果讨厌的话，为什么还要天天吃水果保持身材？如果讨厌的话，为什么看到相机就会整个人都振奋起来？如果真的讨厌的话，放弃就好了啊，为什么还眷恋不放呢？"

迟木沉默了很久很久，才不耐烦地丢下一句："你跟我很熟吗？你又懂我什么呢？"

看着他甩门而去的背影，总是做事慢一拍的奈奈没能来得及把话说完。

没有一个人能够真正理解另外一个人的痛苦，每个人的悲伤都是只属于自己的悲伤，奈奈不会说谎，她不会假惺惺地说她很懂他，但是她想说，她愿意相信，相信他能够自己站起来，她愿意等待，一直在他身边，等待他走出痛苦，破茧成蝶的那天。

低下头，看着相机中的那幅画面，看着那个倨傲地昂首挺胸，就像一头桀骜不驯的小狮子的少年，奈奈弯起双眸，像发现了世上最珍贵的宝物的孩子，笑得天真烂漫。

人是一种会说谎的动物，不但会欺骗别人，还会欺骗自己。

但是奈奈的眼睛是不会说谎的。

初春的风吹绿了枝丫，也吹起了他的刘海，将长久以来藏在刘海下的表情暴露给她看。

沮丧而倔强，委屈却不甘，愤怒中带着自傲，这样的少年让她想起小时候看过的一只茧，胖胖的，臭臭的，落在泥泞里，渐渐地被染成灰黑色，似乎无法接受这样的命运，它不甘而愤怒地颤动着。奈奈想要将那只茧捡起来，却被爸爸拉了回来，他告诉她，虫子想要变成蝴蝶，只能靠它自己把翅膀从茧里拔出来，如果现在帮助它，它就永远学不会飞了。

所以她听话地蹲在一旁，静静地等待着，殷殷地期盼着，直到一双漆黑的翅膀破茧而出，挣扎着打开，将整个世界的目光都吸引在它身上。

"我一直寻找的就是这一刻。"奈奈将相机捧在心口，小声地祝福道，"破茧而出吧，迟木……我的蒙娜丽莎。"

第四章 破茧而出的一刻

娱乐圈，曾经带给迟木巨大荣誉，却也给他带来巨大伤害的地方。

十四岁出道，十六岁便炙手可热，无论时尚杂志，还是电视剧组，都愿意将珍贵的机会给这位未来的天王巨星。繁忙的工作渐渐榨干了迟木的热情，而事务所内的尔虞我诈更令他心寒，前辈的打压朋友的排挤接踵而来，通向巨星宝座的红地毯，实则一步一个陷阱，每前进一步，便多几处伤口，而唯有走完全程的人才能摘得桂冠。

迟木中途退场了。可是中途退出并没让他感觉快乐，他变得孤僻、焦躁、迷茫，就好像雾中游轮，找不到前进的方向。

直到奈奈出现在他的面前。

捧着银色相机的马尾少女，笑起来的时候会露出两颗可爱的小虎牙，就像初春的桃花，充满朝气蓬勃的力量，那双浅褐色的眼睛更因为梦想而闪闪发亮，像她这样的人，大概这辈子都不会迷失自我，更不会像他一样空虚贫乏，像行尸走肉般活着。她只会日复一日，月复一月地对他重复一句话："今天天气这么好，你要不要拍张照片啊？"

"我拒绝。"迟木的答案每天都一样。

除了这点儿分歧之外，他们意外地相处得很好。

奈奈就像热情洋溢的太阳，总喜欢拉着迟木到处跑。而迟木就像反射日光的月亮，只要不触及他的底线，他就会逆来顺受。

渐渐地，奈奈的朋友圈也接受了这位新成员，只不过有光的地方就会有影子，有人喜欢他，自然就有人讨厌他，譬如眼前这群人。

"喂，你离奈奈远一点儿。"朴英杰一把将迟木推在墙上。

迟木耷拉着一脸刘海，默默地看着眼前的校园王子。俊朗的外表，时尚的装扮，朴英杰颇有种韩剧里的奶油小生的味道，在这所高中里，他深受女生喜爱，而这种喜爱宠坏了他，让他变得目中无人。在得知奈奈的名摄影师身份，特别是知道她还有个国际闻名的老爹之后，他就一直想借助她们父女俩的镜头捧红自己。

可奈奈对他一点儿兴趣都没有，反而每天围着迟木转。

"也不回家照照镜子，就凭你，也敢跟我抢？"朴英杰冷笑连连。

迟木看着他的嘴脸，蓦然想起了事务所里的那群人。原来，无论在什么地方，都有这样的人吗？

被辱骂着，被非难着，可是迟木却生不起反抗的心，只一味低头忍受。今天早上经纪人已经给他下了最后通牒，可是他的心就像破了一个口的气球，无论他多么努力地想要将它充满，最后都会变回那副瘪瘪的样子，他并不想让经纪人失望，他只是找不到坚持下去的理由。哪怕只有一个理由也好，他就可以重新站起来。

"住手！"一个清亮的声音响起。

迟木愣了一下，然后缓缓抬起头，看着那个迎面跑来的少女。

"你来做什么？"迟木平静地说，"有时间来掺和这破事，还不如帮我打个110或者120。"

"噢噢！"气势汹汹地扑来的奈奈听了这话，转身就跑，"你等我！我马上去打110！"

"等等！"朴英杰连忙截住她，然后虚伪地笑了起来，"我们只是闹着玩的，奈奈同学，你别当真啊……你说对不对啊，迟木同学？"

迟木背靠墙壁，沉默以对。围观的同学越来越多，窃窃私语让他心烦意乱，眼前的场景让他恍惚间想起了过去，一起进事务所的好朋友跟

致淡玫瑰色的你

他反目成仇,为了争夺一部偶像电视剧的角色,拉拢了很多人一起排挤他。那也是他退出事务所的真正原因,从那之后,他再也没有交过朋友。

一旁的朴英杰还在不停地向奈奈推销自己:"奈奈同学,我觉得以我的外形加上你的技术,拿下这届模特大赛绝对是轻而易举的事情。至于迟木嘛,看在他是你朋友的分儿上,我可以屈尊一下,跟他组成组合啊。呵呵,反正鲜花总得有绿叶来衬的嘛。"

奈奈歪着头看了他一眼,然后推开他,跑到迟木面前。

"你想要跟他组成组合吗?"奈奈指着朴英杰,问道。

迟木愣了一下,没有回答她。

"讨厌的话,为什么不说出来呢?"奈奈疑惑地问。

"就算说出来了,也什么都改变不了。"迟木低声说。

"能不能改变,先要试试看吧。"奈奈认真地看着他,看着这个被重茧包裹住的少年。

迟木被这样的目光注视着,不言不语,却缓缓地握紧了拳头。

直到朴英杰不耐烦地打破沉默,轻佻地将一只手搭在奈奈的肩头,笑着说:"这种闷葫芦一辈子都不敢对别人说个不字,理他干什么啊,还不如帮我照相去呢……"

那一刻,迟木猛然抬起头来。

眼前的一切与过去重叠交错,在过去面前,在现在面前,迟木都咬紧牙关,拼命挺直了腰杆,倨傲地抬起下巴,握紧的右拳缓缓松开,纤长的手指顺着脸颊往上拂去,将永远耷拉在脸上的刘海捋到脑后。四分之一混血儿的脸上,翠绿的双眸宛若毫无瑕疵的祖母绿,因沾染上愤怒的火焰而熠熠生辉。

他看着围观的同学,透过他们看到了过去他在事务所被人非难时,幸灾乐祸地看着自己的那群人。他瞪着朴英杰,透过他看到了过去那个夺取自己角色的好友的身影,而无论他们哪个,他都无法理解,财富、名声、地位这些东西付出努力的话都可以得到,为什么一定要用肮脏的手段，为什么一定要通过贬低别人来抬高自己？过去他不理解，现在他依然不理解，过去他选择逃避，而现在他选择居高临下地俯视朴英杰，像拨开云层，俯视大地的神祇。

"我不会跟你组成组合的。"他轻蔑地看着朴英杰，"像你这样没有自知之明的外行人，只会浪费奈奈的胶卷而已。"

"什、什么？你你你……"朴英杰被他的气势所慑，说话都结巴了起来。

"我什么我，我就在这里！"迟木如同一头沐浴在阳光下，无畏无惧的雄狮，所说的每句话都充满力量，所向披靡，"奈奈是我的专属摄影师！想要的话，就试着从我手里抢走她啊！"

"你、你居然敢这样跟我说话！全校女生都不会放过你的！"朴英杰气急败坏之下，说话又顺溜了起来。

迟木淡定地扫视他身后，所有围观女生的目光都放在他身上，没有人多看朴英杰一眼。

这也是理所当然的事情吧。

奈奈站在人群中，举起自己小小的相机，瞄准了那个光彩夺目的身影，带着笑意，按下快门，记录下这珍贵的一刻。

这世上最美丽的蝴蝶，破茧而出的一刻。

第五章 相机里的蒙娜丽莎

重回娱乐圈的迟木迅速拿下了模特大赛的冠军，而同一时间，奈奈凭借那张《破茧之蝶》重新成为摄影界的明日之星。

熟悉的天台，两个如今炙手可热的天才肩并肩地坐着，一个啃着香喷喷的菠萝包，一个默默地咬着红艳的苹果。

"你今后有什么打算？"迟木率先问道。

"出国留学吧。"奈奈嘴里塞满菠萝包，口齿不清地说，"我已经拿到好几所学校的邀请函了……爸爸也赞成我去，说可以开阔开阔眼界。"

迟木不再啃苹果,他静静地坐在奈奈身边,良久才说:"你别去。"

"为什么?"奈奈疑惑地看着他。

"留在这里,当我的专属摄影师。"他侧过头来,长长的刘海已经剪去,祖母绿色的双眸深深凝视着奈奈。

"我已经是了啊。"奈奈理所当然地说,"全世界你最好看,为了成为配得上你的摄影师,我才必须出国,努力锻炼自己。"

"是吗?"迟木愣了一下,然后立刻别过头去,可惜失去了刘海的掩护,有些发红的耳朵便暴露在奈奈眼前。

可是粗枝大叶的奈奈完全没有注意到这点,她只是笑盈盈地从包里翻出这次的得奖作品,画面上的迟木浑身都散发着一股慑人的气势,这气势由内而发,在他身后形成无形的翅膀,这双翅膀赋予他巨大的力量,可这也是他付出许多东西换来的。也许每个人身体里都藏着这样的羽翼,可是没有多少人能像他这样破茧而出。

迟木朝她的方向瞥了一眼,然后无声地笑了起来。

"拍得怎么样?"奈奈期待地看着他,像一只等待主人夸奖的小宠物。

"很好看。"迟木说,"只不过……最适合我的主题,大概不是破茧而出。"

他并不是蝴蝶。

蝴蝶破茧而出全靠自己,而人类毕竟不是蝴蝶,他们给自己织的茧子往往太过厚重,将自己压抑得喘不过气来,所以很多时候,人类根本无法靠自己的力量破茧而出。这个时候,能够给予他力量的东西很多,也许是一个信赖的眼神,也许是一句鼓励的话,也许什么都不需要,只是站在他身边,便能给予他无穷的力量,给予他破茧而出的力量。

这些东西,奈奈全部给予了他。

没有奈奈,他是不行的。可是这样的话,他是永远都不会说出口的。信手将那张照片从奈奈手中拿走，然后藏进自己的上衣口袋里，迟木温柔地对她说："这个就留给我做收藏了，如果想要我的照片的话，就快点儿从国外回来，然后用你的相机对准我吧。"

"嗯嗯，就这么约定了！"奈奈朝他伸出手去，看样子是要与他击掌为盟。

结果迟木迅速从上衣口袋里掏出签字笔，在她的手心里签下自己的大名。

"……"奈奈无语地看着自己的掌心，"这是啥啊？"

"留个记号而已。"迟木镇定自若地说，"如果有人想要把你抢过去，你就把这个给他看，告诉他，你已经有了自己的专属模特了，叫他不要痴心妄想，如果一定要想抢你，就立刻订飞机票过来见我，我会帮他打消这个念头的。"

"可这个记号很快就会消失的。"奈奈皱着鼻子说，"除非人家两年不洗手……"

迟木想了想，朝她伸出手："给我一张你的照片，我还是签在上面保险一点儿。"

奈奈直截了当地把自己最宝贵的相机塞到他手心里，然后两根手指戳着脸蛋，对着镜头嘻嘻哈哈，摆出一个个笨拙而可爱的造型。

迟木会心一笑，举起相机，将镜头瞄准她。透过相机看着那个笑脸时，他的心里突然有一种很珍惜的感情。一个人一生会碰到很多人，可是最重要的相遇也许只有一次，就像达·芬奇遇到他的蒙娜丽莎。

很难说是谁成就了谁，但就算分别，两个人都不会忘记彼此相处的时间，不会忘记在一起经历过的一切，不会忘记对方……

"看这边。"迟木微笑着举着相机，银色相机覆盖了他的右眼，他笑容温和，如同发现了瑰宝的艺术家，声音宛若阳光下的爱琴海，涌动着温暖的潮汐，对眼前的少女说："微笑吧，我的蒙娜丽莎。"

网游小白的恋爱日记

文◎禾 早

"笨!跑位不对。"

"笨!是你在群杀怪,不是让怪群杀你!"

"笨!技能施放过早,把怪都打散了。"

"笨!怎么可以往墙角跑,被堵在里面就出不来了。"

……

安雅握住鼠标,上下拉动聊天记录仔细一数,华丽丽的"笨"字刷屏,不到一个小时她已经被骂了三十多次。她顿时委屈至极外带怒气上涌,一扔鼠标,双手在键盘上飞快敲打起来:"慕东楼!你骂够了没有?"

屏幕上霎时掠起一片刀光剑影,如浪层叠,如涛奔涌,她刚拉出来的一群嗜血虫,瞬间就躺成了一地虫尸,其间一道青影衣袂微摆,驻剑而立,片刻后聊天频道就蹦出一行字。

慕东楼:"没规矩,喊师父才对,师父骂徒弟,天经地义。"

"鬼才喊你师父。叛师!我要叛师!"

慕东楼:"叛师需要弑师,你操作太烂,还是省省吧。"

安雅气坏了,将键盘敲得"啪啪"响:"我一定要杀了你!"她咬了咬牙,开启PK模式,操纵自己的游戏人物,倏然一刀,向那青影疾砍而去。在她出手的那一刻,慕东楼掌中的剑爆出三寸剑芒,化作数道光影,袭向她周身要害。安雅的游戏人物气血狂降,她顿时手忙脚乱,被那道青影逼到墙角,用剑光封住了所有逃离的方位。

慕东楼:"笨!就你这点儿微末水平,偷袭都杀不了人,居然还事先预告,这辈子都没有半点儿叛师的可能,你就认了吧。"

此言狂傲,分明没有将她放在眼里半点儿,安雅一摔键盘:"我删号!打不过你,我删号总可以了吧!"她盛怒之下,只凭一股意气行事,没等慕东楼再说话就已退出了游戏,回到了登录界面,鼠标一点"删除人物"的选项,屏幕上立刻跳出一个对话框——

"游戏人物一旦删除不可恢复,请确认是否删除。"

这时,安雅才稍稍冷静了一点儿,她的游戏人物等级虽然不高,但也是辛苦了三个月才练出来的,身上还有不少慕东楼送的好东西,仗着这位师父的护持,她在游戏中也小有名气。她不禁犹豫起来。

删,三个月的辛苦付诸东流;不删,就算她咽下了这口气,狠话却已经出口,又怎么好重回游戏?慕东楼这厮,肯定会嘲笑她的!

安雅举棋不定地拖了一会儿鼠标,最后起身,决定去倒杯水,先浇浇心头怒火,可是等她喝完满满一大杯水,回到电脑桌前时却蓦然大惊:"哥,你要死啊!居然删了我的游戏人物!"

安文推了推眼镜,一脸无辜地回过头道:"不是你自己要删的?我只是顺手帮你点了一下而已。"

这种事情也是可以顺手的吗?安雅顿时泪流满面,抓起一个枕头就往安文的脑袋上狠狠砸了过去。

"雅雅,饭要凉了,快来吃。"

"雅雅,你要的书我帮你借回来了。"

"雅雅,你明天考试,我送你去学校。"

……

安雅对这些嘘寒问暖充耳不闻,她已经同安文冷战了足足一个月。太过分了,居然连问都不问一声就删了她的游戏人物!如果真是个意外,她也就认了,可是他们两兄妹朝夕相处,安文的心思她怎么不懂?肯定是怕她玩游戏影响学业,故意删了她的号。

致淡玫瑰色的你
Zhi Danmeiguise de Ni

安雅咬了咬牙,她玩游戏用的可是闲暇时间,从来不耽误学习,这般蓄意谋害,不可忍!

"雅雅,别生气了,你要想玩,等考完放假了,我陪你一起玩。"

"谁要你陪啊!我也不想玩!"安雅嘴硬地顶了一句,但是被安文的话勾得心里有点儿痒痒,不知不觉就开启了电脑,盯着桌面上那个游戏图标发起愣来。

到游戏里创建人物就退出,等考完了再玩,这样总可以了吧?按捺不住,她轻点鼠标,运行游戏,在创建人物名的输入框里,输入了"温雅"两字。温雅,是她的游戏名。

谁知屏幕上跳出一个对话框:"您输入的名字已存在。"

安雅微怔,不会吧,这么快就被人抢了游戏名?

她不死心,指尖在Enter键上轻敲两下,跳出的还是同样的对话框。连游戏都跟她作对!安雅想了想,输入"尔雅"两字,系统通过,一位淡紫衣裳的清丽少女在屏幕上执剑而舞,意态姿然。

糟糕,忘记选她用惯的龙牙派,居然入了同慕东楼一样,以御剑为主的流影派。谁要用剑啊,忒小家子气,当然是用刀更帅!

可是删除人物后,同样的名字需要三天后才能使用,她暂时想不出喜欢的名字,只得将就着进了游戏。屏幕上显示出一座巍峨耸立的楼殿,她置身殿前,身边有其他玩家三三两两地擦肩而过。

恍了恍神,安雅看见左下角的聊天面板刷出一大排信息,多半是没用的吆喝与闲聊,一瞥之间,"慕东楼"三个字刺了她的眼睛。

慕东楼:"呆呆吾徒,你磨蹭完了没有?为师已经等得不耐烦了!"

安雅心里一跳。慕东楼嫌她笨,常这样称呼她,她从前看到这四个字就会生气,可如今再见却有一种物是人非的怅然。

这肯定不是在喊她。安雅早就有了心里准备,但被慕东楼唤的那个人接话时,她却大大吃了一惊。

温雅:"好了好了,马上就来了。"

温雅！这是安雅的游戏名字，除了吃惊之外，她心里还有一种说不清道不明的酸涩之意。有没有搞错啊，抢了名字，还要抢师父！

可是，慕东楼这个师父是她百般瞧不顺眼的，又怎么能怪别人去抢？沮丧的情绪瞬时袭上心头，她没心情继续待在游戏里了，退出之后一扔鼠标低头温起书来。

期末考试过后，暑假开始，爸妈出差了，家中只剩下安雅和哥哥安文。天气炎热，安雅实在不想出去逛街。安文探头进来："午饭你想吃什么？"

安雅懒懒地看了他一眼："随便啦。"

安文推了推眼镜，转身离开："那我随便叫个外卖算了。"

喊！懒鬼，就是不想做饭嘛！安文最近很奇怪，多半时间闷在自己的房间里，也不知道在做些什么。安雅心念一动，悄悄出去，躲过正在客厅打电话的安文，潜入他的房间。她四下张望，没觉得安文的房间有什么变化，正要失望地退出去，却看见他的电脑开着，只一眼安雅就看见了桌面上那个熟悉至极的图标。

这不是她玩的那款游戏吗？她还在沉吟间，就听见安文走了进来，立刻转头问："你在玩这游戏？"

安文一怔，随即笑起来："是啊，不是说好等你考完了，要陪你玩的吗？我就先装好了游戏，还没建号呢。下午要不要一起玩？"

"不用了。"安雅连忙拒绝。

她讨厌慕东楼就是因为这厮管得太宽，连她杀怪时施放技能的先后顺序都要管。安文也喜欢管她，谁让他是哥哥呢！现实里被他管管，那是没办法，要是玩个游戏也要被管，那她还不如不玩了。

安文却不放过她："要不，我们分头玩，看看谁练得快。"

"不玩不玩，我对这游戏早就没兴趣了。"

"我看你是操作太烂，被人杀到不想玩了吧。"

一句话戳到了安雅的痛处，她顿时恼羞成怒："胡说！玩就玩，谁怕谁啊！两个月后谁等级低，谁就跑到街上，大喊三声'我是笨蛋'！"

安雅丢下一句话，头也不回地冲出了安文的房间。狠话放出了，要是输了，这个脸她丢不起。于是安雅又登录了游戏。

她毕竟玩过一次，对游戏相对熟悉，仗着这点儿优势，立刻埋头做起任务来，等级"刷刷"狂飙，只半个下午，她就练到了十级，心里不禁有点儿小得意。可是等她查看了玩家等级排行榜，看见高居第一的名字赫然是慕东楼时，这点儿小得意立刻被郁闷给驱得一干二净。

她就不信，今生都没有超过慕东楼的机会！

安雅索性不停地接任务，由着NPC（非玩家控制角色）将她从东使唤到西，再从西使唤到东，很快她升到了十五级，掌门发给她送信任务，让她离开门派。任务上说要把信送给青殇城的裁缝，安雅天生路痴，分不清东南西北，从前又没有来过流影派，一出门就两眼发昏，茫然不知所措。好在门外有一条路，她沿着路直走，没多久就到了青殇城，安雅顺手拦住一个人："请问，裁缝在哪里？"

那人回道："药铺边上。"

"药铺在哪里？"

"离铁匠铺不远。"

"铁匠铺在哪里？"

那人停了片刻，发了个鄙视的表情，扭头就走。

安雅叹了口气，只好自己在城里乱转着瞎找，总算找到了裁缝铺，还没进门就看见里面有一青一红两道人影，青的那个分明是慕东楼，他身边穿红衣的少女，头顶的名字居然是——"温雅"。

那个盗用了她名字的假温雅！安雅咬了咬牙，假装若无其事地走进裁缝铺，将信交给那名老裁缝，慕东楼和假温雅在她身边聊天。

温雅："师父，这个人的名字和我好像啊。"

慕东楼："呵呵，大概是你失散多年的亲妹妹。"

安雅差点呕血三升，跟跄着逃出了药铺。走到城门前，她看见有个名叫阿朵的女孩子在寻求组队，刚好她也要找个伴，就问道："你多少级了？"

阿朵回答："十二级。"

安雅又得意起来："我十五级，走，带你杀怪去！"

"好啊好啊。"阿朵很兴奋，立刻与安雅组队，半晌之后阿朵实在忍不住，戳了戳仍僵在原地的安雅："你不是要带我去杀怪吗？"

安雅干笑两声："我在翻地图……啊，你认识路吗？不然你带我去吧。"

阿朵无奈地沉默，正在这时，一青一红两个人路过城门，在安雅身边停下。

温雅："师父，又碰到我这失散多年的亲妹妹，真是缘分啊！你带她一块儿练级吧。"

慕东楼："好。"

安雅差点儿气昏过去，慕东楼的组队邀请在她面前闪烁。接受，还是拒绝？被慕东楼带着练级，升级的速度肯定飞快，干吗要和这等好事过不去呢？君子报仇十年不晚，且忍一时之气来日再说。

安雅用力一敲键盘，点下接受键。

星星谷里全是高级的草木妖，安雅躲在安全区域，采集着星星谷里零散分布的草药，阿朵和假温雅坐在她身边的草地上。不远处的怪物堆里，慕东楼洒脱地挥剑，分享的经验让安雅和阿朵身上时不时蹿起一道升级的白光。

阿朵偷偷问安雅："那个温雅真的是你姐吗？"

安雅咬了咬牙："我没有姐！"

阿朵又悄悄说："听说慕东楼是游戏里排名第一的高手，对徒弟也很好，带着练级还送装备。要是我能拜他为师就好了。"

安雅无奈地一笑："那你就拜他为师呗。"

阿朵摇头："不行呢，听说他除了温雅，从来没收过别的徒弟，我怕去拜师被他直接拒绝，那多没有面子。"

安雅说不出心里是什么滋味，摊开手干笑两声。

致淡玫瑰色的你

阿朵又悄悄说:"哎,要不你去试试?温雅说你是她妹妹,说不定慕东楼就顺便收你为徒了,回头我再拜你为师,也能跟着沾光。"

安雅愤怒地说:"不要!都说了,我没有姐姐!"温雅本来就是她的游戏名,慕东楼本来就是她的师父,两者都是她抛弃不要的,但是落在旁人眼里,却如此艳羡……

阿朵不解地说:"笨啊!能拜慕东楼为师,你认温雅做姐姐有什么关系?反正是游戏嘛。我觉得温雅人挺好的。"

安雅"哼"了一声,向慕东楼瞥了一眼,她发现了一件耐人寻味的事情——杀一个小时怪了,慕东楼居然没有骂过假温雅,甚至有两回还夸了她,说她跑位越来越老道,施放技能的时机也把握得很好。

对比从前慕东楼对她的态度,简直是天地之差。阿朵也夸假温雅人很好,看来她这个真温雅其实是比不上盗版的。

安雅郁闷地揪着小花小草,感觉好像在揪自己的心,难过至极,她索性离开电脑,去冰箱里摸了一盒冰激凌慢慢地吃,吃完她拿了一罐可乐,想送到安文房里,却发现他锁着门,也不知道在里面捣鼓些什么。

安雅敲了敲门:"哥,开门,我替你拿了可乐。"

安文的声音从里面传出来:"杀怪呢,没空,你先搁门口吧。"

杀个怪用得着锁门吗?安雅郁闷地回到自己房间,却发现自己的游戏人物已经死亡。怎么会?不是有慕东楼他们在旁保护吗?安雅连忙抓起鼠标,翻了翻聊天记录,原来是在她身旁突然刷新出一只怪物,她等级太低,被怪碰一下就死了,慕东楼赶过来的时候,已经迟了一步。

阿朵还在喊:"尔雅,尔雅,你在不在?"

安雅发了个抱歉的表情:"我刚刚离开了一下。"

慕东楼:"你复活回城,我去接你过来。"

"不用。"安雅连忙拒绝,"我自己复活以后跑过来就可以了。"

慕东楼:"路上的怪等级大半比你高。再说,你认识路吗?"

安雅被戳中软肋,顿时无语。

慕东楼回头看向身边的假温雅:"呆呆吾徒,你这个妹妹,跟你以前一样笨。"

假温雅笑嘻嘻地抬头看慕东楼："师父，我现在聪明了。"

安雅心里猛地一惊！果然，慕东楼不知道这个温雅是假的，那么她原来在游戏里结交的那些朋友，是不是也不知道呢？

正想着，她就看见世界频道里有人在喊。

逍遥一生："温雅，你要的灵骨丹炼好了，什么时候过来拿？"

温雅："逍遥哥哥你真是太好了！我现在就跟师父回城，你在青殇城客栈外面等我们一会儿好不好？"

逍遥一生："小丫头，嘴比以前甜多了啊！"

温雅："逍遥哥哥，你这样说，雅雅会不好意思的呢。"

安雅浑身起了一层接一层的鸡皮疙瘩。自己用惯的名字被人占了也就算了，可是这个假温雅不但占了她的名字，还顶了她的身份，接手了她的师父和朋友，用她从来不会用的讨好语气，同别人装可爱撒娇！

安雅真想向全世界大喊一声："我才是温雅！"

可是，大概没有人会相信她……她只好咽下这口气，紧紧跟着温雅，看此人顶了她的身份，是不是想要骗财骗物。青殇城客栈前，慕东楼将刚才在星星谷杀怪时打到的东西全都丢了出来，对安雅和阿朵说："要什么自己挑。"

这些东西对他来说都是看不上眼的货色，他自然不吝于送人，但对阿朵和安雅这两个新手来说，简直无比珍贵。阿朵连忙迎上去挑挑捡捡："我想要那把无音琴，还有霜铁护腕和流云裙。"

慕东楼二话不说，把阿朵要的三件东西都给了她，还搭上不少阿朵的玄音门派用得上的小装备。阿朵欢喜至极，连声道谢。慕东楼问站着不动的安雅："尔雅，你要什么？"

安雅心里正别扭着，就拒绝道："我等级太低，这些装备拿来也穿不上，以后再说吧。"

慕东楼皱眉看着她，一旁的假温雅满脸娇羞地拉拉慕东楼的衣角："师父，人家也不要装备。"

慕东楼便扭头看向了假温雅："那你要什么？"

假温雅扭捏着低下头："师父，人家快七十级了，想练玄剑诀，可我没有玄剑诀的秘籍呢……"假温雅扯着慕东楼的衣角，扭得像麻花，安雅汗毛倒竖，她几百年的脸面都要被这个冒牌货丢尽了！

慕东楼淡淡地"哦"了一声："我手上没有这个剑诀。"

"那就帮我打嘛。"假温雅继续扯，继续扭。

慕东楼无动于衷："我还有事。"

安雅冷眼旁观，暗暗好笑，慕东楼这厮一向如此难说话，这个冒牌货总算尝到苦头了。假温雅露出委屈的表情："玄剑诀秘籍，八十级的BOSS（游戏中出现的，巨大有力且难缠、难打的敌方对手）才掉，我自己肯定是没有本事去打的。慕东楼的徒弟连玄剑诀秘籍都学不到，岂不很丢脸？"

慕东楼："激将法对我没用。"

假温雅楚楚可怜地仰望着他："古往今来，英明神武，天下无双的师父，就帮徒弟这一次吧！"

慕东楼依然淡漠地说："威胁我，更不行。"

安雅的肠子都快笑断了，就在这时，假温雅扭动了一下，跺跺脚，对慕东楼说："那我亲你一下行不行？"

安雅差点儿一头扎在键盘上。形象！她的形象啊！

一万匹神兽在她心中呼啸而过，再抬起眼时，只见慕东楼衣袂飞扬，已然转身走远。假温雅立刻追上去："你去哪儿？"

慕东楼："被你威胁到了，杀玄剑诀秘籍去。"

安雅跟在慕东楼和假温雅身后，踏上了观月崖顶，阿朵也尾随前来。能掉出玄剑诀秘籍的BOSS还没有刷出来，但是崖顶上已经聚集了五名玩家，看装备都有八十来级，组了队伍等在这里，看见他们顿时一脸戒备，个个拔刀抽剑，围紧了BOSS刷新的地方，显然怕他们上来抢杀。

假温雅问："有人了，我们怎么办？和他们抢吗？"

慕东楼倒心平气和："他们先来，我们后到，反正这个BOSS十五分钟刷一次，让他们先杀，我们等等。"

安雅和阿朵都是来蹭经验的，慕东楼说怎样就怎样，她们自然没有意见。慕东楼站在观月崖边，负手看风景，崖上风大，他那袭素青衣袍被风吹得猎猎张扬，再衬着崖边隐然流动的如絮白云，简直飘然欲仙。

安雅暗叹了一口气，尽管游戏里人物的样子都差不多，但慕东楼总是与众不同的，他不像大部分玩家一样，生怕别人不知道自己的厉害，而将身上的武器和装备光芒尽数开启。他一向含蓄低调，衣裳素净，长剑敛光，有一种淡然出尘的品味。

大概因为他们摆出了不争抢的姿态，那些早到的玩家们不再在意他们，等到BOSS刷新出来，就拖到一旁埋头苦杀。

安雅冷眼旁观了一阵，发现那五个人配合得很糟糕，甚至连谁扛BOSS谁加血都没有规定清楚，只知道闷头狂杀，于是没过两分钟就有人惨了，被BOSS抽倒在地，"啊"一声挂了。

假温雅嘻嘻笑道："师父，这些人好笨呢！说不定这个BOSS他们杀不了，让我们捡了便宜。"慕东楼倒淡然："死心吧！他们配合不好，但是等级和装备都不差，能杀过。"

他的判断果然没错，死了一位队友后，这些人改变了死扛的战术，开始绕着BOSS跑位，慢慢磨了十来分钟，还真把BOSS给杀掉了，爆了一地的装备，其中就有那本假温雅想要的玄剑诀秘籍。可是捡完东西，这群人还没有离开的打算，还站在原地，继续等着BOSS刷新。

假温雅按捺不住了："师父，他们不走！"

慕东楼："他们队伍里有两个流影派玩家，大概需要两本秘籍，看在同门的分儿上，再让他们杀一次吧。"

然而这五个人杀了BOSS，心里有了底气，却不打算将这地方让给别人了，等到挂掉的那位队友归队，就有一个人向着慕东楼迎了上去。

"各位，请你们让让，这个地方我们已经包场了。"这个人话说得客气，但态度很强硬，他身后的另几位玩家也都拔剑围了上来。

致淡玫瑰色的你
Zhi Danmeiguise de Ni

慕东楼昂立崖巅，一袭青袍在那五个玩家光彩炫目的装备光芒掩映下，显得越发素雅出尘："如果我说不让，你们就打算动手吗？"

那人冷笑一声，一挥手："杀！"

杀字刚吐出来，他的同伙们还没抢兵器，慕东楼就已经出手了。

一柄长剑化作万千点寒芒，犹如在漆黑的夜空里急坠下来的无数星辰，夹着雷霆般的威势和炫目凌人的杀气，悉数袭向那一队五个人。

落星杀！流影派满两百级的玩家才能学会的群攻剑招！

安雅的电脑屏幕上一片炽亮，人影刀光都被掩盖其中，看不见分毫。数秒钟过后，那片炽亮才猛然炸开，化作漫天莹莹的星芒洒下，被风吹得如雨飘坠。慕东楼负手立在星雨之中，星芒坠落在他的长剑上，坠落在他的衣袂上，坠落在他那一头被墨丝绾系的长发上……梦幻迷离，绝美难言。

安雅轻轻叹了一口气，目光一扫，刚才还扬言要包场的五个人，被慕东楼一招秒杀在地，装备道具爆了满满一地。

慕东楼淡然地收回剑："都愣着干吗？捡东西。"

他这话一说，其他人才清醒过来，假温雅尤其激动："师父，刚才那招是落星杀？那你有多少级了？"

游戏等级排行榜上只显示名次，不显示等级，排名第二的那个玩家最近四处吹嘘自己已经一百五十级了，再努力一把就能攀上第一的位置。因此许多人都猜测，排名第一的慕东楼大概是一百六七十级，但这招落星杀证明他肯定不止两百级！

慕东楼没有回答这个问题，只说："BOSS要刷新了。"

安雅默默往后退了数步，心里说不出是什么滋味。

她一直都知道慕东楼很厉害，却不知道他竟厉害到这种地步，她大概今生今世，都没有超越他的可能了。

假温雅闪着星星眼："师父不愧是排名第一的高手，真的太厉害了！落星杀这招帅极了！师父师父，等我练到两百级，你记得帮我去打落星杀的秘籍哦，好不好？好不好吗！"

慕东楼:"不好。"

假温雅又跺脚,又扭动撒娇起来。

如果不是等级太低,安雅真的很想一剑劈死她,等把号练大了,她一定要一剑劈死她!还好慕东楼面对这种无耻的撒娇很镇定:"没规矩。"

安雅静静地看着假温雅围着慕东楼叽叽喳喳地说个不停,忽然有种自己被排斥在外的感觉。朝夕相处了三个月,时常与她吵闹斗嘴、亲密无间的师父,已经与她无关了,在他眼中,她只是一个半道上被顺手捡来的蹭经验宝宝,仅此而已。

巨大的失落感将安雅卷裹其中,她没办法再同他们待在一起,看着他们说笑吵闹了。她心酸地承认,假温雅这个盗名贼,尽管喜欢发嗲撒娇,但人好像不坏,其实她没必要再盯着不放了,慕东楼认为假温雅还是原来的温雅,那就让他这么认为吧。

"我还有点儿事,先走一步。"安雅转过身,往观月崖下走去。

阿朵疾喊:"尔雅尔雅,别走呀!"

假温雅也说:"路上全是八十级的怪,你一个人下不去的,再等我们一会儿吧。"

安雅只当没有听见,沿着路疾奔起来,她想快点儿离开这里,找一个没有熟人的地方,躲起来悄悄练级。她不想下线,不是怕输给安文,而是怕下线之后没有事情可做,会无数次回想起假温雅与慕东楼相处的情形,那种酸酸涩涩的滋味,她生平头一次感受,虽懵懂不知其然,却直觉地排斥。安雅头也不回地跑着,身后引了浩浩荡荡的一大群高级怪。

临近崖脚,斜刺里忽然钻出一群人来,挡住了她的去路,是那群在崖顶上被慕东楼秒杀的人。"就是她!跟慕东楼一伙的,先杀了再说!"

安雅才二十来级,面对这群人连逃跑的机会都没有,只看见对方刀光一闪,她的游戏人物就"啊"一声倒在了地上,爆出两件低级的白板

致淡玫瑰色的你

装备。被人杀了,安雅自然感觉很愤怒,但是接下来,她看见自己引来的那群浩浩荡荡的怪物犹如潮水一样踩过那群人时,又不由自主地笑了起来。这群人,好笨啊!杀人都不知道挑好时机!

然而笑归笑,她还是躺在地上,仔仔细细地数了一下这群玩家的人数。一、二、三、四、五、六、七……除了被怪物冲杀死亡的三个人外,还有十二个人仍然立在那里继续厮杀,加起来足足十五个人!

不用问,这些人一定是那几个被杀的玩家喊来对付慕东楼的。

安雅有些担忧起来。尽管慕东楼的等级很高,装备很好,操作很绝,但是蚂蚁多了也能咬死象,这么多仇家,他单身一人未必抵挡得住。别看他衣饰素然,其实身上每件装备都价值连城,万一被人围攻致死爆了出去,损失肯定难以估算。要不要通知他避开呢?

安雅百般犹豫,拿不定主意,但是看到她引过来的那群怪快要被清光了,情况紧急,她再也顾不得那么多了,打开私密信箱,敲出"慕东楼"三字。

慕东楼,从前没少打过这三个字,此刻再打又有一种物是人非的怅然了。她轻轻咬了咬嘴唇,强行将这种感觉按捺下,敲了一句话发送出去——

"有十来个人上崖找你报仇了,小心。"

话一发出去,她就像做了什么亏心事一样,不敢等慕东楼回复,甚至不敢在游戏里待下去,飞快地复活回城,退出了游戏。

至此,安雅才轻吁出一口气来,伸手摸摸脸颊,微烫。

窗外,天色已漆黑,安雅坐在电脑前出了一会儿神,推椅而起,去敲安文的房门:"哥,哥,我饿了!"

安文在门内语气十分急促地回道:"正在杀怪,你等一等。"

安雅扬了扬眉毛,杀怪竟然能杀得这样紧张,还真稀奇!

她跑到厨房打开冰箱,将里面的食物一样样拿出来,洗洗切切大半天,做了一小锅海鲜面,这才再次跑去敲安文的房门。安文仍然没空开门,安雅只好自己先去吃面,才吃了半碗她就吃不下去了。

安文从房间里出来，歉然地笑了笑："看人屠城，下线晚了。"

安雅舀着汤，漫不经心地问了一句："谁在屠城？"

"慕东楼。"

"噗——"安雅一口汤全喷到了桌上。

安文蹙了下眉："怎么，你认识？"

"不认识。"安雅掩饰地垂眼去擦桌子，"没听说过这个人。"

"这样啊——"安文斜睨了她一眼，"可是我怎么总觉得慕东楼这个名字很熟，仿佛谁在我耳边念叨过一样？"

安雅慌得一推碗，站起身："我、我吃饱了，你慢慢吃……"

她逃也似的回了房，直到关上门才长出了一口气。

她差点儿忘记了，慕东楼这个名字安文当然听说过！她从前在游戏里挨了慕东楼的骂，总爱下线后找安文愤愤不平地抱怨。那她刚才的否认，岂不是此地无银三百两？如果他想起了这些往事，肯定会嘲笑死她的。

安雅坐立难安，连想喝水都不敢出去倒，直到实在渴得受不了，才偷偷摸摸溜出房门。

安文的房门半掩着，安雅端着水杯心虚地向房内张望，里面好像没人，电脑开着，电脑屏幕上赫然是她在玩的那款游戏的画面。

安雅不禁起了好奇心，闪进安文的房间内，想看看他在游戏里姓甚名谁，练到多少级了。待看清了安文的游戏任务时，她差点儿把水杯扣在了键盘上。

安雅恼羞成怒地一摔鼠标："安文！安文！你给我滚出来！"安文从厨房门口探出头，甩甩手上的水："怎么了？"

安雅深深吸了一口气，从花瓶里拔出一束百合花，往安文身上抽去："安文，我恨死你了！我决定这辈子都讨厌你！"

花瓣纷落，安文慌忙四下闪躲："别抽别抽！我这不是删了你的号心里过意不去，想帮你练级吗？"

"不许跑！"安雅追着他，"哪有你这样帮我练级的，盗用我的游戏名不说，还对人撒娇发嗲，我一世英名都毁在你手里了！"

"冤枉啊！"安文翻过沙发，连声叫屈，"哥是想替你报仇，整整慕东楼这个家伙。"

"你那是整他还是整我啊？"安雅想起他在游戏里的样子就彻底凌乱了，"真是太丢脸了！"

"你不觉得他被我调戏的样子很好笑吗？"安文尴尬地咳了一声，"你要真觉得丢脸，就告诉你游戏里的那些朋友，温雅是我。"

"打死我都不说！"安雅都快崩溃了，"让人知道我有一个在游戏里做人妖还撒娇装可爱的哥哥，那更丢脸。"

安雅学着安文的样子，拿腔捏调："师父师父，我要亲你哦！逍遥哥哥，你真是太好了！"她挪揄道："哥你要不要脸啊？"

"哪有这样说哥哥的！你没发现他们都说你温柔多了吗？"

"但是他们一旦知道说这些话的是个男人，一定会骂你死人妖！"

"你不是打死都不说吗？"

"替你背黑锅，我不甘心。"

"那你到底想怎么样？"

"不是告诉你了吗？我决定这辈子都讨厌你！"安雅丢下一片混乱的"战场"，扭头跑回了自己的房里。安文在外面敲门："好吧，都是我的错，对不起了。我下次不会这么做了。"

还有下次吗？这次就已经够过分了！安雅没出声。

安文语重心长："当时借机删你的号，是怕你沉迷游戏，后来我也想过，自己做得不太对，就想帮你把号练起来，只不过那阵子你忙着考试，我怕你分心就没告诉你。"

其心可悯，其行无赦！安雅抱着玩具熊，仍然不搭腔。

安文在外面继续说："至于慕东楼，你经常提他，我怕你年纪太小看不清人的本质，就顺带着借用你的号试探了一下，结果发现他人还不错，不管我怎么调戏，他都无动于衷，我才放心了。你看，我这么做都是为了你好。"

安雅被他说得心里一酸。气嘛，其实早都已经不气了，就是不知怎么感觉有点儿难过。

"还是不理我啊？"安文又敲了两下门，"那算了，我回房去闭门思过。"他转身，刚走了两步，忽然听到身后门响，安雅抱着玩具熊，咬咬嘴唇，哑着声音对他说："你跑到街上去大喊三声'我是笨蛋'吧。"

"我是笨蛋！"一群路人驻足围观。

"我是笨蛋！"围观的人窃窃私语。

"我是笨蛋！"有人取出手机准备拍照留念。

安文若无其事地露出他闪亮的微笑，推推眼镜，走出人群，到了安雅面前，摊开双手。安雅咬着唇，憋不住笑，也伸出手去。两个人四掌相击。

安文微侧着头看她："扯平了？"

安雅左右望望，答非所问："天气好热，突然想吃哈根达斯的冰激凌火锅。"安文咬牙切齿，忍气吞声："成交！"

两个人在外头消磨了一整个晚上，再回到家时时间已近凌晨，谁也没提游戏里的事情，各自回房睡觉。只是，安雅心里苦恼着，不知道要不要把安文冒充了她身份的乌龙事件告诉慕东楼，因此辗转反侧，怎么都睡不着。

老实交代吧，慕东楼发现自己被人耍得团团转，那张脸肯定很臭；装傻混过去吧，她就得替安文背着调戏师父的黑锅，也不知道自己在慕东楼心里的形象，是不是变得糟糕起来。

左右为难！睁着眼躺到凌晨两点钟，仍然睡不着，安雅索性悄悄爬了起来，打开电脑，登录游戏。

她上的是尔雅的号，好友名单里空落落的，一个人都没有。

安雅心里也有点儿空落落的，在午夜人迹稀少的青殇城街头呆站了一会儿，才漫不经心地瞟了一眼聊天频道。聊天频道里吵吵嚷嚷的，好多人在说话。那些玩家的对话里，时不时跳出"慕东楼"三个字。

墨铃:"弑天这家伙不长眼啊,居然带了人想爆慕东楼的装备!这下好了吧,连行会城池都被慕东楼给扫平了。"

北无:"哪里哪里?组团杀慕BOSS吗?带上我啊!我垂涎他的装备已经很久很久了!"

艾普普:"北北,你还没睡醒就上线了吧?乖,再去睡一会儿,清醒了再来,还赶得上看弑天明早全服刷屏道歉。"

狄安默:"慕东楼,仗着级高,欺人太甚!"

轻风半页:"错,他是冲冠一怒为红颜!温雅这个迷糊蛋被杀了,他就屠城报仇!"

蒿蒿蔓蔓:"情圣啊,星星眼。"

……

安雅怔怔地看了半天,轻轻地叹了一口气。是啊!安文的确提过慕东楼屠城的事,但是她没有追问前因后果。原来是为了替温雅报仇。温雅也在她之后被那几个人杀了吗?

念想间,安雅忽然看见有人在自己面前停了下来。

她起初还没在意,只是盯着那人脚上的厚底青布鞋子发呆,结果那颜色,那款式,她越看越眼熟,依稀回忆起来,这是她刚学裁缝技能时做的第一双鞋。她喜滋滋地送给了慕东楼,结果他一个笑脸都没露,只评价了两个字,难看!

难看难看……安雅念念叨叨,惴惴不安地挪着目光,顺着那双青布鞋子往上望——果然!慕东楼这厮背负双手,腰悬长剑,闷声不响地站在她面前!安雅有点儿慌,更多的是意外,大概还有一点点说不清道不明的喜悦在心底冒泡。她差点儿随口喊出了"师父"两字,憋了半天,才讷讷地说:"好巧。"

慕东楼俯视着她:"不巧。"

安雅微怔:"哎?"

慕东楼沉声说:"等了你一个晚上,在城里绕过一百零八圈。"

安雅的心很不争气地跳快了两拍,故作爽朗道:"东楼大侠,你认错人了吧,看清楚哦,我的名字是尔雅,不是温雅。"

慕东楼点点头:"对,我要找的是温雅。"

果然如此!安雅那提得高高的心,瞬间跌落尘埃,就连那一丝苦笑都僵在了唇角。她不知道自己要说什么,有种无言以对的感觉,只想找个借口快点儿逃开。

"嗯,我没有看见温雅呢,你慢慢找吧,我要下线了。"

慕东楼依然俯视着她:"笨!"

安雅一呆:"哎?"

慕东楼微嘲:"我要找的是删号前的温雅,难道你不是?"

安雅彻底怔住,千言万语哽在喉中,却一个字都说不出来。

好半天,她才干笑道:"呵呵,东楼兄,你的笑话太冷了。"

慕东楼默默地立在那里,没有说话。安雅悄悄往后退了一步,再一步,最后扭过头,撒腿就往城外跑。该死!怎么都没想到自己也有在游戏里被逼到落荒而逃的时候。安雅心绪紊乱,早就失了分寸,她只想到逃跑,却忘了这是在游戏里,还可以下线。

一溜烟逃出了城,安雅回头看看,还好,慕东楼没有追上来。她身后空荡荡的,只有风的影子。

安雅正庆幸着自己躲过了这次盘诘,她身边的密林里突然跳出一个手执狼牙棒的劫路大盗,也不知道是多少级的怪,反正安雅只看见白光一闪,她就"啊"一声,四仰八叉地倒在了地上。

"真晦气!"她郁闷地嘀咕了一句,复活回城。

屏幕上画面流转,复活点清晰地出现在眼前,比这更清晰的,是堵在复活点外的一袭青影……

"这么快就回来了?"

安雅顿时窘了,索性豁出去:"好巧,又遇见你了。"

慕东楼极为鄙夷:"不巧!我就为了等着看看,你什么时候迷了路,死回城。"

安雅:"……"

游戏时间与现实同步,也是夜晚,星月漫天。

青殇城的复活点里,两道身影默然对立,时不时就有玩家复活回城,与他们擦肩而过,再停步,转回来,绕着他们踱来踱去。

聊天频道里嚷成一片:"青殇城复活点,发现慕BOSS和一个女号在你侬我侬!不是温雅,叫尔雅!"

"你有没有大脑啊,看这两个名字,傻子都能猜到尔雅是温雅的小号!慕BOSS屠城不就是为了这个小号吗?"

"啊,慕BOSS真是情深意重啊!"

胡扯!哪有人在复活点里你侬我侬的!安雅很尴尬,慕东楼向她丢了个组队邀请,随即就转身往外走去。安雅犹豫着,慕东楼停步回头:"怎么,还不走,等着被围观?"

她只好咬咬牙,接受了邀请,快步跟上去。

两个人一前一后走到城外,慕东楼拂了拂衣袖,带出一道炫目的七彩光华。"咴——"一匹皮毛如缎般丝滑光亮的踏雪马霎时出现,昂首扬蹄,顾盼有神。

慕东楼翻身上马,居高临下地看着她:"上来。"

安雅又犹豫了片刻,最终还是凑到马前,慕东楼把她拉上马,单手环住她的腰。从前不是没有同慕东楼共乘过,但是她此刻心境转变,突然发现两个人一起骑马的姿势……好暧昧!

安雅无奈地拿额头去磕桌子,这是哪个无良家伙设计的姿势啊!这也太不和谐,太有伤风化,太郎情妾意了!郎情妾意?安雅蓦然惊觉,自己这种脸红心跳神慌乱的状况很不对头啊!

做梦!做梦!一定是做梦!照常理来说,这种时间段她不可能还待在游戏里,更不可能对着凶神恶煞一般讨厌的慕东楼脸红心跳。

安雅继续磕桌子,想磕醒自己,结果使的力大了——好痛!

屏幕上一闪,她连忙含着泪,捂着额头去看。

慕东楼正不爽地问:"发什么呆?接受交易!"

交易面板上,躺着一身水红色的衣裳。安雅微怔:"我不喜欢这个颜色,再说干吗要送我衣服?"

慕东楼淡淡地说:"有的穿就别挑了。"

安雅想说她有衣裳穿,然而一抹眼泪,顿时窘住。

身上的长裙,因为刚刚死亡爆出去了……她穿着系统自带的清凉小短裙……转念间,安雅用最快的速度确定交易,把那身水红衣裳换上,再摸摸脸颊,微烫,大概也是红的。

怎么会这样?她接着拿额头去磕桌子——居然不是在做梦,彻底没脸见人了!

到了这种地步,安雅心里的侥幸荡然无存,决定破罐子破摔,再也不想隐瞒身份了:"谁告诉你我是温雅的?"

慕东楼丢出高深莫测的一句话:"若要人不知,除非己莫为。"

安雅犯起了嘀咕:"说得好像我做了亏心事一样。"

慕东楼:"你没做吗?"

"当然没有!"

慕东楼:"那你刚才躲什么?"

安雅:"……"算了,退一步海阔天空。她仍然好奇:"你究竟是怎么认出我的?"

慕东楼答得简单:"你路痴。"

安雅十分郁闷:"游戏里路痴的人多了,又不止我一个。"

慕东楼点点头:"说得不错!但是ID与温雅只差一个字,脾气这么糟糕,操作那么差劲,而且还路痴的就你一个。"

安雅被他骂成条件反射了:"慕东楼,你贬我贬够了没?"

慕东楼又慢悠悠地道:"嗯,还要补充一点儿,对师父不恭敬,动不动就指名道姓,大呼小叫的人也不多见。"

错觉!刚才她脸红心跳神慌乱,似乎喜欢上慕东楼的感觉,完全是一种错觉!安雅愤愤地咬牙:"恶人慕,你还是这么讨厌!"

慕东楼回击:"彼此彼此,呆呆雅,你还是没有半点儿长进。"

"你……"安雅哽住,还没来得及还嘴,慕东楼又说:"明早看见

致淡玫瑰色的你

你哥，记得告诉他，再调戏我，杀无赦！"

这都能猜到！安雅不得不放弃愤怒，佩服得五体投地："慕东楼，你简直不是人……"

慕东楼笑了一声："你和我说过，你没有姐妹，只有一个哥哥。他顶着你的名字，找我搭话，还试探地问东问西，只有家人才会这么做，所以我立刻就知道了。"

安雅勉为其难地拍了拍他马屁："师父英明！我就知道他扮女孩肯定不像！"

谁知慕东楼半点儿面子都不给她："你错了，他是扮得太像。"

安雅一怔，将这话在心里回味一遍，这才蓦然醒悟："慕东楼！不带你这么绕着弯损我的！"

游戏里天气阴晴不定，刚才还是清风朗月，转眼就飘起淅淅沥沥的雨来，慕东楼策马行至芍药坡，踏花而过，倒有一种"落花没马蹄，微雨花成泥"的意境。

这家伙还真我行我素，只是三更夜半，师徒共乘一骑，在游戏里踏花淋雨地闲逛……呃，想太多了！一定是她想太多了！

慕东楼："怎么不说话，你困了？"

安雅微窘："困倒不太困，就是有点儿饿了……"

马蹄"嘚嘚"轻响，芍药花缓缓从眼前掠过。好半晌，慕东楼才说："要不要出来吃点儿东西？"

安雅刚巧捂着嘴打了个哈欠，看见这句话心跳立刻漏了一拍，连微张的嘴都忘记要合拢了。傻了足有一刻钟，安雅低头磕桌子——好痛！既然还清醒着，那为什么她看见慕东楼问她要不要出去吃点儿东西？

圣人曰：问题没有出在自己身上，就一定出在对方身上。安雅终于回过神，问："恶人慕，你在梦游吗？"

慕东楼："没有。"

"那我怎么看见你在说梦话？"

慕东楼沉默半晌，生硬地说："啰唆，出不出来一句话。"

安雅大窘:"师父,现在是半夜!"

这次慕东楼很淡定:"你看错时间了。"

安雅想说没错,但最终还是不太确定地看了看搁在桌上的手机,结果发现已经凌晨五点半了!

通宵了……她明明记得,自己登录游戏的时候才凌晨两点钟,一晃眼三个半小时没了?三个半小时啊!够做十来个任务,够杀数百只怪,够采数十株草药,够溜达小半个游戏地图还顺带迷路,够……不能再数下去了,她已经够凌乱的了!

安雅犹犹豫豫地问:"你……你干吗约我出去吃东西……"

慕东楼语气平和地说:"你说饿了。"

安雅松了口气的同时,心里有点儿怅然若失:"就这样?"

慕东楼补充说:"我也饿了。天亮了,茗香馆营业了。"

茗香馆是本城有名的一家广式茶楼,生意火爆,常常有人天没亮就等在门外排队,去晚了肯定没有座。

安雅明白这点,忽然好想摔键盘:"吃货!"

慕东楼没理她,慢悠悠地说:"虾饺、粉果、叉烧包……"

抵挡不住诱惑,安雅很没志气地妥协了:"我去……"

安雅给安文留了张字条,蹑手蹑脚地溜出门时,天已经很亮了。她同慕东楼约好,六点半茗香馆外相见。

茗香馆离她家很近,步行最多十分钟,安雅走在这条不知道走了多少遍的路上,心情很复杂。她这是要在现实中见慕东楼呢!她暗自打定主意,这顿一定要吃垮了慕东楼!

然而,当她远远望见茗香楼前那三三两两的人时,脚步还是放慢了。也不知道慕东楼到了没有……她突然有点儿忐忑,有点儿紧张,将目光投向远处,进三步退两步,蜗牛一样慢慢挪。蓦然,一个如空山缓泉般的声音在她身旁不远处响起:"呆呆雅。"

安雅一怔,心跳快了两拍,停下脚步,低头看自己的鞋花。数秒钟后,她才微动了嘴唇,低声吐出三个字:"恶人慕……"

致淡玫瑰色的你

大概是看见她的窘迫,那声音里带了点儿调侃的笑意:"迟到两分钟,果然呆。"

"怎么可能!"安雅条件反射地还口,去摸牛仔裤兜里的手机,结果只瞟了一眼,她就尴尬了,还真迟到了。张扬的气势顿泄,她不甘地低声嘀咕了一句:"神出鬼没。"

慕东楼缓声道:"我家就在附近。"

这么巧?讶然之下,安雅忘了紧张,抬起了眼睛。

少年倚在道旁的梧桐树下,微扬了眼眉看她,目光里带着点儿藏不住的笑意,有如穿透叶梢,斑驳洒落的淡淡阳光,漾着隐隐流动的神采。比想象中温润一些,比游戏里少了两分冷清莫测,只是那份淡然自若的气质有点儿恶人慕的影踪。

不知道为什么,安雅的情绪缓和下来,不再那么局促不安了。也许是看见了慕东楼的庐山真面目,多了点儿往日相处培养出来的亲切,少了点儿猜测揣度吧。当然,心跳还是不由自主地加快了两下,紧张仍有那么一丁点儿,挥之不去。

她发挥专长,没话找话:"那个,你怎么在这边等我?"

慕东楼从容地三两步走到她面前,微微一笑:"约定的时间那么紧张,你也没说要改,猜都猜到你住在附近了。"

"那也不至于算准了我从这里走过……"

慕东楼悠然地将目光投向茗香楼另一端的街道,言简意赅:"那边可都是商业区。"

安雅忍不住叹气,人比人可真气死人!

她额头忽然轻痛,慕东楼在她眼前晃晃手指:"游戏里还没有发够呆?走了!"

安雅微窘,急忙捂住额头跟上,他的手伸到她面前,修长而干净的手,指节匀称。牵个手而已,就像游戏里共骑一乘……安雅稍稍迟疑了一下,便抬起手,由他握住了带着走。心里,有点儿紧张慌乱,有点儿迷糊不解,还有点儿莫名其妙的甜。

来到茶楼中，慕东楼替安雅拿勺取筷，倒茶递碟，安雅的紧张早就消失在游戏中培养出来的熟稔之下，唯有那患得患失的情愫，仍然萦绕心头，说不清，道不明，理还乱……

"怎么？"慕东楼头也没抬，就知道她在发呆。

"啊。"安雅回神，低声道，"感觉，有点儿奇怪。我们刚才还在游戏里，忽然就到了现实，我一时转不过弯，觉得好像……好像同在游戏没什么区别，但是又有点儿不一样……"

游戏里慕东楼带着她杀怪练级，四处游荡，有困难的任务替她做，有打到的装备分给她。现实里呢，慕东楼替她取东拿西，连摆得稍远的食物，都细心地挪到她伸手就能够着的地方。除了一件事——

"笨！不是饿了吗？还不快吃！"说话间，两块糯米鸡丢进了她的碟子里。安雅恍然，原来是除了他刚才一直没有骂她！

可是要不要这样表里如一，游戏与现实彻底同步啊？她微张了口想要说话，结果被他淡淡地扫了一眼，就认命地低下头去，埋头大吃。

忽然有个温软的声音飘过来："东楼，好巧，大清早也能遇到你。"

安雅闻言抬眼，看见一个妆容精致、带着三分古典气韵的女孩出现桌前，正笑盈盈望着慕东楼："来迟了，没占到位，你介不介意……"

"抱歉。"慕东楼笑了笑，"不大方便。"

女孩似乎尴尬了一下，眼中闪过失望之色："那不打扰你们……"说话间，她目光流转，仿佛才看见安雅，笑起来："她也是我们学校的同学吗？以前没见过呢，你可别忘了时间，上课迟到了。要不，等一下一起走吧？"语气明显熟稔，还带着点儿试探。

慕东楼淡淡道："不用了，你吃完就先走吧，我和雅雅一起走。"

雅雅……这两个字有如深谷回音，回荡在安雅耳旁悠悠不尽。以前，只有爸妈和哥哥这么亲昵地称呼过她，安雅的脸莫名地热起来。

等到安雅回神时，那个女孩早就已经不知所终，慕东楼倒神色如常，慢慢地喝着一碗鱼生粥，对上她的目光时才平静地说："普通同学。"

安雅连忙说:"用不着向我解释,我只是你徒弟……"说到最后两个字,她的声音已经带了涩意,再多的话就说不出来了。

慕东楼微扬了眉,看了她一会儿,简洁地说:"笨!"

安雅垂下眼,没有反驳。慕东楼替她夹了两只虾饺:"要凉了,快点儿吃。"

安雅顺从地夹起虾饺咬了一小口,慕东楼接连不断地往她碟子里夹食物,淡淡地说:"怎么不问我,为什么一早就发现重练的温雅不是你,却不揭穿,还收做徒弟带着练级?"

安雅一怔:"难道你情愿被我哥调戏,想当冤大头、烂好人、真君子、圣天使?"

慕东楼似笑非笑地扫了安雅一眼,语调平静:"我怕从今往后再也找不到你。"

安雅手一抖,半只虾饺一骨碌滚进调料碟里。情绪瞬间纷乱,在心底纵横交错,纠缠个不休。安文,是被他当成找到自己的最后一条线索,这才紧紧捏在手里不放。

事实竟然是这个样子?这算是变相表白吗?

安雅很努力地想稳住手去夹那半只虾饺,将它从调料碟里拯救出来,却怎么都夹不起来。

慕东楼按捺住快要蔓到脸上的笑意,目光灼灼地望着她,认真地说:"我喜欢你很久了。"

"啪哒",这次是安雅手里的筷子掉到了桌面上。

她心跳很快,脸颊很烫,舌头在打结:"别、别闹了。"

他的神情认真坦然:"我们交往吧。"

安雅一直低头,半晌,才讷讷地说:"你、你是我师父……"

慕东楼脸色一僵:"游戏里的不算。"

安雅更小声地说:"我觉得算,一日为师终身为父……"

慕东楼一把抓住她的手:"走,我们删号去!"

安雅愣了愣，赶紧说："不用吧，练那么高等级，多不容易……"

慕东楼唇角微扬："还好，才六十二级，不算高。"

安雅一怔："等等，你要删哪个号？"

"为师只收了一个徒弟，当然是删温雅的号。"

安雅顿时扬声喊道："慕东楼——"

他邪恶地笑："怎样？"

她恨恨地咬牙："好吧，算你狠！我，我答应了……"

夏日酷热，才大清早树梢上的鸣蝉就"吱吱"叫个不停。

安文双手插在裤兜里，趿拉着拖鞋，往小区门口的小超市晃去。

路过道旁林荫，眼角余光依稀扫见两道人影，他不觉伸手推了推眼镜，扭头去看。原来是一对少年少女，站在香樟树下悄悄说话。

他目光犀利，上下一扫，立刻发现其中那少年的个头，比他高了足有四五厘米，心里怫然不悦。再一扫，发现男生面容清俊，顾盼有神，顿时嗤之以鼻地走了过去。

然而，走了不到三米，他忽然感觉有点儿不对劲，停下来想了想，心里蓦然一顿，立刻倒退回去，仔细一看——难怪这女生的背影如此熟悉，闹了半天，原来是他妹妹安雅！

她不是留了字条说出去吃早点吗？安文正纳闷间，就看见那少年忽然俯下身，在那女孩子的额头轻轻吻了一下！

安文顿时火冒三丈，大胆色狼，居然当着他的面，吃他妹妹的豆腐！他扬声喝道："雅雅！"

"啊——"安雅脸颊通红，回过头，看见安文杀气腾腾地冲了过来，立刻迎上前，"哥！他……"

安文拉过她，往身后一护，卷起袖子对上了慕东楼："暴打一顿还是赔礼道歉，你自己选！"

"哥！"安雅着急地说，"他是慕……"

慕东楼不慌不忙，微扬了唇角："你是安雅的哥哥吧，我姓沐，三点水的沐，沐东楼。"

　　名字好熟！安文怔住，沐东楼接着慢悠悠地补充："我的游戏名把姓改了一下，是仰慕的慕。你在游戏里叫了我这么久的师父，我想我们已经很熟悉了。"

　　安文沉默了十秒钟，爽朗地笑了："咳咳！原来是雅雅在游戏里认识的朋友啊？嗯，我好像听她提起过你……呃，天这么热，你们一定渴了吧，我去买矿泉水啊……"

　　安雅看着安文趿拉着拖鞋就"啪哒啪哒"落跑的身影，不禁"扑哧"笑起来。哥哥的脸皮到底没他自己吹嘘的那么厚啊。

　　"喂，其实你要删了我哥练的那个号，我没意见的。温雅名声已经被他毁掉了，我以后还是用尔雅这个号吧。"

　　沐东楼扬了扬眉，笑意深深："呆呆吾徒，为师决定不删那个号了。"

　　留着它，好像更有用呢。

南方有星辰，绝世而独立

文◎花 凉

1.【去日似露，来日如歌】

这一年闲暇的时候，秋晓会去翻看那些五花八门的时尚杂志或者娱乐报纸，她的照片出现在很多封面上，化着精致的妆容，穿着新潮的服装，名字被放得老大老大，旁边无一例外地配着"模特界新宠""天生丽质"诸如此类的词语。

这周参加的是一个知名品牌的时装发布会，七月份的这期主题叫作"夏宴"，都是一些极其艳丽的颜色，红红绿绿的，模特们娉娉婷婷地从T型台走过的时候有一种热热闹闹的美丽。

散场之后按照安排有一个杂志的专访，在一家装修高档的私人咖啡馆里，记者问秋晓"是不是从小就很漂亮很多人喜欢"的时候，她盯着自己面前白色的咖啡杯沉默了三秒钟后，忽然一转身把头埋在沙发的椅背上大哭起来，把那个小记者吓了一大跳，一时间手足无措。

七月份的午后，街上热辣辣的，所以并没有多少人看到这个美丽的女孩子以这样一种跌跌撞撞的姿态奔跑着。

她跑了很久，最后停留在一栋大楼前。那栋大楼上还挂着她的海报，几乎和半面楼一样大，代言一支香水广告，招摇地在风里飞扬着。

记忆如潮水般涌来，闪躲都来不及。

致淡玫瑰色的你
Zhi Danmeiguise de Ni

2 【好姑娘，你为什么忧愁】

"是不是从小就很漂亮很多人喜欢啊？"

从小应该是从什么时候算起呢？十岁以前？那时的自己的确是个正常的女孩子吧。但应该没有哪个女孩子希望自己在十五六岁的时候就有一米七八的身高，并被人们用"臃肿""强壮"诸如此类的字眼来形容吧，在青春伊始的时候，"河马小姐"的称呼的确伴随了她许多年。

2005年的时候，秋晓十六岁，每个女生到这个年纪都会在不穿校服的时间里穿雪纺衫、牛仔裤，甚至高跟鞋。

这些和秋晓都无关。

秋晓是体育委员，负责出操的考勤。即便是本市最好的高中，也总会有几个女生不到场，她仰起脸看向身后的教学楼，拐角处闪着几个女生的影子，微卷的染色的头发，不穿校服，耳朵里塞着耳机，打打闹闹，偶尔拿出手机回男朋友的信息。

本来只是睁一只眼闭一只眼的事情，可偏偏那天年级里清点人数，秋晓的班挨了年级主任的训斥，而班主任自然找到了她的头上："体育委员，去把没来的那几个女生找来！"

秋晓点了点头，转过身从队伍中走出去。或许是个子太高平衡能力就不太好的缘故，从范遥身边走过的时候，忽然打了一个趔趄跌倒在草地上，正在做弯腰下蹲动作的范遥正对上秋晓的眼睛。

即便姿态不如自己设想的好看，可还是期冀过这样四目相对的时刻吧。但当时秋晓的反应却是飞快地站起身来，拍了拍裤子上的草叶，红着脸向教学楼的方向走去。

倘若有一天，可以不用蜷缩地坐在教室最后面的角落里，吃饭的时候不用斤斤计较着吃进了多少卡路里，晚上在台灯下的时候也不用挤脸上的白色粉刺。

倘若有一天，也可以加入不做操的队伍，披着长发，戴水钻头饰，圣诞节的时候会收到礼物，像苏妍妍那样再怎么不经意都能打扮成蜜糖王心凌的模样。

那个时候和暗恋的男生四目相对时，应该会微微一笑说上一句"嘿"，而不是红着脸跑掉吧。

3.【每个人都是一座孤岛】

事情后来的发展，让秋晓措手不及。

在三楼楼梯口找到苏妍妍几个人的时候，几个女生头抵在一起，正一个接着一个往手指上涂着指甲油，味道大了点儿，秋晓忍不住咳嗽了几声，苏妍妍便抬起头来。

秋晓觉得有些尴尬，也觉得和她们站在一起有些格格不入。

"那个，"她扬了扬手里黄色封面的出席本，"孙老师让我喊你们去做操。"

"真是的，都快做完了还喊什么啊。"苏妍妍站起身来皱着眉头嘟囔了一声。秋晓也不知道她埋怨的是孙老师还是自己，为了不让自己觉得那么尴尬，秋晓补充道："噢，年级里查人数了。"

"去不去啊？妍妍？"

"去啊，体育委员都亲自过来请了。"明明是普通的一句话，从她嘴里说出来，却变成慢悠悠地拖着长腔——听在耳里有种嘲讽的味道。

和她也没有什么大仇吧，秋晓在心里思忖着，也就是一次体育课到教室喊没有去的几个同学，也是苏妍妍她们几个人，当时苏妍妍正趴在桌子上，几个女生围在她身边。秋晓叫了两遍都没人搭理，第三遍话音刚落的时候苏妍妍一下子抬起头来冲着她喊了句："行了，能不能别叫了，你以为你是谁啊？"

你以为你是谁啊？秋晓自己都想这样问自己。

说起来，那次应该算不上结下梁子，秋晓没有接苏妍妍的话，回去向体育老师报告说几个女生身体不舒服。那天体育课秋晓看见范遥的脸色也很不好，便猜想应该是这对情侣吵架了。

每个班级都有自己的小团体,秋晓知道苏妍妍这个团体是和自己没有关系的,所以并不介意她对自己的态度。只是有一天苏妍妍从她身边走出两米远后,忽然回过头来对身后的秋晓笑了笑:"你是叫黄秋晓吧?我听说你喜欢我家范遥哟。"

有一刹那脑子一片空白。

好像布满雪花点的屏幕。

她有一个绿色封面的本子,不过并没有当成日记本来用,所以也没有意识到一定要放到隐蔽的地方。梦想是应该在心里说给自己听的,是不可能实现的,是一定不能写出来的,是注定被嘲笑的。

"希望自己可以瘦一点儿。""皮肤什么时候才能变好?""漂亮些的话说不定以后可以当模特啊。"

"黄秋晓喜欢范遥。""黄秋晓喜欢范遥。""黄秋晓喜欢范遥。"

"想去看海啊,如果可以和范遥一起就好了。"

除了那个绿色封面的本子,绝对不会有任何人知道。

她推开了在自己前面的苏妍妍,拔腿以一种跌跌撞撞的姿态冲进教室,被推到的苏妍妍发出一声有些夸张的"哎哟"声,看着装在男生号的校服里的秋晓叫了声"真像只河马啊"。

该怎么形容那种感觉呢?绝望?惶恐?惊慌?好像都不是很准确,好像是喉咙里被塞了一团棉花,想喊却喊不出来的感慨。

本子不在书包里。

不在书包里。

4【大雪覆盖来时路】

一天之内的两条新闻都由自己做主角这件事对秋晓来说还是值得纪念的。

"怎么回事啊……"

"好像在打架哎，那不是苏妍妍吗？"

不知道究竟是九月的天气太过炎热还是一时情绪失控，当时正赶上课间操结束，同学三五成群地出现在走廊上的时候，她忽然从教室冲到了苏妍妍面前，疯了一样地去扯她身上背着的粉红色背包。

"你干什么啊？"苏妍妍的声音尖利得像哨音，足以引起周遭所有人的注意。

秋晓无暇顾及周遭的人流渐渐围成了一个小圈，许多双眼睛朝自己看来，仿佛化了一半妆的丑角还未准备好就被推到了舞台中间，灯光亮起时发现下面坐满了人。

苏妍妍的背包拉链被扯开，绿色的本子带着一种嘲讽的表情占据着包内的一角。秋晓伸手去夺，却被苏妍妍躲过。

周遭围观的人，脸上都是一副看热闹的表情，秋晓知道在这样的情形下自己根本不可能得到公平的对待，无论校风多么严谨管理多么严格的学校，总有一些一般人不敢去招惹的、光鲜的、有着一小撮拥护者的人。

可这些想法并不能阻拦住那个时候的秋晓，那个拼命想夺回自己的本子，害怕心里的秘密被公之于众的秋晓，苏妍妍的衣袖被她拉住，有清脆的裂开的声音。

刚才和苏妍妍一起的几个女生忙上去帮她，有人穿着高跟鞋，说不上有心还是无意，高跟鞋的尖跟一次次踩上了秋晓的脚。她却还不愿意松手，情绪失控到极点，张牙舞爪的样子像极了某种被激怒的兽类。

"范遥来了……"人群中有几个女孩子窃窃私语，"来帮苏妍妍的吧。"

像被魔法瞬间石化，秋晓怔怔地松开了手，视线循着声音的方向转去。

是范遥。

写在日记里的范遥。

致淡玫瑰色的你
Zhi Danmeiguise de Ni

他径直走到苏妍妍身边，眉头微微皱起，看了看她被扯烂的衣袖，然后脱下自己的校服外套披在了她身上："妍妍，怎么回事啊？"

声音里满是宠溺和温柔，一如自己曾经渴望得到的那样。

人群很安静，似乎为苏妍妍的发言做好了准备。秋晓站得依旧离苏妍妍很近，她的目光停留在苏妍妍的脸上，更准确地说，应该是嘴上，她不知道会从这个女孩的嘴里说出什么话。

在这样的场合下，她若说出了自己的秘密……一定会比死了还要痛苦吧。

可是很遗憾，永远光鲜靓丽被一大群男生喜欢着的苏妍妍永远也不能理解这个时候秋晓的内心活动，她把范遥的校服往身上拉了拉，看了看秋晓又看了看身边的少年，用一种大抵可以被称为娇嗔的语气说道："哎哟，范遥，你来了就好，人家秋晓可是你的仰慕者呢，就因为我把她喜欢你的秘密说了出来，你看看，马上摆出一副和我拼命的架势呢。"

该怎么形容当人群中爆发出的一阵哄笑声时的心情呢？该以什么样的表情抬起头来对上对面少年的眼呢？该如何面对这个看上去的确足够残忍冷酷的世界呢？

"喜欢范遥啊……""哈哈，还真敢喜欢呢。"

人群中有人这样说着。

小时候希望有一天可以去看海，因为觉得大海可以包容一切。包容伤害，包容黑暗，包容这个世界里会忽然刺痛心脏的棱角。

十六岁、永远寡言沉默的秋晓，在青春期对伤害的唯一一次反击就是这时候，她向前走了两步，在笑靥如花的苏妍妍还没有反应过来的时候伸手从她的包里拿出了那本本子，然后甩了一记足够清脆的耳光。

那一刻的人群异常安静，甚至连范遥对眼前发生的一切都有种反应不过来的样子。秋晓经过他身边的时候是面无表情的，只有细密的睫毛在轻微地颤抖着。

他看着她推开面前的人群,缓缓地走向楼梯口,脊背自始至终挺得直直的,让范遥有那么一刹那忽然觉得心酸。

秋晓终于哭了出来,在已经废弃了的那层楼里,绿色本子的封面被泪水浸湿,看上去皱巴巴的。秋晓连重新打开本子的勇气都没有了,看到它就忍不住想象苏妍妍她们看到时是以怎样嘲讽和不屑的姿态做着点评。

秋晓不知道自己坐了多久,饥饿、疲惫、口渴,在自卑和丧失自尊面前是微不足道的事情。铃声响了几遍,下午三节课都是副科,不去也没有谁会在意吧。

5.【东风藏在你眉心】★

那天秋晓一直坐到太阳落下去,夕阳满天,从这层楼看下去,校园里只有稀疏的几个人影。秋晓看着流云变幻着形状,缓缓地站起了身。

"黄秋晓。"

背后有人喊自己的名字,她吸了吸鼻子回过身去。

穿着校服的范遥站在走廊的另一头,踩着夕阳的余晖一点儿一点儿向这边走来,身上似乎也镀上了一层金色的光泽。

她没有应答,本能地想赶紧走开。

"黄秋晓,你等一下,我有话要跟你说。"

秋晓本想大踏步走开的,可转念一想,这么丢脸的事也的确应该得到些补偿吧,例如一次和喜欢的男生说话的机会。

范遥已经走到秋晓身边,伸手拉住了她的胳膊,指着身后的楼梯说道:"先坐在那里吧,反正也不会有人来这层楼。"

"你怎么知道我在这里?"秋晓接过范遥从口袋里摸出的糖果,轻声问道。

"感觉吧。"范遥看了看秋晓,轻轻笑了笑。

"我想替妍妍对你说对不起……"范遥刚说到这儿秋晓忙打断了他

的话："没事，不要说这些了吧。"

"那一起去吃饭吧。"

"嗯？"秋晓愣了愣，抬起头。

"我说一起去吃晚饭吧，"范遥的声音温温和和，"正好也差不多到了吃晚饭的时间了。"

那个傍晚和喜欢的少年一起吃烧烤，因为他喜欢吃大闸蟹和鱿鱼丝，所以即便自己吃过后第二天会过敏，秋晓还是吃得很开心的样子，要了两瓶啤酒，一人一瓶地干杯喝完。最后月亮都升起来了，两个人都有点儿醉醺醺地在路上走着，有一搭没一搭地聊着天。

"秋晓你平时在班里怎么都不大说话啊？"

"唔，是吗？呵呵呵……"

"秋晓，你这么高，以后可以当模特啊。"

"别开玩笑了，我这么胖，长得又不好看，当什么模特啊，笑死人了……"

他的酒量真的不是很好，后来很多时候，秋晓回忆起当时的情景都会这样笃定，不然他怎么会在那样的南方星光下停住脚步转过身来，很认真地捧住自己的脸，用一种笃定的语气说道："黄秋晓，你虽然不是很漂亮，可是你很特别啊。"

你很特别啊，例如你坐在最后一排认真看书的时候，例如体育课上你站在最前面教大家每个动作的时候，例如你总是温和却让人不知道怎么接近，例如只要看一看你的眼睛就可以看透你所有的情绪。

"可是你很特别啊。"这句话犹如微光一样扯破了黑夜，让女孩在本觉得冗长乏累的青春里依稀看出光亮来。

"秋晓，你有什么梦想啊？"

"想看海啊。"

"我也想看海，以后有机会一起去啊。"

这些在秋晓的心中陡然成了约定的话语，凝固成了心中的珍宝。

6.【还有十几颗南方的星辰】

这看起来颇有些浪漫的小插曲并未能成为一段爱情的开端。当然,秋晓也并没有期望过,但生活毕竟还是因为那天发生的一系列事情而有所不同了。这些不同包括第二天她去学校之后,发现班里已经形成了以敌对孤立自己为主要目的的小联盟,进教室后发现自己的座位被泼上了墨汁,被班主任找到办公室谈话,甚至还在讲台上做了一次向苏妍妍的公开道歉。

她不愿意解释为什么会有那一记清亮的耳光,没有人喜欢一遍遍地重提伤痛。

因为得罪了漂亮女生被孤立,因为喜欢年级最帅的男生被鄙夷,慢慢地,秋晓开始认真记起了日记,买了有密码锁的日记本,但从来不会带到学校里,日记里有对这个世界的不满,也有对自己的不满——写到一半,总觉得胸口好像被谁给了一记重拳,总想掉眼泪。

秋晓也在那个阶段因为心情不好陷入了暴饮暴食的恶性循环,晚上坐在台灯下的时候总想往嘴里塞油腻的食物,塞到恶心想吐的时候还是觉得胃里空荡荡的,无休止地发胖,油腻的脸上长痘,难怪苏妍妍不经意的一句"河马小姐"可以在整个年级如此迅速地传播开来。

好在生活并不总是显露出狰狞的一面,暗地里也总是闪烁着些许光亮。

每日出操点名从范遥身边走过的时候,脚步总会稍慢一点儿,然后便可接收到他饱满如葵的笑,这稍纵即逝的几秒钟,足够支撑秋晓过完冗长的、盼望早点儿结束的一天。

第二年,秋晓报名去参加一个颇有名气的选秀节目——当然是瞒着所有人的。那个时候秋晓在学校的生活依旧没有任何改观,一记耳光的债似乎怎么也还不完,这年秋晓十七岁。参加选秀的动机秋晓自己也解释不清楚,是觉得人生给予的残忍还不够多,于是想再给自己一颗子弹,抑或热烈而急切地希望生命中有一个可供宣泄的出口。

致淡玫瑰色的你
Zhi Danmeiguise de Ni

时间恰逢暑期即将结束的时候，秋晓用一个半月以来在一家酒店的后厨打工攒下的钱买了一张南下的火车票，绿皮火车，最廉价、最慢的那种，抵达的时候早已经是蓬头垢面、风尘仆仆了。

秋晓并不会唱歌，还是五音不全的那种。尽管是初选，但每位选手都是衣冠楚楚、精心打扮的样子，所以穿着白色T恤和肥大运动裤的秋晓一上台，下面的评委中间就有人发出"咻"的笑声。

秋晓并不在意，目光依旧是散淡的，带着点儿无所谓的味道，拿起话筒唱响了第一个音节。选的是首老歌《千帆》，"……若最终一班轮渡已错过，人人搭上了岸边只有我……"温婉的粤语调子硬是被她唱出了巴蜀乡音的味道，其中一位评委在听到这句的时候就按响了"Pass（通过）"键。

老早就预料到的结局，所以没有失落的感觉。秋晓在后台随便逛了两圈，整个后台黑乎乎的，她看见出口那里有光亮，便吸了吸鼻子向出口走去，一只脚已经跨出去的时候听见有人喊道："小姐，麻烦等一下。"

喊秋晓的是刚才三位评委中的一位。

"你是叫……黄，黄秋晓是吧？是这样的，刚才几位评委也说了觉得你不适合唱歌，但是我想问一下，你有没有兴趣往模特方向发展？当然了，以你现在的这个状态是不行的，但是我觉得你很有潜力，怎么说呢，很特别，所以如果你肯做一些瘦身方面的努力，我相信我们会有不错的合作的。"

秋晓从录影棚走出去的时候，夕阳正收起最后一缕金黄的羽翼，天边依稀浮现出几颗南方的星辰，她忽然伸直手臂对着天空咧开嘴笑了笑，然后去车站坐上了最晚的一班火车回去。

7【明天过后，我的天空失去你的海岸】

开学后就是高三，秋晓的成绩中规中矩，排名也是不前不后的样子，经常会暴躁、抑郁，觉得对不起出外打工甚至借钱把自己塞进这所重点高中的父母。

她的日记还在写，"范遥"还是出现频率最高的两个字。由于是高三的缘故，没有多少人还有心情拿这些娱乐八卦开玩笑，所以每晚写起来的时候也总觉得坦荡一些。

范遥和苏妍妍的关系，分分合合了许多次，每次都闹得沸沸扬扬。苏妍妍最大的特点就是人长得漂亮外加脾气不好。

还是会写愿望，想去看大海，"十八岁的时候一定要去。范遥还记不记得那个约定呢？"秋晓在日记本里这样写。"一定不记得了吧"，也总会在轻轻叹息一声之后，这样回答自己。

再次被他喊出名字，还是在那层楼的拐角处，月考成绩刚出来，心情不太好的缘故，傍晚的时候秋晓又独自去了那层楼。

仿佛是时光的叠影，穿着宽大校服背着红色运动包的少年喊了声"秋晓"然后便走了过来。当听到自己喜欢的男孩嘴里说出"我看到你去参加那个比赛了"的时候，还是有种五雷轰顶的感觉。

秋晓急忙站起身来，想从这个让她觉得窘迫的环境中逃离。

"黄秋晓，你很棒啊。"他忽然在她身后喊出声。

好像被最柔的棉花包围，好像温暖的海水冲刷着柔软的沙滩，秋晓的脚步停顿了一下，再回头看他时，眼里忽然蓄满了泪水。

人与人之间的信任与倾诉，向来就是一件奇妙的事情。

秋晓听他说了和苏妍妍的种种，由于单亲家庭的缘故，苏妍妍才会养成这样跋扈的性格，两家是世交，两个人青梅竹马一起长大，在一起后也有过短暂的快乐的时光，他因为受不了苏妍妍的性子要求分手，但一提出分手她便会以死相逼。

范遥轻轻叹了一口气，继而脸上露出笑容，扭过头问秋晓："你呢？参加比赛有什么收获啊？"

秋晓便对他说了许多，如何打工挣钱，如何一个人在烈日下报名，如何在舞台上被嘲笑，以及如何被人要求减肥当模特。

"你同意了吗?"范遥问她。

"当然没有啊,多可笑的事情啊。"秋晓低下头来,自顾自地说道。

不知道是月亮的清辉过于皎洁,还是她脸上的哀伤过于动人,范遥忽然伸出手去轻轻抚摸她的头发:"你那么特别,为什么不努力追求不一样的人生呢?"

父母在另一座城市卖水果,母亲会因为别人多拿一个苹果而骂骂咧咧一整天,买菜的时候会想着多拿两根葱。还有一个刚刚大学毕业的姐姐,二流大学文凭,在一家三流小公司里上班,朝九晚五还要被色眯眯的老板吃豆腐。

每个人似乎都可以预见自己的未来,为什么不去努力一下呢?

"秋晓不是一直想看大海吗?这算是一个信念吧?人生也要有信念呀。"

秋晓的眼睛湿了又湿,原来他还都记得。

"你说过有机会会陪我一起看的。还有,如果你希望我成为一名模特的话,我会努力的。"她到底是怀揣着多大的勇气才说出这句话的呢。

眉眼清澈的少年笑了笑,注视着眼前只比自己矮一点点的女孩:"就算有一天秋晓去看海了,我没能陪着秋晓,秋晓也是可以理解的吧。"

就像这冗长的人生,无论精彩还是平庸,终归是要自己走下去的。

8.【每个路人熄灭一盏灯】

是谁说过,人生总是这样,给你一些,不给你一些?

属于黄秋晓的故事,用一句话来说大概就是百般艰辛之后终得圆满,那晚回家之后,她翻出了两个月前随手扔进抽屉里的明信片,在公用电话中用颤抖的声音与对方交谈。对方说她有两种选择,一种是参加高考后报考模特专业再和他们公司签约，另一种是现在就签约直接南下由公司来培养。

"不过可能会吃很多苦……"对方的语气有些犹豫，"你没有基础，身材又偏胖，饮食和运动方面我们会有很大的限制……受得了的话，你就过来。"

就这样，秋晓没有通知父母，独自办理了退学手续，因为成绩不算好，老师也没过多地挽留。

走的前一天晚上，她撕掉了所有的旧日记，在楼梯口的电话亭处吹了两个小时的冷风后，才犹豫着拨通了偶然知道的范遥的电话。那边声音响起来的时候她慌乱极了，好像年幼的孩子不小心打翻了家里最昂贵的玻璃花瓶，匆忙地挂了电话。

慢慢地，慢慢地蹲下身去，然后终于哭出声来。

【尾声】

秋晓在二十岁的时候拿到了第一笔钱，一场比赛的奖金，为数不少的一笔钱。

后来，她独自坐飞机去青岛看海，在沙滩上被几位粉丝认出，是高中生，跟她差不多的年龄，秋晓也乐意和她们交谈。秋晓受邀同他们一起吃饭，其间她的手机响了起来，秋晓拿出来接，便有女生看到了上面的大头贴的挂饰。

"这是谁呀？"女孩拿过她的手机笑着问。

秋晓探过头去："以前的我啊。"

和任何听到这个回答的人的反应一样，女孩们发出尖叫声和不可思议的感叹声："怎么可能啊？怎么会有这么大的变化啊！"

如果没有经历过那些屈辱、鄙夷、委屈、怀疑、自卑、努力，就不会像如今这样拥有比辽阔天地更壮观的舞台。

身边这些十五六岁正吃着大闸蟹的孩子个个笑靥如花，打闹着的时

致淡玫瑰色的你

候看得出青春都是一片光洁如玉。他们里面,或许有曾经的秋晓,曾经的范遥,抑或曾经的苏妍妍。

也或者都没有。

给清君的情书

文◎涉谷遥

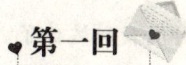 第一回

六月初,夏灼在放学后打开自己家的信箱时,突然发现里面躺着一封信。素雅的信封上,用黑色水笔工工整整地写着"清<收>"。

信纸与信封的图案相称,在夏灼打开的一刹那,突然一股好闻的花香扑鼻而来。

信件来自相邻的A市。寄件人一栏写着"亚彩"两个字。

夏灼对于这个名字已不感到陌生,她端详起信件上的内容,上面是和信封上一样用黑色水笔写下的工整异常的字——

清:

最近好吗?

你猜我之前在想些什么?我在想也许有一天你会收到这封信,你是否会因为这封信的出现而感到有些突然。事实上,在写这封信时,我已不止一次地想象过这些,反而在提笔时感到紧张。你知道,我一直是个不善言辞的人。写这封信费了我好大的力气,不是在犹豫着究竟写些什么给清,而是因为所要写给的对象是你。

清,今天母亲已经开始整理起了房子。下午,听到窗外的蝉鸣已提前造访了,从午睡中被吵醒时我突然想起了清,想起高中第一年的那个

致淡玫瑰色的你
Zhi Danmeiguise de Ni

暑假，我们一同站在你家附近的某条坡道处抓蝈蝈的事。清，你还记得吗？那天你拿着装着蝈蝈的瓶子在坡道的草木间伫立，你突然微笑起来，就像个孩子，那时耳边的蝉鸣明明吵得让人无法静下心来，明明又是非常讨厌的炎夏，可当时我却因为身边有清，除了开心以外就再也感觉不到别的了。现在回想起来，那时可真好啊。

有蝈蝈和清的那个夏天，已经不可能再有了吧，清。

今天放学时，同班的女生突然来找我，那时我们经过清家附近的坡道，那个女孩突然问我是不是有过什么喜欢的人，我望着被橘色笼罩的夕阳下的坡地，想起高二上半学期突然对清格外冷漠的那件事。

清，还记得吧，那段时间我疏远你了。凡是你找我搭话我都一概不予理睬，这样的事重复了四五次，直到你后来再也没找过我。你也许觉得我变成一个性格怪异的女孩了吧？你一定也讨厌我了。一想到这个，我心里就有些难受。

说起突然不理清的原因，是因为那时听说隔壁班一个漂亮的女孩向你告白了，你接受她了吗？看见你总是盯着她传给你的字条偷笑的时候，我就想，说不定清已经有女朋友了啊。我感到挫败，那是"我还喜欢着你"的挫败感。为什么只有我还想着清呢？而清的眼里却没有我。我觉得好不公平，我不想让清觉得，在感情这件事上只有你胜利了，所以我决定对清冷漠，我想让清知道，我其实对你一点儿感觉也没有。没你想的那么在乎你。

清，那是我小小的自尊产生的任性。

可是到了今天，我想对清说，请你原谅我，清。

读着信的夏灼上楼时意识到已走到家门前，伸手从裤袋里掏出了一串钥匙。视线往下一行，便看到一个短句，只有五个字。

我喜欢你。清。

第二回

夏灼看到这里，嘴角微微勾起了一抹笑意，小声嘀咕了一句："果然是喜欢着清的嘛。"

少年笑着，进屋后伸手便将房门关上了。

清，我要搬家了。

之前已经提过，母亲已经开始整理房间这件事了吧。搬家的事我谁也没说。当时听说要搬家时，心里就有些难受。之前以为至少还能和清再待一年的，我好傻，清……

夏灼看到这里，发现信上有一片字迹化掉的痕迹，也许是那个女孩在写信时哭了。夏灼继续看了下去——

朋友在坡地问我"是不是有过什么喜欢的人"时，我突然哭了。我看着清曾经站过的位置，看着那时被风吹翻的草木，看着远处清的屋子，我的眼泪就开始"啪嗒啪嗒"地往下落。一旁的朋友吓坏了，问我究竟怎么了，我却一直无法开口说出，因为我突然想到清不在这里了。

清，从新生入学起，我总是习惯站在你的身后，那时迷恋上了追着你的影子跑。你的脚步总是很快，让我赶不上，高大的身影投下的阴影将我包裹在了黑暗里，我却一点儿也不觉得讨厌，反而喜欢上了这种仿佛被保护着的感觉。

清，截至今天，我喜欢上你已两年了。可是现在，我却因为想到恐怕以后再也不能看到你了，而又哭了起来。

亚彩

看完这封信时，夏灼从心底发出了一声无声的叹息。

少年走到自己的卧室，在写字台底下的抽屉里拿出了一个方形铁罐。

从两个多月前第一次收到这种信算起，这已是寄来的第九封了。信件总是差不多以一个星期为周期寄到夏灼这里。

夏灼并不认识寄件人，亦不认识信中名叫"清"的少年。

夏灼曾在第一次收到这样的信时，在脑海中检索过这两个名字，但无论夏灼怎么想，都回忆不出和这两个名字有关的面孔。

然而，信封上的地址，却确确实实是夏灼的住所没错。在初次收到信件一周之后，夏灼便持续地收到女孩的信。随着信件的积累，真正让夏灼感到困惑的事，从此便一发不可收地涌来了。

首先，夏灼对于信件的内容感到匪夷所思。信件统统记录着一个叫亚彩的女孩对一个叫清的男孩关于生活点滴的描述。

起初，夏灼曾找到周边的邻居，想确认是不是寄件人记错了地址。然而，夏灼几乎问遍了整栋楼，都没有打听到一个叫"清"的少年。不仅如此，在夏灼生活着的这块区域，都没有真正符合信件上的少年特征的人。

那么，这些信究竟是要寄给谁的？为什么会出现在夏灼家的信箱中呢？

一周后。

第十封信，像先前一样，出现在夏灼家的信箱里。

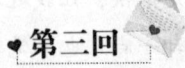

第三回

清：

你好。

我已经搬家了。抱歉，没能亲口告诉你这件事。

不过，我想你已经从教室那个落空的座位上，猜到了我已离开这件事吧。

再过两天就要去新的学校了。我很遗憾不能和清一起为升入大学的考试而奋斗。清的理想学校是什么来着……呃，我似乎从来也不曾知道过。

我想，在我成年之际，最遗憾的是，自己和一个喜欢的男孩分开了。不曾亲口说出过真心，因为害怕道别后就再也见不到，从来也没和清说过一句再见。

可是，我知道，我和清的距离，已经开始变得越来越远。

当初包裹住我的清的影子，我想已经不会再出现了吧。

再也没可能出现了……

信件写到这里便停止了。

信末既没留下书写人的名字，亦没有留下任何完结的迹象。

与其说这第十封信件收尾得突然，倒不如说结束得悄无声息。

夏灼在读完信并将其轻轻放入铁罐的那一刻，突然怀疑寄件人是否已经决定停止信件的寄送了。

就这样，过了一周，理应再出现在夏灼家信箱内的书信，这次没有出现。

那封信消失了。或者说，寄信的人消失了。

书信消失的一周内，某个晚上，夏灼将铁罐内迄今为止收到的十封信翻出来，反复读了好几遍。

最初的几封信，都记录着女孩生活中的琐事。学校，或家庭。这些书信具有连贯性，而从信封的邮戳看来，时间也是每封信件寄送的几天前。

夏灼也曾想过，对方是否察觉到自己将信件寄错了地方而终止了这个错误的行为。然而，再深入读那些信时，夏灼突然发现了一个重要的问题。

从第一封信开始，寄件人留在信封上的地址就未曾发生过改变，然而问题却由此产生了，从第九封信起，寄件人说她"要搬家了"，而两周前，从内容来看，寄件人写"已经搬家"了。可是，搬家前与搬家

致淡玫瑰色的你

后,留在信封上的地址却是一致的,邮戳上注明的寄信地点不会有错。那些邮戳上统统敲着邻近夏灼居住城市的A市。

信件消失的两周后,某个晚上,夏灼决定给亚彩写一封回信。

少年在信中简要地说明了一下从初次收到书信至今的情况,并为私自拆开了别人的信件而表示抱歉。

夏灼希望收到对方的回复,因为在收到这十封信件的过程中,有着太多夏灼感到不解的事。

就这样,到了六月第三周的周一,少年在去学校的途中,将那封写着"亚彩<收>"的信件,投入了邮筒。

是否会在不久后收到那个人的回信?夏灼不知道。然而,夏灼却仍未放弃,继续找寻着那个叫"清"的少年的踪迹。

♥第四回♥

> 想起高中第一年的那个暑假,我们曾一同站在你家附近的某条坡道处抓蝈蝈的事。那天你拿着装着蝈蝈的瓶子在坡道的草木间伫立,你突然微笑起来。

从家到学校途经一块坡地时,夏灼总会想起信件里,女孩曾写到过的那句话。

夏天,在微风拂面的清风中被草木覆盖。黄昏,在西下明灼的余晖里被暗光笼聚。少年偶尔会逗留在那块坡地的中央,停留良久。

进入六月中旬,城市的空气已变得炎热起来。盛夏提前来临。偶尔路过校内某处树木林立的静谧处,还能听到蝉鸣之声。

那时,每到中午夏灼都会独自来到学校教学楼后方一块被精心打理的草坪处。有一段时间,少年总会看见一位上了年纪的老伯弯着腰站在那里修剪植物。

初次踏入那里时,少年从茂盛的花丛中闻到了一股无法形容却非常好闻的香味。少年觉得那味道有些熟悉。

草坪的宁静与前方喧嚣的学校教学楼形成了鲜明对比。夏灼喜欢那里，尤其在不久后，突然发觉，最初从那块地方闻到的香气，同亚彩那封信中所描述的味道一样时，夏灼感到不可思议。

夏灼第一次与管理草坪的老伯出现交集，是因为当时夏灼忍不住问了老人一句："这香味，究竟是什么味道？"

老人也说不出形成这独特气味的原因，或许是许多植物融汇于一起产生的特殊味道吧。

老人非常亲切，与对方攀谈时，夏灼了解到，老人在年轻时曾是这所学校的任课老师。今年，老人已经六十二岁了，脸上布满了皱纹，身形瘦弱，但仍给人一种非常温柔与亲切的感觉。那个人年轻时，一定很受人欢迎，夏灼经常这样想。

按说，退休以后理应待在家里好好享受晚年了。可老人却坚持留在学校，管理着一片小小的草坪，是因为老人喜欢这所学校，亦或是有什么特殊回忆让他想要留在这里？夏灼无法猜测。

"看到学校门口的那棵大树了吗？"和夏灼一起坐在一张石椅上时，老人在中午强烈的阳光下微眯起眼睛说道，"二十年前，女孩子们可是经常在那个地方向喜欢的人告白的呢。"

"告白？"夏灼扭过头，看着身侧的老人。

"见证了很多事，很多关于爱情的事，很多好的事，还有很多不好的事。"老人眼角的皱纹变得更深了，因为他笑得比之前更灿烂。

"能说说以前的事吗？"夏灼看着老人陷入回忆中，连那笑也仿佛泛着上个年代的味道，"我想听听老爷爷你年轻时，看见过的事，关于这所学校。"

从老人那里能知道很多夏灼以前从来没听过的事，它们都发生在曾经年轻过的人们的身上。即便岁月流逝，脑中的记忆终究会变成一张旧相片，一直在记得它的人的心里，泛着古老的怀念之味。

就这样，在那所学校里，那片静谧的草坪，便成了只有老人和夏灼两个人知道的秘密基地。

一周后,放学的夏灼从学校回去时,经过自己家的信箱,打开了信箱小小的铁门。距少年给亚彩寄去回信已一周多的时间。

夏灼看着信箱内,发现那里仍然空着时,感到了失落。

♥ 第五回 ♥

因为害怕道别后就再也见不到,所以从来也没和清说过一句再见。

消失了,那些信。

当时从身前包裹住我的清的影子,我想已经不会再出现了吧。
再也没可能出现了……

消失了,那个女孩。

夏灼不明白自己怎么了,信件不再寄来的时候,他经常会把那些信翻出来反复看。从信件中,他也不止一次地猜想过那个女孩的模样——长长的黑发,纤细的身材,笑容很甜,看起来相当安静,这就是夏灼脑中幻想的亚彩。

白天在学校,坐在草坪围拢的石墩上看见老人时,夏灼将信的事告诉了他。老人推了推自己戴着的遮阳帽:"是段奇妙的经历呢。"语毕,伸手拍了拍夏灼的肩。

"是很奇妙,却让人不知所措。"夏灼微笑着点头道。

头顶的阳光照在绿林中两个人的身上,将少年和老人的影子融合在了一起。老人总让夏灼想起自己的爷爷。小时候,自己就经常在夏天的湖泊旁像这样坐在爷爷的身边看着他钓鱼。

"突然好想知道事情的真相。"夏灼说道,"关于那女孩和她暗恋着的男孩的故事。虽然,她已经在信件里告白了,不过如果信件真的寄错了地方,我想那个男孩一定还不知道她喜欢自己的心意吧。总感觉那个人在错过一些什么。"

"错过?"老人问。

"嗯。"夏灼点了点头。

"那个男孩?"

"还有那个女孩。"夏灼补充说,"感情这样的事,可一定要双方都知道才行啊。因为某些事而错过了传达心意,那么遗憾的恐怕是两个人吧。不管对方是不是也喜欢那女孩,但如果真是彼此相爱的一对,因为没有开口说出而错过了,那就未免太可惜了。"

"想见见那女孩吗?"

"哎?"

"信件上有那个人的地址吧?"

"没错。"夏灼点了点头。

"是哪里?"

"A市。"

"A市离这里可一点儿也不远啊。"老人笑着说,"想要知道真相,不如亲自去见一见好啦。"

"咦?"被老人这么一提醒,夏灼突然有些不知所措。

夏灼并非没有想过这个办法,却始终没有那么做的勇气。可是,眼前的这个老人,却好像在鼓励自己一般。然而,就在夏灼打算利用暑假的时间去A市一趟时,某天,回到家的夏灼在打开信箱时,突然发现了躺在里面的一封信。才拿起,就看见了素雅信封上的三个字——

亚彩<寄>。

第六回

夏灼进屋时,站在窗帘半开的窗口,耳侧响起了窗外树木枝叶间的蝉鸣。

致淡玫瑰色的你

清：

首先，非常抱歉，我想向你道歉。

这段时间，其实本来打算再也不要给清写信了。一来，不知道清看见这些信后的心情。二来，我不知道该怎么和清继续交往，以怎样的一种关系。

决定不再给清写信的那段时间，一切都变得安静了下来，可是脑子里却无时无刻不想着清的事，尤其在知道了自己可能真的不会再找你，心里反而变得好复杂。想清的次数翻了一倍。

清，新学校，我可能还一时习惯不了吧。

昨天在放学回来的车上，看了一本杂志。一个男生留言说，如果自己有了暗恋的女生，可能每天都会很开心。对那个女孩的态度也不会改变，会比任何人都想要照顾她，关心她。看完后，我想到了清，想起对清冷漠的态度，想必那时也给清带来困扰了吧？我总是任性地给清带来困扰。

所以，清，我希望你能原谅我。

清，猜我今天在学校里发现了什么？一些很好看的小花儿。

夏灼看见亚彩在信封上用彩笔画了几株小花，那大概就是亚彩要描述的花的形状吧。看到这里，夏灼笑了笑。

我画得很丑吧，清。呵呵。那些花可好闻了。所以我拍了张照片给清。

在背后一张空白的信纸上，少年看见了夹在里面的一张相片。相片上，女孩站在自己家的屋前，手里捧着一些小而琐碎的花束。

相片里的女孩笑着，脸孔非常有精神，嘴角露出的笑容有别于他人，散发着一股特殊的气质，很甜。女孩长长的黑发别在耳后，微笑时眼睛便弯成了一抹好看的弧度。

信到这里便完了。末尾只留下"亚彩"这个署名。

夏灼反复查看了一下信件的正反面，而后拿起之前拆开的信封时，发现这次的信封上也赫然写着"清<收>"这几个字。女孩留下的地址还是原来的地址。邮戳还是原来的邮戳。邮戳的日期也是这几天。

根据邮戳上的日期来看，这封信应该是寄于夏灼给女孩发去回信之后。

但如此一来，问题便涌进了夏灼的脑海。

那个女孩收到夏灼的信了吗？她看了他的信吗？

如果这第十一封信真的写于夏灼那封信之后，未免太奇怪了。

夏灼记得在回信中，提到了"女孩可能寄错地址"这件事，如果对方查看了，那么给清的信应该不会再出现在夏灼这里。

然而，如今不仅那封信再次出现，而且对于夏灼也只字未提，仿佛夏灼的信消失了一样。这究竟是怎么回事呢？

夏灼决定，一定要亲自去A市，找到那个女孩，揭开真相。

♥第七回♥

七月，学校放暑假的第一周，夏灼踏上了去A市的长途客车。

离开学校的前一天，学校草坪园的老爷爷给了夏灼一些花的种子。老人说："这就是你之前一直没弄明白的花香。那股好闻的香气，应该就是从这株植物上发出的。我觉得你应该会喜欢的。"

夏灼在谢过老人后，回去的当晚便将种子种在了自家的后院里。

少年从家附近的车站踏上去往A市的旅程。夏灼的书包内，塞着亚彩给自己寄来的所有信件。长途行驶的途中，少年偶尔还会将那信件翻出来看看，女孩的地址夏灼早已背得烂熟。

夏灼想象不出那个人看见自己突然站在她家门口前的样子。

大概会吃惊吧。夏灼想。

致淡玫瑰色的你

一个小时后,当他站在那寄件人门前时,夏灼感到了紧张。拿着信对照门牌号好几次,少年在深吸了一口气后,终于按响了门铃。

"哪位?"铁门内,传来了一个人的声音。

"啊,请问,我想找……"夏灼刚要开口,少年眼前的大门便被一个人推开了一条缝。而后,夏灼看见了站在屋内的一位上了年纪的老婆婆。

"抱歉……我想请问您一下,这里有没有一个叫亚彩的人?"

"哎?"老婆婆发出了吃惊的声音。

"啊,那个……"夏灼举起了手里拿着的一封信,"这封信的寄件地址是这里没错吧?我是来找给我家寄来信的那个人。那个叫亚彩的人。"

夏灼说到这里,老婆婆的脸上突然出现一种复杂的神色。老人凝视着夏灼手里的信:"啊……原来这个东西在你这里……"

"咦?"夏灼不明白老人的话。

一分钟后,老人将门打开了。少年走进了屋内。

老婆婆居住的地方是一间狭窄的独立间,屋内非常安静,只有老人独居。老人给夏灼递上一杯水后,坐在了夏灼面前。

"那个,能给我看看那封信吗?"老婆婆说。

"啊,好……"虽然夏灼仍不明白究竟发生了些什么,但听到老人的话后,还是从书包内将十一封信拿了出来。

"是真的……"看到书桌上的信,老婆婆伸手摩挲起了信封,"就是当时的那个……"拆开其中一封,在看见信件的前几行时,老婆婆的眼眶湿润了起来,"竟然寄到了你那里……真是不可思议……"

"那个……"夏灼不能理解老人的话。

"这是我写的信。"

"啊?"夏灼吃惊道。

"实不相瞒,这些是我四十年前写给清的。"老婆婆的双手反复抚摸着信纸,流下了泪,"那时临近高三,我却要搬家了,我想向喜欢的男生告白却一直没有勇气,在搬家后我开始尝试着给他写信,但到了最后一直没有勇气寄出。最近在整理屋子时,想起了这件事,想找那些信却发现它们都不见了,原来是寄到了你那里……也许是我儿子寄的吧。"

说到这里,老婆婆的双眸垂了下来。眼泪落在展开的信纸上,模糊了信上的一行字。

"你和清是什么关系?这个地址原本是清住的。"老婆婆指了指信封上收件人一栏。

"不,我不认识清。"夏灼坦言道,"三年前我从S县搬到了现在住的地方,我不清楚这之前的事。"

"哦,是吗……"老人看着信笺,"听说他后来留在学校做了老师呢。"

明明是哭着,但夏灼在听到这句话后,却在老人的脸上看见了一抹笑。老婆婆也曾为清能成为老师而感到高兴吧。

"我已经是癌症晚期了……"

"什么?"

老婆婆说出凄凉的话:"能在这间屋子里度过的时间已经不多了,不过谢谢你能找到这里,看着这些信,真是让人感到怀念……"

因为始终无法开口向心爱的男孩告白,很多年后选择嫁给了别人。这就是老婆婆的命运。那天,从亚彩婆婆家离开时,凝视着前方与家附近坡地非常相似的斜坡,夏灼的内心感到了一股凄凉。

直到现在,在四十多年后,清都无法知道亚彩的心意。

这样明明很近,却遥远的距离,究竟纠缠了那两个人多久呢?

夏灼不知道。

想起亚彩婆婆哭泣时的样子,夏灼觉得自己的心有点儿疼。

♥ 第八回 ♥

从A市回来后,连续好几天,夏灼都没有再去学校后方的那块草坪处看那里的老爷爷。因为夏灼不知道要怎么对老爷爷诉说自己去A市的那段经历。

夏灼觉得亚彩婆婆和清的故事很美。然而在那美丽背后,却是因为"没有勇气开口"而导致的令人心疼的遗憾。

七月,学生返校的第一天,放学后,夏灼步子缓慢地走到草坪处。两天前,老爷爷给自己的种子已经在自家后院的土壤中发芽了。走到草坪中央的石墩前,夏灼看到老爷爷正在给庭内的花草浇水。

"哟!夏灼!"老人在看到少年后,笑着朝少年挥了挥手,"去A市怎么样?看到心仪的女孩子了吗?"

"才不是那样的,老爷爷……"夏灼说着,别过了头。

"怎么了?"老人注意到了夏灼的反常。

"就像老爷爷说的,真的是段奇妙的经历。可是让人感到悲伤。"夏灼说。

夏灼从书包里掏出了亚彩的信。

"老爷爷你知道吗?这些信迟了四十多年。"夏灼说。

看着信封上亚彩婆婆四十几年前的笔迹,夏灼的视线有点儿模糊。

"能在这间屋子里度过的时间已经不多了……"

"我已经是癌症晚期。"

亚彩婆婆坐在窗前的椅子上,伸手抚摸信的模样,再次刺痛了夏灼的心脏。

老爷爷一边安慰着夏灼,一边接过夏灼手上信封。

"咦?"老人的嘴里发出了惊讶的声音,"夏灼你住在这里?"

"嗯,几年前搬来的。"

"几年前我也住在这里。"

"哎?"夏灼抬起了头。

"啊,我想起来了,你父亲是不是高高瘦瘦的戴着眼镜的那个?交房那天,他穿着条纹衫。"老爷爷努力回想着几年前的情形,"是我将房子卖给你父亲的。"

"这么说来……"

那天,坐在夕阳的余晖中,一边微笑一边又像要哭的老人看信的模样,在夏灼的眼里,和一个四十几年前少年的影子,重叠在了一起。

老爷爷是清。

我喜欢你。清。
我喜欢你。

除了开心以外就再也感觉不到别的了。

猜我今天在学校里发现了什么?一些很好看的小花儿。

夏灼在看见草坪间那块种植着细碎小花的绿地时,终于明白了那股香味的来源。那香味是和亚彩信上一样的味道。是亚彩的味道。清一直为离开的亚彩,在两个人曾经待过的学校里种植着亚彩喜欢的花。

只是,亚彩一直都没有回来过……

第九回

有时我们很近,却又很远。

我明明喜欢着你,却因为无法开口,而最终离开你的身边,离你的世界越来越远。我的羞涩与没有勇气,让我失去了你。直到现在,我都不敢开口告诉你,我喜欢你……

在老爷爷踏上去A市的旅途的时候,亚彩四十多年前写下却始终没勇气寄出的第十二封信,送到了夏灼家的信箱。

在整理房子时,亚彩婆婆的儿子发现了这些,并以每周一次的间隔,将自己母亲曾经写下的信寄出。

这是亚彩写给清的第十二封信,也是最后一封。

然而,在时隔四十几年之后,当四十几年前的信件统统送完时,现在亚彩婆婆一定在自己的屋子里,看见了同样已经变成了老人的清。一个迟了四十几年的再会,如今却像一场魔法,在亚彩婆婆离开人世之前,绽放出了最美的模样。

两位老人错过了一生,却又在人生的尽头重新见到了对方。

九月,学校临近开学时,老爷爷给夏灼的花,在自家后院的土壤里开花了。

它散发着淡淡的花香,散发着亚彩婆婆的信里的那股味道。

那些花开了很久,不论酷暑还是寒冬都一直开放着。它们像是在等待着什么,被注入了某个人种植时思念着谁的情感。

十二月寒冬时,夏灼听新闻报道说,A市下雪了。老爷爷离开了这座城市,学校后草坪的花却仍艳丽地开放着。

老爷爷离开五个月了。

一月,新年来临之际,在老人离开整整半年后,老人回来了。老人独自回到了自己的草坪庭,那天他看着庭内的植物,最后终于独自站在那里,哭泣了起来。

老爷爷回来的两天前,亚彩婆婆离开了人世。

♥ 第十回 ♥

老人一直为离开的亚彩婆婆,在两个人曾经待过的学校里种植了她喜欢的花。

只是。如今,亚彩永远也不会再回来了……

有你的森林

文◎剪风声

∽1∾

高一（1）班的喻北柳是个胆小、容易紧张的家伙。

关于这一点，整个高一（1）班都举手赞成。

如果说恰到好处的羞涩和拿捏得当的忸怩，配以锦上添花的面颊绯红是完全属于正常女生的范围，那么在陪朋友去告白时，女主角尚且泰然自若地递过情书，一旁的自己反而太紧张导致哭得不能自已，结果变成朋友和那个男生一起陪自己回家的滑稽场面。这样的事情，就不能单单再用"羞涩"和"忸怩"来搪塞了。

如同在交错纵横的迷宫找到起点的那扇门一般，初三时的一次车祸让喻北柳彻底告别了曾经在鲜花掌声簇拥中站过的舞台，也失去了作为合唱团里女生独唱的勇气。或许车祸发生时的各种细节依然被大脑中的某个部分完好地保留着，因此时至今日，喻北柳即使在亮起绿灯走人行道的时候也会下意识地挽住身边哪怕素不相识的人的胳膊，直到对方投来憎恶或者狐疑的目光。

高一（2）班的路怜司是个死气沉沉、毫不懂得讨女生欢心的家伙。

对于这一点，整个高一（2）班也都点头承认。

致淡玫瑰色的你
Zhi Danmeiguise de Ni

除了课间偶尔会到走廊上和其他男生进行友好礼貌的短暂交谈，其余时间都安静地坐在座位认真做题或潦草涂鸦，即使实在没事可做也会一动不动地趴在桌上发呆。直到某次课间，班里十几个女生坐在离他不远的斜后方，为上个周末的校际篮球赛临时取消，因而自己编排的舞蹈没用上而号啕不已。于是笔下简短的一句话在女生们过高的分贝中一连看了三遍才看懂。致使路怜司不得不叹着气合上书，用自己柔和的鼻音，混合着少年特有的金属腔调，冷空气似的猎猎划过女生的耳际："不就是比赛的助兴节目吗？不要说得好像牛肉火锅里被人遗忘在角落的肥肉一样悲惨。"从此，路怜司又被贴上了"毒舌"的标签。

只可惜大家对他为何这么冷漠又毒舌的猜测仅仅停留在"一定受过打击"，就再也跨不过去。虽然也有人说这是他曾经在初中患的一场大病所致，但是闷不吭声的路怜司对各路传言向来不置可否。当然他也有自己固定的交际圈子，也会出现说到激动处就一把钩过对方脖子的情况。不过大多时候仍然会像一块枯朽的木头被扔在路边，没有人关心他身上究竟长出了蘑菇还是苔藓。

2

由于高二文理分班的缘故，高一（1）班和高一（2）班在走掉部分读文科的学生后，理所当然地被合并为新的高二（1）班。容易紧张的喻北柳和沉默寡言的路怜司被合并到了一张桌上。

于是当所有人像在湿漉漉的雨后采到第一颗新鲜草莓一样，矜持却按捺不住地纷纷向新同学伸出友谊之手，甚至因此擦出火花的时候，喻北柳和路怜司保持着整整两个月没和对方说过一句话的纪录。

那天早上路怜司走进教室，喻北柳就明显感到气场不对。虽然没说过话，毕竟是同桌，举手投足总是在眼皮底下。路怜司坐下后，并没有像平时一样迅速掏出课本，而是扭过头认真地看喻北柳。

"干吗？"喻北柳背脊一阵发凉。

"对不起。"路怜司正色道。

"哈?"喻北柳完全不明白。

"我现在还不能回应你的心意,不过谢谢你。"路怜司诚恳地垂下眼。

女生整个人僵在原地张开嘴,她显然没能反应过来对方出于什么用意,竟将这样一本正经的"拒绝"作为两个人交流的破冰之行。

"你,你,你在说什么?"喻北柳的脸"腾"地红了。

"哎?"这次轮到男生一头雾水了,"昨天夹在物理书里的信不是你给我的吗?"

物理书——

昨天下午的体育课是男生进行短跑训练,女生便自由解散。喻北柳回到教室,继续写那封未完的情书,直到花年和真琴大呼小叫地走进来。情急之下她抓过桌上的物理书,匆匆把信塞进去。

竟然拿错了书!

"这么说来,是你夹错书了?"喻北柳缩作一团,靠在天台的栏杆上抽抽搭搭地点头。

"看吧,果然不能怪我。"路怜司摊开手无可奈何地耸耸肩,却猛然对上喻北柳凶狠的目光,旋即正色道,"那只能再写一遍了,反正你原来也没写完。"

"可是我就算写好也送不出去。这已经是第九封了。"她抽动鼻翼,一大滴眼泪滑落下来,"只要一看到他,就紧张得要窒息了。要是跟他告白,肯定会不省人事的。"有些自嘲地扯动嘴角。

"我来帮你。"

喻北柳回头愕然地看着路怜司。

"我会帮你克服心理障碍直到告白成功,作为无意捅破少女心事的代价。"

3

喻北柳怯怯地把手举过肩指向后面："右，右后方的第三排。"路怜司顺着她手指的方向看去，一群男生讲到兴奋处开心地笑着。

"小姐，你自己头也不回天知道是哪个人。"路怜司没好气地说。

"黑色外套，浅灰色高领毛衣。"喻北柳头越压越低，紧紧闭着眼，"弥生和我初中是一个班的，我喜欢他已经很久了。"喻北柳把头埋进胳膊弯里，声音像被挤压过似的瓮声瓮气。

"我认为你首先要做的，应该是自然地回头看他吧。"路怜司眯着眼打了一个长长的哈欠。

"我，我练习过！"喻北柳想起什么似的急切地翻开书包，掏出一个长方形的粉红色的钱包，"里面全部都是。"她拉开拉链，一叠大小不一的照片抖落出来。

路怜司随意翻看着："你是想通过看照片来练习，却因为没有勇气找他要，便只能偷拍一些没有正面甚至他都不是主角的照片？"眼角余光中，他看到喻北柳双手作揖、十分崇拜地盯着照片上的弥生。

然而如同现实里不存在什么突如其来的大雨和只容得下两个人的屋檐一般，明明是经过精确计算的"公交车偶遇"，竟会因为路面维护车次临时取消而被迫中止。苦苦在校门口望眼欲穿一个小时只为装作不期而遇打个招呼，也会因为对方身边已经有两三个校花级的女生随行而被迫放弃。

路怜司气喘吁吁地看着眼前越战越勇、时刻挂着一副"转眼间就是一条好汉"表情的喻北柳："你们是不是没缘分啊？"

"其实在你提出帮我之前，我从没想过要向他告白。我可以继续像原来一样一直偷偷看着他，一直写那些永远不会寄出去的信。就好像照片里的他，哪怕只有一丁点儿，但在我的视野里，依然占满了整个画面。"喻北柳说着，把头发往耳朵后捋捋，脸上流露出恋爱中的少女特有的动人神态。而后，喻北柳和路怜司一前一后不出声地走在白昼与黄昏暧昧的交错中。

放学后喻北柳和花年、真琴三个人非常有气势地挽着手并成一排，在如织的人群中浩浩荡荡地前进。

"什么时候收调查问卷？"不知谁说了一句。

"哎？我怎么不知道还有'调查问卷'这种东西？"喻北柳扭头朝左边的真琴问道。

"不是刚刚下课时发的吗？不过说起来，当时距下课已经过了半分钟，或许你先走了不知道哦。"另一边的花年点头。

喻北柳跌跌撞撞地逆着人流往回跑。

讨厌！究竟在哪儿，桌面上也没有。一番搜查后，夹在两本书间的"家长调查问卷"被抽了出来，同时被拉出的还有那个装满心上人照片的钱包。

喻北柳拉开钱包正要检查一番，身后忽然传来一个男生的声音："喻北柳，你知道那张调查问卷是发在哪里的吗？"

"啊——"

照片散落一地，男生好奇地蹲下身捡起，然后笑了："好像每张都有我哎。"

整个世界瞬间暗了。

心跳声像是被放大了几千几万倍，宛如密集的鼓点在全身各处的神经敲出前所未有的节奏，大脑顿时陷入一阵忙音。

喻北柳的脸很快由通红过渡到窒息般的绛紫。

"那是，那个……"慌乱的眼神忽然撞到路怜司桌上一张空白的信笺，上面是一些黑色的潦草笔迹。喻北柳看了一眼，不禁莞尔，那些混乱的思维迅速归位到初始时的太平。

"是朋友先寄存在我这里的。"太阳穴周围一跳一跳的，莫非这就

是传说中的机会?

"哦?是什么样的朋友对我那么有兴趣?"弥生站起身,一张英气逼人的脸靠过来。

"一个女生。"喻北柳强迫自己镇静下来。

弥生盯了她两秒钟,然后转身走回自己的座位,在课桌里找到调查问卷:"一起回家吧?你看只剩我们俩了。"

"哎?"喻北柳抬头看去,弥生就像自己曾经无数次梦到的那样,向自己伸出手来,第一次触碰到那个温暖笑容的边缘。

"好。"

教室外倚墙而站的路怜司浮出不易被察觉的笑容。

4

一连几天,喻北柳总会不由自主地哼起歌。并且经常变换发型,将原先呆板的马尾改成俏丽的麻花辫,后来又剪出了斯文的刘海。即便穿校服也会别上可爱的胸针或者在领口夹上俏皮的发夹。

"某人的春天来了。"路怜司拖着余音,看向窗外光秃秃的枝丫。

"成功实现第一步。"喻北柳右手比出"V"字。

"虽然时时觉得你的脑袋还停留在初一,不过既然答应了你,我还是会坚持到最后的。"

"怪不得人人都说你讲话不但毒舌还傲慢得很,名不虚传。"

"你也和他们一样这么认为吗?"路怜司的脸缓缓靠近,似笑非笑地看向喻北柳。

是啊。

除了知道眼下这个动不动就会对她翻白眼的男生叫"路怜司"之外,其他的一切似乎真的一无所知。又或者,是自己从没有想过要主动去了解他。

他到底是个什么样的人?

早上课间操解散后,一个男生远远地从操场边喷泉那里,以五十米每秒冲刺的速度跑过来,一把拽住走在喻北柳前面的路怜司的胳膊,随即转身用另一只手臂圈住他的脖子,大声嚷着:"你这家伙这么久都不来找我,下午放学一起回家啊!"

"没空。"即便被勒到脸色发青气若游丝,依然不改刻毒本性。

"哎?"男生不解地松开手。

"下午老师找我有事。"

下午放学后,喻北柳看到路怜司把手插在口袋里懒散地在校门外的人行道上踱步,于是一个箭步冲上去双手用力拍在他肩上:"嘿!不是老师找你有事吗?"

"竟然偷听!"路怜司扭头凶狠地剜了喻北柳一眼。

"谁叫你走在我的前面,"喻北柳立刻回敬一个白眼,"每天看你都是一个人,不觉得无聊吗?

"照理说应该不会无缘无故变成这个样子,莫非你以前受过什么创伤?"绞着手指头,自顾自地说开了。

"你有什么企图?"

"人家就是想知道才问的嘛!"喻北柳声音嗲了好几度。

"你不会懂的。"路怜司低声说着。

"你不说我才不懂咧。"喻北柳委屈地小声嘟哝一句。

∽ 5 ∾

西南方的暮云愈益苍茫,带着一层深似一层的暗紫色,视野里的建筑几乎在同一时刻向地面投射大片的阴影。喻北柳一边走一边踢着石块儿。

致淡玫瑰色的你

两个人在经过一片小区的广场花园时,见几个大人带着孩子围着什么,传来一阵喧哗。

或许是受到最近好心情的影响,向来不爱凑热闹的喻北柳竟极度热心肠地冲上去拨开人群,想要一探究竟。赫然出现在眼前的是一个标有"请收养我"字样的纸箱,以及一只正兴奋地冲围观者不停摇晃尾巴的黄色小狗。

"哇!长得真的好可爱好小哦。路怜司你也过来抱抱看。"一把抱起小狗的喻北柳,冲人群外的路怜司激动地嚷道。

"有什么好高兴的,如果没有能力收养,就干脆不要管它。它只是一只被抛弃的狗。"

"你——"

围观的人群此时已经散去大半:"走吧,它的主人现在应该庆幸着终于把这个累赘扔掉了。"

"不!才不是你说的这样!"女生面色潮红地瞪着路怜司,仿佛受到了巨大的委屈。她看着小狗乖巧地舔舐自己的手心,比先前更加欢快地摇晃尾巴,突然下定了决心。

"我一定会找到愿意收养它的人!"

准备文稿照片。誊写收养告示,复印几百份,张贴和分发。

此后的一个星期,喻北柳用一顿蜜汁牛扒的代价拉着花年和真琴整天四处奔波。一时间,学校各条楼道的黑板,每栋教学楼前的公告栏,甚至办公楼大厅的信箱上都贴满了收养告示。每天课间操后,喻北柳总会抢在人潮散去之前,迎着凛冽的寒风继续四处派发。

直到某天,喻北柳在早读时被老师叫到教室外面,回来的时候两眼周围红红的。

路怜司一直抱着手靠着后面的桌子假寐,却对于喻北柳坐下很久都没有动静感到疑惑,于是睁开眼。只见喻北柳趴在桌面上剧烈地抽泣着,瘦弱的背脊不停地起伏。

从喻北柳断断续续的描述中大概知道，她铺天盖地张贴的告示严重影响了校园环境，老师下令三天内要全部清理完毕。路怜司弯下腰，从地上捡起那张被揉皱的告示，看着上面的错别字和病句，弯起嘴角："还好意思说自己写过优秀作文。"

那天下午喻北柳一进教室，笑声就像过年的炮仗。甚至铃声响过后，她依然乐得东倒西歪。

路怜司一把扶正她："你不是有病吧？"

喻北柳笑着摆摆手："放学你就知道了。"

于是一路上挤眉弄眼的"来啊！来了你就知道了"，外加不时钩钩食指以及无数次地搔首弄姿，路怜司不止一次地怀疑眼前这个五官快要笑错位的女生是不是要把自己带到标识有"未成年人禁止入内"的成人场所。

"喏，就是这里。"

面前是一片普通的住宅小区，红顶白砖，窗前屋后统一规划有几何形状的草地和花园。一只毛茸茸的小狗从小簇灌木里探出脑袋，随即兴奋地一路吠叫着跑过来，后面跟着一位笑容可掬的阿姨和一边走路一边拍球的男孩。

"就是他们收养了它。所以它已经不是'被抛弃的'了，更不是你说的累赘。"

路怜司的眉心有一瞬间的抽动，很快融化在渐渐合拢的暮色里。

"你说不是就不是喽，我现在要回家了。"喻北柳目瞪口呆地看着路怜司竟然如此绝情地丢下自己转身就走，连一句挽留的话都来不及出口。

反倒是走过来的阿姨一脸惋惜地看向路怜司的背影："他一定是你的同学了。前天就是他把告示发给我的，还在小区门口贴了两张。"

心仿佛无声无息地被捏了一把。

6

寒假意味着——

远离繁重的学习苦役和长辈们无限爱怜地递过红包的手、比暑假大为减少的洗衣服的频率……当然在这些大大小小的幸福里，不包括拿出成绩单时妈妈瞬间变青的脸色和腹部不断堆出的游泳圈。

新学期的第一天，路怜司足足忍受了从早上到下午长达数个小时的来自身旁女生的自我展示。大到衣服裤子，小到吊坠挂饰，甚至连新买的橡皮擦也要在他面前连转三圈。

"你是夏天的苍蝇吗？真啰唆。"

"还有这个还有这个！"喻北柳不管不顾地继续掏出钱包，"快看快看！"

"小姐，这个钱包我已经看了四次，连它外面的三朵花一共多少瓣我也清清楚楚，你还——"

"不是不是啦！是让你看照片，照片呀！"喻北柳尽量压低声音。

夹在外层的胶皮相框里的是喻北柳和弥生的合影，女生羞怯地看着镜头。

"他在假期里找了我两次哦。"

"嗯，终于要解脱了。"

路怜司一如既往地摆出那张扑克脸，是惯常的毒舌和依然欠扁的表情。

下午出门时，天空阴沉着脸。

喻北柳在妈妈一声高过一声的"记得带伞"中轻巧地跑开。真是的，谁要带那种会把包撑得鼓鼓囊囊的东西。然而在不经意间却发现路怜司的书包里躺着一把粉红色的雨伞，忍不住发出"啧啧"的嘲笑声。

路怜司有些恼怒，在把书包用力塞进课桌时发出清晰的"轰隆"声。

一直到快放学，两个人依旧保持沉默。

喻北柳看了看旁边用手肘遮住侧脸的路怜司，咬咬牙，递过一张字条。

"今天我值日，放学后你不用等我了。其实是他要等我一起走呢^_^"

路怜司只花了一秒钟就把字条传回来。喻北柳睁大眼睛极力辨认着在自己的句子下面，那些占据三分之二版面的混乱线条所堆砌成的——一个简单的"哦"。

喻北柳在座位上收拾书包时，整间教室骤然暗下来。窗外传来大雨磅礴的声响，与躲避不及的人们惊慌失措的尖叫。

"你带伞了吗？"路怜司轻声问道。

"我，没，没——"喻北柳忽然难以置信地张开嘴，路怜司的那把被自己取笑过的粉红色雨伞此刻正安静地躺在自己书包最里面。

巨大的乌云压在整座城市的上空，风从长街短巷的角落里旋起。

"这把伞是路怜司的呢。"不知哪根神经不对，喻北柳突然提到他。该死！她后悔得猛掐大腿。

"路怜司呀，我初中就知道他了呢。"弥生温和的脸上露出一抹笑容，"我认识他班上很多人，他原来不是现在这个样子，谁知初三出了一次水痘，那模样惨不忍睹。出院后大家避之不及，根本没人理他，真可怜。你说他算不算自作自受呢。"

听着弥生的叙述，喻北柳低头紧紧咬住下唇。

随后说了什么。
随后这个男生在嘈杂的雨声中又说了些什么。
连同他握住伞柄的葱白般纤细修长的手指和明晰的指节，以及曾经带给自己的天堂般的憧憬，都被这倾盆的大雨冲掉了原来的颜色。

请你不要说了。

请你不要再这样说了。

请你不要再这样说我喜欢的人了。

7

喻北柳洗完澡后,整个人头重脚轻地倒在床上,慢慢挪动身体把脑袋探出床沿,让头发像瀑布一样遮住视线。她看着头发上的水珠沿发梢成股流下,滴落在地板上积成一片。

"就像刚才的雨。"喻北柳自言自语地打趣。

刚才?

最后的回忆是女生死命捂住耳朵对男生凶狠地哭喊:"不要再这样说我喜欢的人了!"然后不顾对方一脸惊愕地跑入雨中,"啪嗒啪嗒"溅起一路的水花朝家赶。

然后男生喊了什么,自己跑了多久,妈妈开门时劈头盖脸的训斥和眼睛里掩盖不住的心疼。

全都记不清楚了。

虽然喻北柳请了半天假来调整自己,可下午到教室时依旧不可避免地被路怜司逮住机会还以颜色。

"啧啧,你的脸看起来真惨。"

喻北柳放下书包一直低着头,似乎没打算以这句话为起点针锋相对地再来上一段。她把手轻轻抬起来,颤颤地扯住路怜司的袖子。

"你今天下午就能解脱了。"

"嗯?"

"今天下午六点钟,我会在天台向他告白。"

五点二十分。

放学的铃声如约响起。路怜司麻利地把桌上散乱的书本两三下收拾好往书包里一扔，然后站起来拍拍同桌的肩膀以示鼓励，最后混进人群中走出教室。

喻北柳低下头，感受着刚才那个动作的力度。

五点四十分。

当值日生笑吟吟地走过来时，喻北柳依然沉浸在自己低烧般的恍惚中，她把头枕在右胳膊上，左手在路怜司的桌面上来回画圈。直到堆满笑容的男生再也受不了厉声喊道"要锁门了"，她才忙不迭地道歉，夺门而出。

六点。

正无所事事地绕着操场散步打发时间的喻北柳突然停下来，她把手从口袋里掏出来，看着在势力不减分毫的寒风中冻得通红的手掌。喻北柳轻轻呵出一团白色水汽，气体迅速扩散，在寒冷的空气中显出清晰的外形，着陆在心里最柔软的区域。

通往天台的楼梯只有两段。如果按正常人的思维会选择更靠近教室的那段，而想要在暗地里守候结果的就一定会选择最北端的这段——

路怜司坐在楼梯顶端倚着墙角，他看了看眼前上气不接下气的女生，掏出手机。

"六点二十。你迟到了。"

"哼，总是摆出一副'自己什么都知道'的臭脸，搞得好像全世界都被你蒙在鼓里似的。总是躲在别人背后幸灾乐祸你心里一定很爽吧！还整天那么尖酸刻薄，这就是在回避你那'别人不会懂'的悲惨遭遇吗？"光线匮乏的楼梯间里，喻北柳看不清阴暗处的路怜司的表情，自顾自地继续说着。

"但是我真的什么都知道呢。比如说，你昨天弃之不顾的那把伞。"听到这话，喻北柳思维陷入全面瘫痪，整张脸害羞得快要烧着了似的。

"还真没想到你会找到这里来。"路怜司站起身，像是从黑暗里浮

致淡玫瑰色的你
Zhi Danmeiguise de Ni

起来那样,光线绕过发梢,从下颌、耳朵、前额汇聚到鼻梁上方,在喻北柳眼里投射出一片史无前例的温柔。

"我说,可以帮个忙吗?"

"哎?"

"能不能把你的感冒传染给我?"

手指有力地抚住女生后颈,在对方依然愣神的间隙,轻轻吹出一小股潮热的气息,然后——

开着黄绿色花朵的常春藤紧紧缠绕着树干。所有被捆在一起的桦树枝和山毛榉树枝,在阒静的月光下跳起盛大的玛祖卡。

我沿着森林中一路撒下的豌豆不停奔跑。

直到看见你卷起礼帽的微笑。

小子，别乱动

文◎萧玉蓝

壹 那个叫徐若欣的女孩

那件事过去已经有一段时间了，可那个气愤的声音一直不断地冲进他的脑海："李承涵，你真让我失望！你只是腿不能动而已，你还有手。我知道你有钱，但是你也有你自己应当承担的责任，李承涵，你已经不是小孩子了……"

他愣愣地想，那个宴会如果没有举行，他是不是可以继续吃她亲手做的食物？看她像个笨蛋一样坐在书桌前看书看到睡着？或者听她不厌其烦地提起她的童年往事？然后与她在争吵打闹中度过阳光满溢的每一天……李承涵坐在轮椅上，神色呆滞地望着大路那头，似乎在期待着什么，眼底有一抹让人心酸的泪光：徐若欣，你真的再也不回来了吗？就算我有信心对抗一切病魔、收敛以前所有的傲慢和暴戾，你也对我彻底失望了，是吗？

李林华站在儿子身后愣了许久，终于还是强忍心中的悲意，轻轻开口："承涵，你还要这样多久？"李林华在外人看来是手段凛冽的顶级富豪，他能给予李承涵一切，可是他却给不了儿子最平常的东西——健康。李林华心中那种无助还有愧疚感，让他痛苦万分，却无可奈何。

"爸，你先回去吧，让我一个人待一会儿。"李承涵没有回头，依然傻傻地坐在轮椅上，因为长时间没有喝水声音变得沙哑，原本面容清俊，因为长时间没有正常洗漱和整理，整个人已经变得邋遢无比，头发乱蓬蓬的，身上还散发出一股奇怪的味道。

❤贰 初识

今天是徐若欣离开的第十五天，已经整整半个月了。

还记得一个多月以前，徐若欣像刘姥姥进大观园一样闯进属于他的地盘，微笑着说她来应聘。一件款式老土的T恤配上一条普通的牛仔裤，胸前斜挎着一个已经洗得有些发白的布包，这就是李承涵第一次看到徐若欣时的样子……

"你是谁？怎么随便闯进别人家？"还记得负责面试保姆的王秘书在看到徐若欣贸然闯入大厅时，本能地用带有一点儿质问的语气说道。

徐若欣从震惊中回过神来，她从来没有见过如此豪华的房子。大厅里面随便一件陈设，都够她奋斗十年。她差点儿忘记了她来这里的目的——应聘！她赶忙上前几步，将自己提前准备好的一份应聘简历递给秘书，同时扭头对坐在轮椅上的男孩咧嘴一笑："我是来应聘保姆的。"

王秘书接过简历，草草地一看，发现她并没有任何护理经验和知识，但有一条让她眼前一亮，随之将简历交给了一直站在男孩身后的李林华。

那是李林华第一次见到徐若欣，那个与自己的儿子在同一所学校，并且同一个班级的女孩子。而李承涵也在这天认识了这个固执、倔强、认死理，但笑容灿烂的徐若欣。

不知道为什么，李承涵第一眼看到徐若欣那个微笑，就直觉得想要逃避，他讨厌看到别人的笑容。

"爸，让她走，我不用她照顾我。"李承涵皱眉，语气中带着小孩子的执拗与任性。

徐若欣愣了一下，仔细观察着一直隐藏在桌子后面的李承涵，他整个身子都无力地瘫在轮椅上，脸上写满了"不要惹我"的表情。

"你就是李承涵吗？同学们经常提起你，你怎么不去学校上课啊？"

咦，我只听说你的腿不能动，怎么，连手也不能动吗？"徐若欣像个不食人间烟火的怪胎一样，望向李承涵的眼神中没有一点儿怜悯和同情，似乎面前这个男孩不是残疾人，而是一个再正常不过的普通人。

"够了！给我滚出这里。"这些话像一记重拳打在了李承涵的胸口，他愤怒地呵斥一声，想要赶走这个第一眼就让他不爽的徐若欣。

"徐若欣是吧，这份工作希望你能胜任。"父亲李林华却一反常态地逆了他的意，要知道自从李承涵双腿残疾后，父亲对他可是千依百顺啊。

没想到，应聘出乎意料地顺利，这让徐若欣欣喜若狂。

徐若欣离开之后，李承涵大吼着质问父亲为什么要留下那个女孩，父亲明明看出了他有多么讨厌她！

李林华微微张开的口终究还是合上了，然后他转身离开，徒留李承涵在那里大发脾气，把客厅里他够得到的东西都摔得粉碎。

性格乖戾暴躁的他已经不是第一次摔东西了，而父亲总会在第二天派人重新买好同样的物品摆放在同样的位置，七年来一直如此。

叁 徐若欣，你是什么都不会的笨蛋

徐若欣很守时，在天还蒙蒙亮的时候就已出现在了李承涵那豪华的家中。

王秘书带着徐若欣认识整座别墅里的所有房间。为了方便在李承涵有情急情况的时候，她能快速做出反应，赶到李承涵身边。

为了方便徐若欣照顾自己的儿子，李林华将徐若欣的房间安排在与李承涵的房间只隔一个偏厅的卧室，那是一间徐若欣做梦都没有梦到过的豪华卧房。

待参观完所有房间后，王秘书便领着她来到李承涵的卧室。此时李承涵正接受护理员的按摩，这是他每天醒来后要做的第一件事。看到徐若欣走进来，他立刻像只被摸了屁股的老虎一样羞怒："出去！谁让你们这个时候进来的,都给我出去!"

王秘书早已经习惯了他的少爷脾气,知道李承涵最讨厌别人在这个时候打扰他,于是她满脸歉意地说:"李先生说了,让徐若欣来学习护理,以后为你双腿按摩的事情就交给她了。"

"我爸他疯了吗?这个村姑什么都不会欸!"李承涵双手不停地在空中胡乱挥舞着,想要将慢慢靠近的徐若欣赶走,"你走,听到没有,不许靠近我!"

"承涵,你忘了昨天你父亲说过的话了吗?你有一个月的时间决定这个女孩的去留,但前提是在这一个月里,你必须听话。要不要我现在打电话给你父亲,让他亲口再向你重复一遍?"王秘书见李承涵还是一副狂躁的模样,只得拿出李林华来压压他。

前一秒钟还无比张狂的李承涵此刻突然安静下来,望着徐若欣一直面带微笑的脸孔,冷笑一声:"一个月是吧,这一个月我会让你后悔踏进这个大门,徐若欣!"

肆 徐若欣,你好大胆

从那天开始,徐若欣正式成了李承涵家中的一员,她将自己的大部分课本都搬到了这里,有空的时候就学习一下,其他时间,都是在被李承涵的故意刁难中度过的。

一个清晨,她因为前天晚上看书看得太晚而错过了早上替李承涵按摩的时间。她迷迷糊糊地匆忙跑进李承涵的房间。

房间内的李承涵早已醒来,他冷哼一声便开始大吼:"徐若欣,你看看现在几点了,你到底在磨蹭什么?如果你胜任不了这份工作,麻烦你早点儿离开……"

徐若欣一边将自己的头发用一根皮筋束起来,一边向床边靠近,没等李承涵的话说完就已经伸出手在他头顶敲了敲:"你的话怎么天天都这么多啊?真是烦人。"

"你……你……你敢打我!"李承涵被她这无礼的举动彻底惊到,

瞪大眼睛望了她半响才冒出这句话。

自从李承涵变成现在这个样子,连李林华都舍不得碰他一下,这个臭丫头居然敢打自己的头!他那高傲的自尊心根本不能容忍这件事。正准备再开口咆哮,徐若欣已经开始按照学来的手法为李承涵按摩了。这让李承涵又有了嘲讽她的理由:"你这蠢货,这么多天了还按不好。"

"你如果再敢唠叨一句,信不信我把你绑起来,把嘴塞上?"徐若欣停下动作,侧着头不怀好意地眯起双眼望着李承涵。

"你……你敢……"这样的事情这个臭丫头是干得出来的。

他堂堂一个公子,怎么能被一个什么都不懂的臭丫头威胁,传出去的话让他的面子往哪里放?想到这里,李承涵强装镇定,冷哼一声:"你再敢对我不敬,信不信我明天就让我爸把你赶出——"

"你的话比我外婆还要多。"她终于忍受不了这个跟他同龄却无比啰唆的男生了,随手拿了一条毛巾将李承涵的双手反绑起来,又找了一条毛巾把他的嘴也堵了起来。她嘿嘿笑道:"这样你就不能再啰唆了吧?"

"唔!唔……"李承涵双眼瞪得老大,真不敢相信眼前这个丫头不但无礼,还没人性,怎么能对一个残疾人出手?不行,他绝对要让父亲把这丫头赶出家门!

徐若欣傻笑着替李承涵按摩完两条大腿,替他穿好长袜才弯下腰把这个比她还要轻的男生抱到床边的轮椅上。当她准备去绑在他手上的毛巾解开时,突然传来了急促而有力的敲门声,伴随而来的还有王秘书担忧的询问:"承涵,你没事吧?若欣,你在里面吗?"

糟糕!

徐若欣像个做了坏事的孩子,突然被捉了个现行一般,脸蓦地涨得通红。她这样欺负李家的少爷,万一被那个王秘书知道了,后果可想而知啊。徐若欣刚想开口解释,就见李承涵已经挣开捆绑准备去拉开堵住他嘴的毛巾,徐若欣哪里会让他得逞,她赶快将他从背后紧紧抱住。她力气大得惊人,被抱住的李承涵丝毫动弹不得。

致淡玫瑰色的你

徐若欣慌张地随便找了一个借口搪塞,忐忑不安地等待着门外人的反应。

王秘书没有起疑心,这几天她见惯了两个年轻人的打打闹闹,叮嘱了几句后就转身离开了。直到脚步声渐渐消失,徐若欣才重重地松了口气,胳膊用力地勒着李承涵的脖子,低声威胁:"听着,如果你敢把刚才的事情泄露出去,我就把你打呼噜巨响的事告诉全班同学,知不知道?"

"你……你这个浑蛋!"还没等他骂够,徐若欣已经推着他往浴室走去,不停地用手轻轻拍打他的头,还学着李承涵的叫声"啊哦",这更使得李承涵气愤不已,他挥舞着双臂,想狠狠地教训她一顿。

"你手挥什么挥,快点儿去刷牙洗脸。我饿了,还要去准备早餐呢。"

听到这话,李承涵先是一愣,随后瞪大双眼怒斥:"你让我自己刷牙洗漱?那我请你回来做什么?"

"你腿不能动,又不是连手也不能动,该自己做的事你自己做,别什么都指望别人。"她毫不在意眼前男生难看的脸色,从洗漱台上取来牙刷,挤好牙膏递给他:"给,自己刷,我都帮你刷了好几天了,你挥手的时候力量不是挺大的吗!"

"徐若欣!"李承涵气得浑身发颤,他抬头狠狠地剜了她一眼,清俊的脸上写满怒意:"你到底要捉弄我到什么时候?如果你不愿意伺候我,那就滚出这里,总有人愿意伺候我。"不停地挑战他的极限,不停地触碰其他人不敢触碰的逆鳞,这个丫头真的不知道什么叫作害怕吗?

但徐若欣像没听见李承涵的话一般,固执地把牙刷递到他面前,下巴微微扬起:"我当然不愿意伺候你啊,因为我是你的按摩护理员,又不是你的用人,拜托你搞清楚状况好不好。现在,自己试着刷牙吧。"

"……"

望着递到自己面前的牙刷,他有些胆怯。已经有好多年没有自己刷牙洗漱了。

"刷牙这种小事情，你一定可以的。以后只要你能自己完成该做的事情，我就每天都带你出去晨练，好不好？"徐若欣眯起双眼微笑，将牙刷塞到他手中，不顾李承涵一脸的茫然，她已经转身出了浴室："你弄好了叫我哦。"

　　"喂……"转过头望去，徐若欣的身影已经极快地消失了，只留下他一人像笨蛋一样举着沾有牙膏的牙刷，傻坐在镜子面前。

　　李承涵如今依然清晰地记得，那次刷牙，是从他七年前出了车祸至今，第一次拿起牙刷做完一件他原本能做好的事情。一直以来，他不是做不好，而是不愿意去做。因为从七年前开始，他就把自己当成了一个一无是处的废人，直到这个傻丫头出现……

　　后来，李承涵并没有向父亲告发徐若欣，就算两个人私下里闹得再凶，他也会尽可能地隐瞒一切，渐渐开始包庇她无礼固执地做下的一切了。

伍 李承涵，你真让人失望

　　看着李承涵一天天地改变，不但远在国外出差的父亲打从心底里高兴，就连在李家别墅里共事的其他用人，也都替这位小公子的改变而喜悦。特别是王秘书，将这一切都归功于徐若欣，待徐若欣更如亲生女儿般。这也难怪，王秘书已经在李家工作多年，一心一意地照顾着这个家，更是将李承涵视如己出。

　　从那天以后，徐若欣每天清晨都会推着李承涵去别墅外面的大道上走走，偶尔还像个孩子一样，兴奋地讲起自己家乡的故事。每当她提起自己的父母还有年迈的外公外婆时，眼底就满溢出让旁人嫉妒的幸福微笑。这种毫无掩饰的笑容，总会刺痛少年的心，原来自己一开始那么讨厌徐若欣的原因，就是她拥有这样能穿透云层的微笑吗？

　　明明是什么都没有，穷得连一套房子都没有的丫头，却依靠着自己的努力进入那所只有富人才能踏进的学校；明明什么都没有，却总能笑得这样开心；明明什么都没有，可是……

可是她拥有的一切，却是李承涵渴望已久的，这一切对于他来说，只是一种奢望——完整的家庭、健全的父母、一对年迈的祖父母，还有一颗乐观向上的心。

就算他的父亲是顶级富豪又怎样，抛开这个华丽的身份，他什么都没有。

每当徐若欣提起她的那些童年往事时，李承涵都会无情地打断她的回忆，虽然在心里他疯狂地向往着那种简单的生活。

十岁的女生，正无忧无虑地狂奔在田野间，与各种虫子为伴；十岁的他，小小年纪却要躺在病床上，承受着母亲离世的痛苦。还要听着医生宣布关于自己的噩耗，知道自己从此失去了双腿，变成了残疾人。

此后七年的心灵扭曲让他见不得别人比自己幸福，这也是他拒绝去学校上课的原因。

李承涵向往着那片山沟里的绿林山川，一方面排斥着别人的幸福，一方面又控制不住去探听属于徐若欣的幸福往事。

他们就这样相处到了李承涵十八岁生日那天。

李林华那时正在国外出差，但为了给儿子庆生，他特意从国外赶了回来，安排了一系列豪华的宴会，邀请了儿子的全班同学来家中做客。

虽然班里的同学大部分都没有见过李承涵，但身为顶级富豪的儿子，很多人都看过他的照片，而且知道他出了名的脾气古怪。

徐若欣长这么大，从来没有参加过如此气派的宴会。整个二楼都被拿来作为宴会场所，里面摆满了各式各样她叫不出名来的美食。烛光、鲜花、各种来自国外的礼物堆满了角落……

李承涵本不想参加这个宴会的，根据他的经验，每次的生日宴会都会很无趣。但今年不知道为什么，有徐若欣在身边，他突然鬼使神差地同意参加，只因为他想看到她像孩子一样兴奋的表情。

在这里已经待了快一个月的徐若欣，还是像第一次刚闯进来时的模样，欣喜而好奇地看着宴会上的一切，对于那些向她投来的不友善的目光，统统视而不见。她好奇地看着满场各种摆设，李承涵则在她身边轻声解释每件物品的来由。

二楼客厅里有支乐队在演奏，那是当下最炙手可热的乐队，可是徐若欣果然不负"村姑"这个称号，蹙眉摇头道："你的生日为什么要请这种人来奏乐？又不是办丧事。"

"你……你说话就没个把门儿的吗？"李承涵有些不悦，但其实这话说到他心底里去了，于是忍不住"噗"地笑出声，"也是，每次宴会都是我父亲在安排，这些乐队演奏的曲子我真是一点儿也听不懂，像办丧事。"

两个人旁若无人地傻笑着，却引来一些同学的怨念，开始不停地用嘲讽的目光打量李承涵，似乎是在讥笑。

敏感的李承涵刚想逃开，却被徐若欣拉住了轮椅。她的目光望向前方的李林华："这个生日宴会不管你有多讨厌，都应该坚持到底。李承涵，你难道看不出你爸爸对你的爱吗？他在那么远的地方出差都特意跑回来为你开这样的生日宴会，你怎么能就这样退场？"

平时徐若欣都只是在暗地里挑战他的极限，可是今天，她居然当着那么多人的面用带有命令的口吻要他留下来。高傲的自尊心让他接受不了眼前的一切，开始在宴会上大发雷霆。

突然爆发的李承涵将一切都毁了。原本还好端端的两个人也在这次争吵中不欢而散。

李承涵到现在还记得，徐若欣那天离开时对他说过的话："我知道你很有钱，也知道你的腿不能动，但是，你已经不是小孩子了，你不能总让你的父亲像照顾孩子一样担忧你的一切……李承涵，你真让我失望……"

心被揪得厉害，从来没有一个人敢质疑他的做法，而他却一直在用自己所承受的伤痛来报复周遭的人，来伤害那些关心还有爱护他的人。

徐若欣，那个臭丫头，为什么总能让他失声痛哭呢……

如果那个宴会没有举办，如果那天他没有发脾气，如果那天……

陆 改变自己

"承涵,回去吧,天黑了,她可能不会来了。"李林华推动轮椅,开始往别墅大门里走去。

"爸。"轻轻的一声,却满是从未有过的温柔。

李林华望着儿子颓废的样子,有些心酸。

"爸,对不起,让你担心了。推我去浴室吧,我要好好洗洗。"李承涵抬头,露齿一笑。

是啊,他已经等不到那个熟悉的身影了。这么多天过去了,他不能再让父亲担心自己了。

李林华有些不可置信地望着儿子,愣了半晌,才欣喜道:"好!好!"八年了,整整八年了,以前的李承涵又回来了。

身后初秋的太阳快要落山了,父子俩的身影被拉得很长很长。秋风吹在他们身上,带起一片寒意。可是李承涵却觉得心底暖暖的,因为他决定了,从明天开始,改变一切,他——要去学校找那个丫头。

他知道,那个在自己生命中只出现过一个月的丫头,已经深深地烙在了他心中。

八年来,他不停地逃避着那些同情或是怜悯的眼光。而徐若欣,从头到尾,都只把他当作普通人而已,既不是高傲不羁的富人,也不是让人同情的残疾人……

柒 笨蛋,你也会哭吗

秋日里的微风,总带给人一种淡淡的哀愁。

哀愁?这种感觉好久没有出现在自己身上了。她是怎么了,脑海里为什么总是浮现那个男孩的身影?

才不要担心他呢,那个自大又自甘堕落的家伙,饿死了也活该。

这些天从同学们口中听到了一些关于李承涵的消息,这让徐若欣平静淡然的心变得有些慌乱。那家伙固执、脾气坏,有谁劝得动他?现在应该有新人来照顾他了吧。

她自小就是留守儿童，和父母待在一起的时间从未超过十天。家里很穷，连上学都成问题，更别提那么奢华的生日宴会了。那家伙明明有父亲在身边，还百般疼爱他，却不知足，乱发脾气，活该没人喜欢。

可是，为什么胸口堵得慌？那天临走时说的话会不会太重了？

"啊！是……是李承涵！"

"啊——"

教室外突然响起的尖叫声打断了徐若欣的思绪，她的第一反应是跑出去看热闹，可是下一秒钟身体却猛然僵住：什么？李承涵？那个自大又自甘堕落的家伙怎么可能来学校？

徐若欣的心跳急促起来，当那个熟悉的身影出现在她眼前时，她惊诧得张大嘴巴，久久说不出话来。

"喂！你傻了吗？还不快过来推我，你的合同还没到期哦，谁准许你擅自离职的？"

熟悉的语气，还有那故作高傲的眼神……

徐若欣愣在原地半天才悠悠回过神来，望着面前这个她一直挂念的家伙，突然心头一酸，她便像个孩子一般无助地轻泣起来。

她多想表现得坚强一些，可是当李承涵精神抖擞地出现在她面前时，她就知道这些天的担忧都是多余的，这个家伙终于跨出这一步了。

她的眼泪，不知道是为自己而流，还是为李承涵。

笨蛋，你也会哭吗？

李承涵抬头面带微笑地望着哭得浑然忘我的徐若欣，在心底轻声低喃。

被人挂念的感觉真好，谢谢你，徐若欣，虽然很讨厌你总是笑得比我幸福，但是，从今往后，我也要追寻自己还能够享受到的幸福……

世上没有Ctrl+Z

文◎紫华枫月

今天在书店看见一本绘本，画风不可爱也不华丽，可是感觉很熟悉。

于是驻足，翻开发现里面讲的是一个关于飞翔的故事——一个人想飞翔却没有翅膀，于是他站在大地上，一天天地看着自己的影子祈祷，希望自己能够得到一双翅膀。

日子一天天过去，他的影子一天天变大，他的祈祷一天天坚定。

终于有一天，他的背脊上长出了一对洁白漂亮的羽翼。

可是就在他振翅的瞬间，却猛然发现自己的身躯无比沉重。

原来他的影子已经因为他的祈祷而变得无比巨大，巨大得让他的翅膀无法承受他飞翔时的重量。

影子不想看见他因为无法实现梦想而伤心流泪，于是它自愿脱离了他的身体——哪怕那种脱离对它来说意味着无与伦比的痛苦与死亡，但它不怕。

它只希望，他能幸福。

看到这里，不知道为什么眼泪就忍不住掉了下来。

张梓端，对不起。

刚认识张梓端的时候，校园里的栀子花开得正盛。

当他提着书包走进教室时，我正盯着窗外的花海出神。

直到老师把他安排到了我身旁的空位上，他走过来坐下，放好书包之后敲了敲我的桌面，我才反应过来身边多了一个人。

"你好，我叫张梓端。"他朝我伸出手来，温和又懒散地笑。

"……啊？啊，你好，我是北桉。"我好半天才完全回过神来，但准备跟他相握的那只手伸出又缩了回来——因为我同时反应过来，他是个男生。而我这辈子除了有血缘关系的男人们之外，还没有真正触碰过哪个男生的手。

可是张梓端很显然没有我的顾忌，他一见我的手往回缩就迅速抓住了我的手。

"很高兴认识你，北桉。"他的微笑依旧，甚至恶作剧似的朝我眨了眨眼。

跟张梓端相处久了之后，我发现他是个很有意思的人。

他平时不太喜欢看书，可是即便在课堂上趴着睡觉的时候，他也能随时在老师点名让他回答问题时给出漂亮的答案；他平时也不太喜欢参加体育活动，可是一到有比赛的时候，他却能够成为我们班最可靠的后备力量——更重要的是，无论女生还是男生都很喜欢他，他似乎天生就有一种吸引别人由衷想跟他做朋友的力量。

我跟他恰好相反。

喜欢发呆，反应迟钝，长相普通，成绩中等，我完全符合那种扔进人群里连影子都找不到的人的所有条件。

可是我跟张梓端的关系却从跟他同桌以来就一直很好，好到让其他女生嫉妒、其他男生好奇的地步。因为我们在很偶然的情况下发现了对方的梦想，于是我们之间就有了一个秘密。

张梓端最大的梦想是成为一位漫画家，而我则是在画画确实没有半

致淡玫瑰色的你

点儿天赋的情况下决定成为一个写脚本的,和张梓端一起实现同一个梦想。

"北桉,你说为什么你的故事编写得这么好,可画的画却那么抽象呢?"一天,张梓端把我的新脚本拿过去琢磨完毕感叹一番之后,忽然看着我非常严肃地问道。

"如果我能够把人物画得不抽象,那还要你干什么呢?"我抽了下嘴角,好整以暇地对他微笑。

"北桉,也许你做位小说家要比当个写脚本的有前途得多。"他低头想了想,突然一本正经地低声道。

"拉倒吧。"抽过他手里的本子,敲了一下他的脑袋,我不置一词地收好了本子。

其实,小说什么的也许我会尝试,但是给张梓端写的故事绝对是独一无二的,因为只有通过他,我才能写出美丽的故事。因为他的阳光灿烂,让我这个角落里的影子,看到了阳光。

幸好,我有跟他一样的梦想。

"北桉……"

"张梓端,你要是再跟我说小说,我就再也不把故事给你看了。"

"不是,我只是想说,你把脚本收走了我拿什么画草稿啊……"

"……"

很长一段时间,我和张梓端都会在中午大家都回去休息了的时候独占整个教室,在干净明亮的玻璃窗下埋头写画——我写我的脚本,他画他的漫画,间或我插嘴一下他的草稿,他胡画几笔我的故事。

可是,我们的劳动成果几乎没有任何回报。

我们屡屡满怀信心与期待地投稿,却屡屡只能得到些让人失望的答复:不是故事不太符合杂志定位就是画风不够可爱或者画技不够成熟,总之,退稿几乎是我们每次合作完成一部新作品之后必然经历的结果。

"北桉,抛弃我吧。"当再次以"故事新颖但画技还有待提高"的理由被退稿之后,张梓端把稿子抓在手里,久久地看向我。

"张梓端,你脑子坏掉了?"我瞥了他一眼,从他手里抢救出快被他蹂躏得不成样子的画稿,"抛弃了你谁画我的故事?或者,你是打算让我拿简笔画去投稿?"

"北桉,你可以写小说,你可以把你的故事写出来给大家看,绝对有人能够画出比我好一百倍的画稿。"张梓端看着我,神色丝毫没有因为我的故意打岔而轻松起来,"把希望寄托在我身上,我可能会拖死你和你的故事。"

"胡说!"我拿着稿子使劲敲了一下他的脑袋,有些生气,"我的梦想是漫画家,不是小说家,你不要擅自偷换概念!而且我就是喜欢你的画风,别人的我还看不上呢。"

张梓端听着我的话,许久没有接茬,只是一动不动地看着我。

"怎……怎么了?"被看得有些不知所措,我不禁小声问。

张梓端还是没说话,半晌之后却长长地叹了口气。

"桉桉。"他挠挠头发,抬眼半是无奈半是欣慰地看着我。

"嗯?"我也看着他。

"我觉得,我真的好像你的影子啊。"他轻声笑,"我真的很喜欢这个故事。"

张梓端,你说你是我的影子,可是全世界都知道平凡到平庸的我才是你灿烂光芒下一个卑微的影子,跟随着你,希望看着你在这个世界上展翅飞翔。

张梓端,我相信,我们一定可以实现我们的梦想。

四

班里的女生们不知道从什么时候开始,越发地疏远我。其实我本来

致淡玫瑰色的你

就不是善于交际的人,在她们开始疏远我之前,我跟她们的关系就平淡得很。只是现在,她们似乎变本加厉了一些。

发作业本的时候,我的作业本会无缘无故地不见;上体育课的时候,我会莫名其妙地成为多出来的人;打扫卫生的时候,跟我一组的人总会有事急着回家去处理而先走了……其实这些都不是什么大事也没关系;可是,当我用来写脚本的本子从我的桌斗里消失了的时候,我终于忍无可忍了。

"请问,谁看见我那本蓝皮的笔记本了?"我站起来,尽量冷静地在教室里大声问道。

教室里瞬间安静了一会儿,然后喧闹如常。

"谁看见了麻烦吱一声,那本笔记本对我很重要。"我深吸了一口气,继续大声说道。

"有多重要啊?难道里面是你的心情日记?"这时,第三排的洛瑾年忽然回过头来看向我,一脸似笑非笑的神色。

"那是我的漫画脚本。"我气得发抖,努力攥紧拳头告诫自己不要冲动,"你们谁看见了麻烦还给我,那个本子真的对我很重要。"

"要不你就去垃圾桶看看,也许是打扫卫生的不小心把它扔进垃圾桶了。"

……我真想把桌上的课本全部扔过去砸洛瑾年那张虽然漂亮却没写半个好字的脸!

就在这时,张梓端走进了教室。我还来不及说什么,就见他径直朝洛瑾年走了过去。他完全无视洛瑾年的无措和不安,伸手在她桌斗里一扫就扫出了一抹我异常熟悉的蓝。

"我跟你说过多少次了,东西不能乱放。"张梓端拿着那本蓝皮笔记本朝我晃晃,眨了眨眼。

"嗯,知道了,我下次会小心的。"看着他,我心底满腔的怒火一瞬间便熄灭了。我自认为并不是一个虚荣的人,但是现在,我真的很有优越感。

"桉桉,为了避免你再把东西乱放,就暂时先把它放在我这儿吧。"张梓端不知道从哪里拿出了一本白色封面的笔记本,然后将我的蓝皮本搂在怀里,"然后……洛瑾年同学,现在你可以看清楚了,这本白皮笔记本是北桉的,希望你以后不会再'不小心'拿错。"

"张梓端,你!"洛瑾年的脸一阵红一阵白,她满脸屈辱地狠狠瞪了眼张梓端,猛地冲出了教室。

"张梓端,她……"看着洛瑾年眼角含泪地冲出教室,我又有些于心不忍了。

"做错事就要承担后果,你同情她做什么?"张梓端走过来,拿笔记本敲了敲我的脑袋后若无其事地坐到了座位上,"快坐下吧,要上课了。"

我的蓝皮笔记本在张梓端那里一放就是一个月。张梓端也已经有一个月没有动笔画过画了。

每次我有意无意地问到他这个问题的时候,他总是笑着转移话题。直到有一天,他将一个信封放在了我的桌上。

"这是……什么?"看着上面一个字都没有,好像还不轻的信封,我疑惑不解地扭头看向张梓端。

"惊喜。"他挑了挑眉,看着我的双眼里充满了期待。

我费解地拿起信封打开,发现里面是一本漫画杂志和钱。

我更加一头雾水地看向张梓端,却发现他正满脸鼓励地示意我翻杂志。于是,我翻开杂志,第一页赫然就是一个熟悉非常的题目。

"这是……"继续翻了几页,我发现第一幅漫画的故事情节很熟悉。

"北桉小姐,恭喜你作为脚本作者正式出道了。"张梓端伸手过来揉了揉我的头发,脸上满是"目的达到"的得意微笑。

"……等一下,张梓端。"看着熟悉的故事和完全不熟悉的画风,我沉默半晌后合上杂志,"为什么……漫画作者不是你?"

我感觉张梓端的手顿了顿。

"因为我功力不到家又不忍心埋没了你的故事,于是我找另一个班的同行来画的。"他的声音听起来很轻松,甚至带着些微骄傲,"桉桉,我跟你说啊,她的画功很不错,跟你的故事还挺……"

"啪!"

我挥手打掉了他揉着我头发的手,霍地站起来:"张梓端,请你不要擅自替我做决定!"看着他不解的神色,我的鼻子瞬间就不争气地酸了。

张梓端,那些故事,那一笔一画刻画出来的人物,那精雕细琢无数遍的情节,全部都是因为你才能完完整整地跃然纸上。张梓端,我很懒,如果不是因为你,我的故事几乎不会完整地呈现在这个世界上;我很自私,在我心里,这些故事应该只经由我们的手一起展现在别人面前,因为它们本来就只是"我们"的故事!

"把我的笔记本还给我。"我将最后一句话重复了一遍。

我很平庸,也不出众,我甚至没有任何上得了台面的优点。可是,在面对对我来说很重要的事情时,我真的很固执。

经过这件事情之后,我跟张梓端很久都没有再说过话。

其实事情本来不应该是这样的:张梓端明明已经道过歉了,以他的性格,他肯定不会再随便把我的故事脚本给别人画了——我们应该和好的。

可是,张梓端在我把笔记本拿回来之后再也没有主动跟我说过一句话。

起先我只当他是面子上过不去,所以也没管他。可是一个星期过去了,我才发现他是真的不理我了。

他还是像以前一样,跟所有人嬉笑打闹,可是唯独不再和我说话。即便是问老师留的作业题,他也宁愿去拍前桌的后背、敲后桌的桌子,也不会扭过头来问旁边的我。

洛瑾年她们很快也发现了这种情况，于是原来的嫉妒和羡慕现在全部都化作了无时不在的冷嘲热讽。

我才不去在乎她们那些带刺的话呢，可我在乎张梓端的态度。

如果先跟他说话的话就是我输了，这说明是我错了，可我明明没有错。每次我一有跟他说话的冲动，心里便会有这样一种声音冒出来。于是，我一直忍着。

直到他升入重点班，我们唯一的交集从此烟消云散。

我在很长一段时间里不再写故事。

"北桉，好久没看你写过东西了呀。"有一天，莫媛媛趴在桌上突然对我说。

自从张梓端去重点班后班主任便将转班过来的她安排在了我的旁边，她的成绩不错却不太买老师的账，可能是老师看她太活跃便想让我用自己的安静感染她一下吧。

但是，我宁愿自己这种比起"安静"更适合用"沉闷"来形容的性格不要影响到她，哪怕只是一点点。

"我……已经写不出来了。"抄笔记的手顿了顿，我笑着看向她。

"可是我喜欢你的故事，读起来那么有画面感，男女主角都很有趣。"莫媛媛鼓起腮帮子，看起来有点儿哀怨。

张梓端也说过类似的话，可为什么那个时候我听起来很开心而现在却只剩难过了呢？

"没有天赋的人果然容易江郎才尽啊，真是太可惜了。"这时洛瑾年正从我们桌旁经过，听见莫媛媛的话后她立时嘲讽了一句。

"洛瑾年，你不说话没人当你哑巴！"莫媛媛瞪她一眼，语气不善。

致淡玫瑰色的你
Zhi Danmeiguise de Ni

"我说得不对吗?"她冷哼一声,好看的眉眼却弯成了恶意的弧度,"张梓端在的时候她不过是运气好而已,写了几个看起来还行的故事就真以为自己有多了不起——现在张梓端去重点班了,听说那个班里有个女孩长得漂亮,画画又好看,那才是真正的白天鹅呢。"

"那又怎么样?北桉至少比你这种连丑小鸭都算不上的人强多了!"莫媛媛"唰"地站了起来,把洛瑾年吓了一跳。

"哼,她这样的丑小鸭永远变不成天鹅。"她看了莫媛媛半晌,终于瞪我一眼后愤愤走开了。

"北桉,别理她,这种人心理就是有病。"莫媛媛对她的背影做了个鬼脸,坐下来对我说道。

"媛媛,你待会儿帮我请一下自习课的假吧,我想出去走走。"我沉默了半晌,轻声道。

"嗯?"莫媛媛愣了一下,"要不我陪你一起去吧?"

"不用了,我自己去就好。"对她笑了笑,我在眼睛开始泛红的前一秒种起身,快步走出了教室。

等到楼道里纷乱的脚步声随着上课铃响而尽数止歇之后,我终于蹲在楼梯间里捂着嘴哭了出来。

洛瑾年说得对,其实她说的都对。我根本就比不上她说的那个漂亮的女孩,事实上我谁都比不上。

那些故事是我的心血、我的宝贝,可它们是不是他的宝贝呢?如果是他的宝贝,为什么他可以这么轻易地将这些宝贝交给其他人呢?如果是他的宝贝,为什么他宁愿不再跟我说话也不愿再来看看这些宝贝了呢?

原来自始至终只有我自己,只有我自己一个人沉溺在这自以为是的幸福里!

喉咙好痛,鼻翼不停地抽着,眼泪沾满了双手我也没有发出一丝声音。

我不知道我现在到底在干什么,我也不知道我为什么要哭。也许因为想哭，也许因为不甘心，也许只是因为我早就知道结果却还抱着一丝希望。

北桉，你简直就是天底下最大的笨蛋！

"……桉桉？"

我猛地抬头，模模糊糊地看见了面前站着的身影。他的旁边，一袭白色长裙的漂亮女孩正满脸惊异地看着我，她的头发直直地垂至腰际，气质纯粹干净。

我没有看清他的表情，但我却看见了他们手上的东西。

女孩拿着素描本和水彩画本，而张梓端拿着所有的绘画工具。

一切已经很明显了，张梓端已经找到了一个可以继续和他一起实现梦想的人。

我默默地站起来，扯着衣袖擦干净满脸的泪水。

"桉桉，你……"张梓端看着我，欲言又止。

"没事，生理痛而已。"扯开嘴角朝他笑了笑，然后我转身就走。

"桉桉！"他叫了一声。

我停下，回头看他。

"如果……"他似乎有些犹豫，在看了眼身边的女孩后继续道，"我可以让小茹陪你去医务室。"

"不用了，再见。"看了他半晌，我再次微笑。然而在转回头时泪水却再次涌出。

原来这场追逐梦想的戏码，真的只是我自编自演的独角戏罢了。我不想因为你而失去我的梦想，但我却因为你而失去了实现梦想的动力。

张梓端，我不恨你，但是……再见。

我深吸一口气，轻轻合上绘本，却在合上最后一页时不经意地看到了它的后记。

——张梓端喜欢写后记，他喜欢在所有画完的故事后面写下自己的感慨和画时的想法。

然后，我愣住。

看着后记,我完全想得出他写这些话时的表情。

他说他很傻,他以前曾经把他同桌写给他的故事给了别人。他说,他花了很多时间跟班上画得好的同学学习,只希望自己的画技能够尽早配得上她的故事。他说,他要把他记得的、她所有的故事都画出来。

他说,希望她能够看见他的绘本,希望她可以原谅他当初的随意和草率。

他说,其实他真的很喜欢她。

我从没想过,原来有些事情兜兜转转又回到了原点。

可是……有些人,却怎么都回不去了。

我打开微博想要私信他,却在敲出"张梓端"三个字后再也没了下文。

如果可以,我真的想重来——那些曾经错过了的、模糊了的、淡忘了的人和梦想,我真的很想重新遇见、重新拥有。

眼眶渐渐热了起来,有温凉的液体不自觉地滑过面颊滴在键盘上。

现在,我多希望人的一生就如同我曾在键盘上敲打过的那些故事,按住"Ctrl + Z"便能恢复如初,一切又回到从前那些闲适的中午,他在桌前安静画画,而我在他身边安静地凝视他的侧脸。

梦想歌剧院

文◎千 若

我叫飞飞,因为我希望自己拥有一对翅膀,还给每个有梦想的孩子一个机会,上帝夺取了我们的那个机会。

一

台北,这座灯火灿烂的城市,大屏幕上闪耀过无数明星的身影,但最近经常曝光的可算是乐霖了。

今天,子雯兴奋地在康复学院里跳舞,大家也为她欢呼鼓掌。因为子雯努力了三个月,终于感动了乐霖,他愿意为自己实现离开这个世界前的愿望。

子雯是一名胃癌患者,如今只剩下不到两个月的日子了。患病前她是一名业余赛车手,当时未满十六岁的她背着家人加入了这个行业。

乐霖是当红的偶像派歌手,年轻、阳光,却带点儿娇气,大家开始都认为乐霖这种忙得不分昼夜的艺人绝对不会理会子雯的请求,没想到铁杵真的磨成针了。

乐霖似乎对这次的任务感到很不安,出场前一刻还不停地回头问经纪人:"喂,普哥,那家伙真的拿牌照了吗?"

"废话,我会让你冒险吗?好了!一大批媒体记者在外面等着呢,记得把你的少爷脾气收起来!"随即经纪人加快脚步挡在乐霖前面,面对将要疯狂爆发的闪光灯。

子雯的愿望是跟乐霖约会一次，而约会地点就在子雯的爱车上。

看见这个瘦骨如柴，脸色惨白的少女，乐霖心里不禁打了一个冷战，但脸上依旧保持着天真灿烂的笑容，装作若无其事地坐上这辆摩托车。

本来说好只是在媒体面前摆摆样子，以很慢的速度行驶一段路程就结束的，谁知心急的子雯为了在乐霖面前突出自己的特长，速度逐渐加快，最后竟然升到一百公里每小时！

乐霖吓得脑袋一片空白，下意识地抱住了子雯的纤腰。突如其来的举动刺激了少女的神经，连紧密相连的其他器官也突然抽搐起来，胃部仿佛无法承受这种刺激而疼痛异常，浑身都颤抖失控！

只见车子左摇右摆，排队拍摄的记者们都吓得灵魂出窍了！这是一条山路，万一子雯的车偏向围栏，很可能会冲出悬崖！

可怕的是子雯的车居然真的往悬崖方向撞过去！

"跳车！"子雯突然吐出一阵颤抖不已的声音，以她最后的理智嘶喊。

但在时速一百公里的情况下，乐霖根本没有这个勇气。

眼看失控的车子就要撞向围栏，子雯强忍剧痛，全力刹车，可是速度太快了。情急之下，子雯把自己的身体向左倾斜，车子向着她身体倾斜的方向跌倒，鲜血与飞速的摩托车一起在地上滑行了十几米后，终于停了下来。此时子雯已经失去了意识，头破血流，但乐霖却意外地清醒着，因为他的左脚感到了前所未有的剧痛！

二

"她本来就是一个要死的人，死了有什么可惜的，我可不一样，我可是乐霖！都是你！都是你心软，还说什么可以令我的形象更加完美，你怎么当经纪人的？"

"你以为我很想当你的经纪人吗？你这么自大、臭脾气、自私又冷血！"

"你滚!"

"你放心,我也不想回来!"

一切像早有预谋似的,经纪人居然真的不负责任地把乐霖丢在医院。他无法逃走,当记者们拥进来时,一片片闪光灯把他的眼睛刺痛了,神经刺激了。再也没有人能控制乐霖的情绪,他像一个疯子般冲记者嘶吼大骂,甚至双手能触及的东西都被他当作武器扔向记者。

他很想把全世界都推到门外,却没有能力下床……

乐霖的名声一落千丈,没有人再为他支付昂贵的医药费,乐霖被迫离开医院。他并没有将这个意外告知身在日本的父母,于是面对这个变得沉默寡言的少年,医院只好暂时把他转介到康复学院。

这里的人全部有问题,为什么要我这个偶像跟这群人一起住?

来到康复学院的第一天,乐霖高傲的性格已经惹来许多学员的不满,而乐霖对这里也越来越不满。

乐霖明明声明自己讨厌吃辣,只吃日本料理或台湾菜,谁知道他的午餐和晚餐居然都布满了辣椒。以乐霖的性格当然把它视为粪土,但翌日中午,午餐依旧是辣椒餐。

无奈之下,饿得浑身无力的乐霖唯有把辣椒拨开,拣少得可怜的肉吃,结果不到一个小时,辣椒的功效就发挥了!

看着乐霖从厕所软塌塌地走出来的样子,一个早站在角落的女生竟然发出讽刺的笑声。

乐霖不忿地盯着她,打量了一遍才想起她叫飞飞,是自己班上的学员。她很活泼,下课经常能听到她的声音,喜欢到处乱跑,但经常摔倒。她样子清秀可人,顽皮的气息下却掩盖不了一种脱俗傲人的魅力,可惜来这里的人都不是正常人。

三

乐霖发现,辣椒饭并不是纯粹的巧合,因为乐霖接二连三地遇到了奇怪事件。

致淡玫瑰色的你
Zhi Danmeiguise de Ni

首先，在住宿的第三天，热水器居然没有热水！他一气之下向管理员投诉，却发现只是煤气被关掉了而已，但洗澡之前自己曾经检查过煤气瓶，难道有人动了手脚？

本来乐霖只是怀疑，但第四天乐霖再次遇到了这种情况。

不，一定是有人妒忌我，所以才如此捉弄我。即使自己的双腿暂时无法行动，但乐霖对自己的外表依旧很自信，他非常注重外表，哪怕现在生活在这种地方。所以他认为只有这种可能性。

这晚洗完澡之后，他开始变得万分小心，特别在洗完澡后用护肤品时，乐霖甚至仔细检查了一番。最后，他发现一瓶只用了三四次的护肤霜居然变质了。幸好昨天没有用，不然他就要上当了。

乐霖并不是好欺负的人，他一定要找出"凶手"。

翌日，乐霖声称同情这里的女生，一点儿都不爱护自己的皮肤，于是对班内看似最天真的小茹下手，把这瓶有问题的护肤霜送给她。

小茹欣喜若狂地抱着护肤霜回到宿舍，突然一个轻盈的身影如武侠片里面的女侠一样闪进小茹的宿舍，一手抢过护肤霜，二话不说便转身跑了！

"飞飞！"小茹惊讶地呼唤一声。飞飞没打算停留，谁知门前却出现了一个可怕的家伙，把飞飞吓得驻足而立！

"小茹，我告诉你，飞飞可不是好姐姐哦，以后别跟她做朋友！"

看着眼前的小子居然利用最天真的小茹对付自己，飞飞真想踹他一脚，可惜他现在已经是个伤残人士，她再出手，恐怕对方从此会半身不遂。

看着小茹一脸疑惑，飞飞立刻把乐霖推出去，来到没有人的角落，飞飞立刻指着乐霖，恶人先告状："说！你到底想怎么样？"

"这句话应该我问你呀！在饭菜里下毒、关掉煤气，现在又想让我毁容，看不出来你的心肠够毒辣呀！"

"我没有下毒，只是放了辣椒，再说我只不过在护肤霜里面放了痒粉而已，毁不了容！"

乐霖懒得跟她掰扯，直入主题："好，你说说，为什么总是针对我？"

"要不是为了给子雯报仇，我宁愿去做物理治疗也不愿浪费时间在你身上！"

乐霖扫了她一眼，这个动作敏捷的少女不像有肢体困难，但重点不是这个，一听到"子雯"二字，乐霖就火冒三丈了！

"还敢跟我提那个倒霉鬼？她自己要死就算了，干吗要害我？几千万人在乎我的一举一动——"未等乐霖把怒火全部发泄出来，飞飞居然给了他一巴掌！

"每条生命都是非常可贵的，我们学院每个人都在努力生存，每个人的病都比你严重，你要选择自暴自弃没关系，但拜托你不要把责任推卸在一个爱你的人身上！"

四

这里是康复学院，大部分被遗弃的重病、绝症青少年都聚集在这里。

除了自己之外，乐霖鄙视这里的所有人。他们天天都在痛苦地治疗，被所有人遗弃了的生命，还有什么生存价值？他们简直在给社会增添麻烦！他们明明比自己卑微，却活得比自己快乐。

之前乐霖一直不配合治疗，左脚的血管、伤口因严重感染而溃烂，小腿组织坏死，很有可能会蔓延，所以必须尽早截肢。

或许大家都知道，以乐霖的性格，宁愿等死也不会截肢！

某男生宿舍里面传来翻箱倒柜的声音，飞飞带领大家跑到宿舍，冒着"生命危险"打开那扇门。

乐霖一见学员们，随手拾起"武器"就扔过去！

"浑蛋！我们是担心你才来的，居然还攻击我们？"飞飞一边痛骂，一边却不顾被砸伤的疼痛走近乐霖。

"你滚！你们都滚！我不要安慰，我不想看见你们！"

飞飞完全没有理会乐霖的反对，竟然张开双手，大胆地扑在乐霖身上！见状，大家陆续跑到乐霖面前，给他一个大大的拥抱。

"我们都经历过和你一样的痛苦，虽然我们都很讨厌你，但我们都希望你能够活下去，成为又一个可以离开康复学院的人！"

乐霖突然呆了，他竟然在猜疑，眼前说这句话的人到底是不是恨透了自己的飞飞。

为什么大家明明这么讨厌他，还要给他安慰？难道大家都体会得到这种喘不过气的悲伤？

五

谁都以为，乐霖宁愿等死也不会做截肢手术。这个天大的新闻再次吸引了一大堆记者，经纪人发现乐霖还有"存在价值"，可惜乐霖这次把他拒之门外，选择独自召开记者见面会。

这个招待会居然在康复学院里面召开。记者们一如既往地把最尖锐的问题丢出来，乐霖竟然没有拒绝，一一回答，跟过去保守的表现截然不同。

最后乐霖希望记者们可以关注这所学院的学员们，在他们还有能力说话的时候，起码让他们释放心中的梦。

在场的记者一致认为乐霖此举是虚伪的，只是想博取更多的同情。

某本不知名的杂志的记者为了得到与众不同的新闻，于是按照乐霖的意思去采访了其他学员，逐个探问他们的梦想之余，也借机探问他们对乐霖的看法，欲挖掘更深入的新闻。

记者来到一直带着微笑的少女飞飞面前，第一句便提出尖锐的问题："请问你对乐霖的印象是怎么样的呢？"

"一个坏蛋！"飞飞的回答立刻引起记者的兴趣，可惜随后飞飞笑着说道，"可是后来好像变好了，起码懂得关心大家了。"

记者没有放过飞飞，继续追问，乐霖却转动轮椅，来到飞飞面前，突然问了一句："飞飞……你的梦想是什么？"

飞飞猛地一愣，脸色惨白，突然二话不说地逃跑了。此刻乐霖才发现她的行动居然比他刚认识她的时候缓慢了很多。

乐霖没有理会记者的问题，反而让记者帮忙推轮椅追上飞飞的脚步。

他们来到音乐室门前，那个趴在钢琴上偷偷哭泣的少女却没有发现，她已经成了新的焦点。

六

为什么那个问题会让飞飞痛哭？这一点除了令乐霖费解，也变成了媒体的新焦点。因为记者竟然暗示飞飞就是乐霖的女朋友，于是这又成了新的话题，记者也替乐霖做了一件他想做的事——把飞飞过去的资料都翻出来。原来飞飞出生于音乐世家，高中便选择了首屈一指的音乐学院，成绩非常出众，老师们都认为她是明日之星，可惜飞飞有一次突然失去知觉，从此她便发现了她身上暗藏的病症……

飞飞看着这个报道，恨不得把乐霖煎皮拆骨，可是现在的她比之前更有心无力。

乐霖就坐在飞飞面前，被她那凶狠的眼神盯着，却没有一点儿心虚和恐惧，反而大胆地发问："你不是很喜欢音乐吗？那天问你的梦想，你就哭了，我猜你还是很喜欢音乐吧？"

"你少管点儿闲事好不好？"虽然飞飞依旧流利地把责骂的话说了出来，但明显可以看见她的疲惫。

"渐冻人是怎么回事？"

飞飞没有说话，吃力地站起来，冷冷地离去。见状，乐霖竟然抓住飞飞的纤手，下意识地命令道："不许走！"

飞飞愕然回头，被那气愤的眼神盯着，竟然变得不知所措。

"你……你今天是怎么了？"

"教我弹钢琴！"情急之下，乐霖竟然喊出连自己都意想不到的话。

"什么？"

"我没有什么特长，只能继续待在娱乐圈了。你教我弹钢琴，教我音乐，以后就算当不成歌手，也能做个幕后吧。"

"你……真的下决心了？"

"君子一言，驷马难追！"

七

飞飞以为走偶像派路线的都对音乐不太熟悉，没想到乐霖的底子确实不错，乐霖的自我感觉也十分好，不知道是否因为这些，飞飞越来越心急地把更多技巧传授给他。

看着飞飞的动作越来越僵硬，乐霖不希望学得这么快，真的不希望……

乐霖自私地放慢速度练习，刻意装作成绩停滞不前。飞飞误以为乐霖对音乐失去了兴趣，一时生气便推着轮椅跑了。

乐霖回头看着那个怒火中烧的背影，迟疑地发现她已经从一个动作敏捷的女侠变成了半个废人。

渐冻人到底是怎么回事？怎么让一个活泼开朗的少女失去了元气？

"飞飞——"乐霖来到飞飞的宿舍。

乐霖忘了，飞飞到底多久没有揍他，甚至没有力气捡起东西去打他。看着这双对自己恨之入骨的眼睛，乐霖却开怀地笑了："你虽然这样看着我，但其实是因为你很在乎我，对吧？"

"自大！我只是……觉得你……浪费了我的心血……"断断续续地说话，不是因为心虚，而是因为飞飞说话已经十分吃力了。

乐霖终于发现了这一点，是的，终于发现了。

"飞飞……"乐霖又喊了飞飞一声，却尽是温柔，"其实下个月一号有场钢琴比赛，我希望你跟我一起去参加。"

"比赛？"飞飞的瞳孔微微抽搐了一下，仿佛划过一丝惊喜，但是很快就绷紧了脸，"你也未免……太异想天开了吧？凭你这水平……去参加比赛，恐怕……还没到决赛……就被淘汰了！"

"你呢？你是我的师傅，你肯定可以赢这场比赛！"

飞飞咬牙切齿地盯着乐霖，本想继续反驳，泪水却突然汹涌，令喉咙也哽咽了。

"离比赛还有半个月，我们还可以练习。其实我早就报名了，不管你怎么反对，绑架也好挟持也好，我都会带你去！现在你什么都不用说，相信我好吗？"语毕，乐霖竟然隔着轮椅，伸手将飞飞搂入了怀里。

飞飞根本没有力气反抗，可是这一刻，居然连心也不想反抗了："以我现在的……身体状况，我还……怎么去比赛？"

"我说你行，你就行！你动不了，我帮你动，你唱不了，我替你唱。"

"哪有这样的……道理！"

"总之，我要你去！我要你跟我一起去！"

八

飞飞没想到，身体的僵硬速度比预期的还要快，但她越想逃避，却越无法逃避。乐霖轻而易举地把无法自行走动的飞飞捉住了，强行挟持到比赛现场。

飞飞再次被乐霖骗了，原来所谓的比赛，其实是著名节目《寻找美声音》！被几百双眼睛盯着，飞飞感觉全身血液都凝固了，想逃却逃不掉。

飞飞的双手放在冰冷的键盘上，眼睛却忍不住紧紧盯着观众和评委，明明很想用力按下键盘，却无法发力，泪水软弱地渗出了眼眶。

一位评委实在等得不耐烦了，拿起麦克风，欲吐出尖锐的问题时，乐霖却推着轮椅突然冲下舞台，不顾形象大喊："飞飞加油！飞飞你行的！"

话音一落，评委又想说话时，背后其中一区的观众突然站起来，一齐喊"飞飞加油"！

因为观众的支持，评委收起了麦克风，记者们也把焦点放在飞飞身上。

飞飞迟疑地发现康复学院的朋友们竟然都来了，莫名的动力突然迸发，手指也恢复知觉了。

优美而独特的旋律，化成断断续续的音乐传进大家的耳朵，明明是一次非常失败的演奏，大家却耐心聆听，极力把一个个音阶组合起来……

飞飞的视线竟然越来越模糊，泪水模糊了眼睛，她已经看不清黑白键盘了。飞飞一边恨自己不争气却一边为自己打气，百感交集的感觉耗尽了她的元气，身体竟然在没有得到飞飞的同意的情况下逐渐下坠……

一声巨响，飞飞竟然倒在了钢琴上！

九

在飞飞第一次突然晕倒时，第二天就醒过来了。

这次，一周了，飞飞还没有醒来。

乐霖得知飞飞讲话变得断断续续，是因为她已经到了呼吸困难的地步。然而国内渐冻人病例比较少，院长也从来没有见过渐冻人昏迷，所以接下来飞飞能不能醒来，连院长都不清楚。

飞飞需要更先进的科技和更好的医生，可惜这些都需要庞大的资金。

乐霖每天都待在飞飞的病床前，哪里也不肯去。

"你知道吗？如果飞飞看见你这么颓废，她只会更难过。"小茹的声音突然在他耳边响起，乐霖谁也不理会，但小茹不一样，她是他和飞飞相识的关键。

"你不会懂的，是我把她害成这样的，如果她不是因为参加节目，就不会激动得昏倒。"乐霖终于开口说话了，而且用尽了力气压抑自己的激愤。

"我很了解飞飞，她知道自己熬不住，但她享受那感人的时刻，她知道就算那是她的最后一刻，她也会这么做。反而，飞飞最讨厌自暴自弃的人，她需要支持，即使你颓废下去，她也不会醒来。"

乐霖惊讶地望向小茹，这个只有八岁智商的少女居然说出了一番连自己都感触的话，难道这就是在康复学院所学到的道理？只要他振作起来，飞飞就会醒过来吗？

乐霖从来不肯承认自己倒下了，他从来不会低头看自己的左脚。今天，他盯着这只残缺的左脚很久，很久……

乐霖再次登录快要发霉的微博，他向大家宣布，他决定安装假肢，重新站起来！

这条微博引起了百万人关注，乐霖再次成为娱乐圈的焦点，当乐霖出院之后，第一件事竟然是立刻申请参加了《寻找美声音》节目……

这则消息吸引了上千万观众关注，大部分观众，包括媒体都在等待乐霖出丑的一刻，但他们万万没有想到，他居然强忍着疼痛，一瘸一拐地来到舞台中央，曾经靠面孔吃饭的偶像明星，居然能够弹出一首自创的温婉歌曲。

悦耳的音乐令台下哗然一片，议论纷纷，但感人的歌词很快就让大家不约而同地静了下来。

音乐停下了，大家都呆呆地愣在原地，未报以掌声。

乐霖并没有因为大家的冷漠反应而高傲离去，他用力站了起来，居然首次向观众鞠躬！

这个举动，迟疑地唤醒了沉醉的观众，掌声陆续加强，乐霖的视线却落在一个呆滞得像木偶般的少女身上，嘴角弯起激昂的微笑，就像她一样，用最大的努力去接受这份最大的感动。